娘子有醫手 1

風文創 1159

六月梧桐 著

風文創 1159

目錄

序文

六月梧桐

我喜歡吃辣，卻不太能吃辣。每次吃辣，就是在危險邊緣反覆試探。

有一次，我去吃烤魚，鮮香麻辣，味道特別好。吃完回來便開始打嗝，起初以為一、兩個小時會好，後來以為兩、三天會好，但過了十幾天，我依然因為打嗝而困擾。去醫院做了胃鏡，說是沒什麼大礙，最可能的是心理問題。

朋友讓我試試針灸，抱著試試看的心情，我去掛了號。醫生是個年輕漂亮的女生，拿著銀針，扎向還在打嗝的我。只扎一回，我居然就不打嗝了。

那時候，我就動了念頭，想寫一個醫生的故事，於是有了《娘子有醫手》這套書，希望大家喜歡！

第一章 前世

午覺醒來，莊花兒的眼睛睜開了，但人還是懵的。

她看向門外，門口老榆樹的影子還沒有斜到雞棚子頂上，難道還沒過午時嗎？

她就睡了一會兒，可她作的那個夢也太長了些。腦子裡冒出「黃粱一夢」這句成語，甚至知道那四個字怎麼寫，但她其實是不識字的。

莊花兒家裡窮，窮得連飯都吃不飽，家裡吃飯的順序是三個弟弟、爹娘，最後才是她這個賠錢貨。她也真是頑強，吃著冷粥餿飯，居然還能長大。

那一年，她爹打算將她賣給養瘦馬的人，村裡的媒婆過來說：「與其讓花兒當瘦馬，不如給了小溝村的陳家吧？他們家想幫大郎物色個媳婦兒。」

這麼一句話，她爹娘不管她才十一歲，也沒問陳家是什麼樣的人家？陳家大郎又是什麼樣的後生？直接收下十兩的聘禮，連一身新衣新褲都捨不得做給她，替她套上她娘的外衫，把人送到了陳家。

她進陳家後，才知道陳家是小溝村有名的富戶，家裡有六十多畝良田，頓頓有肉吃。陳家大官人豪氣大方，陳家娘子張氏溫柔敦厚，很是和善。

按理說，這般人家，十里八鄉的姑娘都想嫁進來，問題出在她嫁的陳家大郎陳然身上。

陳家這位大郎，竟然是個長到十六歲仍不足四尺的矮子。

兒子這般模樣，陳家娘子張氏便動了心思，好人家的姑娘自然是不肯嫁給這麼個侏儒，她想找個小姑娘，帶在身邊教養幾年，與陳家人相處出情誼，興許小姑娘就願意點頭，陳大郎一輩子就有伴了。

莊花兒嫁來這三年，公婆拿她當親閨女看待，對她這種從來沒有被爹娘好好看過一眼的孩子來說，簡直是獲得了新生。

陳家還有一個比她大三歲的姑娘，教她紡紗、織布、做針線，性子也是極好的，兩人自然親如姊妹。

因為還沒圓房，她的官人只將她當成妹妹來疼愛。他本就疼愛弟妹，有什麼好吃的，也是讓著他們幾個。對她更是寵愛，她喜歡的吃食，他絕捨不得多吃一口。進城回來，定然替她帶上兩塊香甜的桂花糕，笑著看她吃完。

原本瘦小怯懦的莊花兒，三年下來被養得白生生、水嫩嫩，成了小溝村出名的漂亮姑娘。去河邊洗衣的時候，總有年輕的小後生在她身邊轉，往河裡扔小石子，濺了她一臉的水。

她雖惱怒，但也不過是鼓起腮幫子，脹紅了俏臉。越是這樣軟糯的性子，那些調皮小子越喜歡逗她，村裡愛嚼舌根的女人們難免會說：「那矮子哪裡勾得住這樣標致的女人，只怕到時候不是個安分的。」

莊花兒偶爾聽見這些話，她一個黃花大閨女能辯駁什麼？只想著等來年及笄，她就能跟大郎哥哥圓房，到時候替大郎哥哥生兩個白白胖胖的小子，好好過日子，讓這些人瞧瞧，大郎哥哥是頂頂有福氣的，她也是一樣。

想到這裡，莊花兒回到「黃粱一夢」這四個字上。

像她這樣的姑娘不可能讀書，也不可能知道字怎麼寫。但現在她不僅知道，還知道陳大郎是侏儒症患者，目前看來沒有家族遺傳，最大的可能就是腦下垂體病變，導致生長激素分泌不足。

莊花兒一屁股坐在凳子上，把腦子裡那些思緒略微整理之後，一個想法冒了出來——什麼狗屁倒灶的夢，那分明是她的前世！

前世她叫莊蕾，中醫世家，F大博士，既是知名學者，也是F大附屬XX醫院胸腔外科主任。

回想自己厲害的前世，再看看今生，環境真是最好的雕塑大師，無法想像，她投胎之後居然成了一個軟綿綿、任人欺凌的小媳婦？

讓她更加崩潰的是，這個世界居然和她看過的小說重合了。

那是一本叫《權傾天下》的爽文。這本書裡，男主角從一個被調包的農村少年，回歸到侯府，在侯府步步為營，站穩腳跟，習武帶兵，大殺四方，最後成為大津獨一無二的權臣，根本是個大開外掛一般的男主角。

幾百章的內容夠莊蕾明白自己的處境了，她是這本書裡的女主角……之一。

這種男主角怎麼能不開後宮？身為女主角之一，她是第一個出場的，男主角還待在小溝村養父母家的時候，她陪伴在他左右，替他洗衣做飯，真是又軟又乖。

男主角被親生父母接走之後，他們家出了大事，公爹和陳然都掉進河裡淹死了。屋漏偏逢連夜雨，她公婆的親兒子生重病被送回來，沒多久也死了。接著，懷孕的大姑因難產而亡。

經歷喪子喪夫再喪子喪女的婆母一病不起，婆母一去，她變得孤苦無依，這時充滿主角光環的男主角出現了，將她接去侯府，成了他房裡的貼身丫鬟。

她忠心耿耿地伺候著男主角，冬天問他要不要喝暖湯，夏日問他要不要吃冰沙，成了男主角最為貼心的迷妹。

後來，男主角一路打怪升級，撩到第二個出場的女主角——青樓裡的清倌人。為了凸顯男主角品格高尚，書裡描寫男主角不為美色所動，都是那個賣藝不賣身的花魁自己貼上來，深深仰慕男主角，為了他守住清白，拒絕了權貴。

最終，男主角被花魁的純潔所感動，與花魁有了情緣，替她贖身，接回家中。她和花魁成了親親好姊妹，花魁負責男主角不可描述的生活，她負責男主角的起居。

隨著劇情推進，宰相看上了男主角，將自己的千金嫁給男主角當正妻。從此三個女主角湊齊；正妻上廳堂，花魁滾大床，通房下廚房。一個高貴賢淑、一個嬌媚可人、一個溫柔乖巧，後院簡直和諧得不要不要。

說是女主角，其實她是最沒有存在感的，書裡的描寫無非就是她對男主角的依戀、對男主角的仰望、對男主角……

恢復前世記憶的莊蕾看了拿著布兜子出來的陳熹一眼。對著這麼個小屁孩四十五度仰望？她有多腦殘才跟一堆女人爭奪他。在她心裡，這個小屁孩斷然沒有陳然好。

陳熹瞥見莊蕾詭異的眼神，摸了摸自己的臉，以為剛才吃飯時有米粒黏在臉上，發現左右都沒有，才開口對她說：「姊，我去先生家了。」

莊蕾回過神來。「好。」

她目送陳熹往外走，站起來拍了拍小圍裙，看向一旁的紡車和那一堆的棉花。

幹活吧！不管她上輩子多得意，現在她是陳家的兒媳，吃著陳家的飯，自然要幫婆母分擔家務。

莊蕾將將坐下來，搖動紡車，聽見外面的狗狂叫，連忙站起身。村裡的渾小子會來搗蛋，院子裡有她婆婆曬的醬，得出去看看。

走到門口，卻見穿著一身短褐的陳熹被幾個人抱在手裡。張氏時常告誡他們，要小心來騙小孩的拍花子。那幾個人穿戴整齊，不像是拍花子，可他們就是扯著陳熹。

家裡只有她一個人，莊蕾從牆角拿起一根洗衣棍，衝過去扯開嗓子喊：「快來人啊！有拍花子要抓孩子啦！二郎要被人抓走啦！」

有個小個子男子從後面一路小跑過來，莊蕾忙叫道：「甲長救救我弟弟！」

「少爺，請跟咱們回去。我們是安南侯府的人，來接您的。」一名壯碩的男子喊道。

陳熹驚慌失措地大叫。「我不認識你們，不知道什麼是安南侯府，你們快放開我！」

這下莊蕾明白了，甲長走到莊蕾跟前道：「花兒，去找妳公婆回來。安南侯府派了人來接少爺。」

莊蕾想起，書上說安南侯知道了真相，派人來帶陳熹回去。她公爹曾去見過安南侯一面，說是因為公爹要價太高，惹惱了安南侯。

這些話讓莊蕾存疑，若說她親生爹娘會幹這種事情也就算了，但她的公爹為人正直，心存善念，怎麼會去要錢？更可能的，應該是擔心兩個孩子以後怎麼相處，又捨不得陳熹。想來是因為事情沒有談妥，才沒有跟陳熹說。

「少爺，侯爺在城裡等您，請隨小的過去。」

陳熹哭叫著。「我不認識你們，我不認識什麼侯爺！」

莊蕾看向抓人的家僕。「想來你們也不是來抓孩子的壞人。我家公婆不在家，如果你們有什麼要說的，等我家公婆回來了再說？」

那家僕沒想到一個鄉下小姑娘能在這樣的情況下鎮定地跟他們說話，不由打量她幾眼。

小小的個子，一張臉倒是長得水靈，尤其是一雙烏溜溜的大眼睛很有神采，即便身著土布衣衫，也無法掩去她的氣韻。

因為莊蕾的氣場，家僕站定後說：「我們侯爺已經跟妳家的人提過幾次，不帶少爺回京，先去城裡。等妳家公婆回來之後，進城找我們家侯爺，我們侯爺願意好好商量。」

莊蕾盯著這個家僕，心裡回憶書裡的情節。

那段情節讓她驚慌失措，陳熹被拉走的下午，陳然和公爹就遇險了。

沒時間了，她現在該做的，是去李家村找公爹和陳然。

莊蕾對甲長說：「伯伯，能不能請您跟去城裡？好歹能保證這位大爺並非騙咱們。畢竟您也說侯府來接人，想必是知情的。」

甲長拍著胸脯。「小丫頭挺細心，伯伯就走這一趟，等妳爹娘過來。」

莊蕾看他那樣，知道他定然是得了好處。

她點了點頭，見陳熹還在掙扎，便說：「阿熹，你先過去，我立刻去尋爹娘進城。」

「姊，我不要走！」陳熹大叫。

莊蕾看著眼前的小屁孩，心想這是故事的主線，恐怕沒有辦法改變了。

「你先去，我這就去找爹娘。」

陳熹一愣，覺得很奇怪，今天的姊姊感覺跟平時軟綿綿的樣子不同，她說的話，讓人不由自主想聽。

幾個安南侯府的人對陳熹說：「少爺，快走吧，老爺在等著呢。」

莊蕾沒工夫管陳熹，好歹他是安全的，便轉身跑了出去。

陳家養的小土狗小黑聽到動靜，迅速竄出來，跟在莊蕾身後。

莊蕾一路跑向李家村，瞧見田埂上有位大嬸拔了一把芹菜往村裡走，忙叫道：「嬸兒，見到我娘，叫她快回家去！」

大嬸看莊蕾跑得那麼急，便問：「花兒，這是怎麼了？」

「弟弟被侯府的人帶走了，我去找爹！」莊蕾大聲回答。這種事情就是要眾所皆知，免得到時人被拉走了，有苦無處說。

莊蕾抄近路，跑過小溝村村後的墳地，過了一座石板橋就是李家村的墳地。走過墳地和一大片稻田，就到了李家村後的小樹林。

陳家大姑娘陳月娘去年年頭嫁人，才嫁進李家一年多，就不知道出了多少事。

陳月娘的公爹和婆婆一連生了五個女兒，生老六春生的時候，真是得了命根子似的，讓他養成了霸王脾氣。因為家住前後村，又是從小訂親，即便陳家人知道李春生被寵壞了，也不能退婚，只得把陳月娘嫁過去。

嫁去之後，李春生吃了兩口黃湯就摔東西罵人，隨意打罵陳月娘。

當初嫁女兒時，陳大官人那排場是讓前前後後的村子都羨慕。箱籠二十來件、被子三十床，還有百兩銀子明晃晃地躺在箱裡。

陳大官人自然是因為捨不得女兒吃苦，才給了那麼多嫁妝。即便這樣，陳月娘還是被打，陳家父子哪裡捨得？便時常去說兩句。

鄉下男人打女人是常有的事，以前莊蕾邊紡紗邊想，若是公爹和大郎哥哥少去幾趟，興許李家姊夫就不那麼生氣了，少打阿姊幾次。現在有了前世的記憶，她才知道家暴只有零和無數次的差別，凡是會家暴的男人都不能要。

今天吃飯時，有人來家裡報信，說是路過李家，看見阿姊又被那混帳傢伙打。阿姊還懷著胎呢，婆婆聽見了直掉眼淚。

大郎和公爹連飯都沒吃完，放下碗筷就往外走。

公爹出去之前，還跟婆婆說：「實在不行，咱們把月娘帶回來，大不了養在家裡。」

陳然也道：「阿娘放心，只要我和花兒有口飯吃，斷然不會餓著妹妹。」

她聽了，心裡是暖的。大郎哥哥雖然個子不高，卻是有擔當。這般的人，樣貌上差些又算什麼？

此刻，莊蕾想著書裡說陳然和公爹會出事，更是心急如焚，恨不能插上翅膀，奔到李家村去。

第二章 喪夫

身邊的土狗小黑汪汪叫，莊蕾跑得肚子疼，彎腰喘了兩口氣，繼續跑。

接近小樹林，嗡嗡的人聲不同尋常。這是李家村村後的偏僻處，平時很少人來，為何今日的人這般多？

莊蕾走過去，發現前面有一堆人圍在小河邊，心裡暗驚，不停安慰自己，不會有事，不會有事！

小黑一個勁兒往人堆裡鑽，她也擠進去，聽到圍觀的人說：「可惜啊，找了這麼個女婿，害了兩條人命。這對父子為了救她，連命都不要了。」

莊蕾聞言，眼前一黑，差點跌倒，強撐著撥開人群，看見陳月娘挺著半大的肚子，渾身濕透地跪在地上。

地上躺著的人，是自家公爹。

陳月娘跪在旁邊哭，莊蕾搭上公爹的手，心裡是一陣揪起來的疼，已經沒有救了。

陳然靠在一個伯伯的膝蓋上，伯伯搖了搖頭，將陳然翻轉過來。

看著嘴唇青紫的陳然，莊蕾哪裡忍得住，立時淚如雨下。

她撲過去，從那位伯伯手裡接過陳然，手探上頸動脈，更是絕望，沒有脈搏。趴下去聽他胸口，也沒有心跳。

她咬著唇，將陳然放平，一邊掉眼淚、一邊幫他做心肺復甦，嘴裡唸著。「哥，你睜開眼，我是花兒啊！你看看我好不好？」

莊蕾期盼著奇蹟出現，老天為什麼讓她恢復記憶，難道不是為了救她的親人嗎？

她不知道自己跪了多久，只是機械地做著動作，給自己留那一點點的希望，希望陳然能睜開眼看她，叫她一聲。

一旁有人在問：「這是誰啊？」

「矮子娶的娘子。可惜了，這麼好看的小娘子。矮子沒有福分，這個姑娘也太可憐。」

「怎麼回事？」

「李家老六不是常打他娘子嗎？今天不知怎的，居然想把他那個大肚子的娘子按在河裡。陳家的人趕來時，他娘子就落水了。

「那沒種的李六郎看見自家娘子掉進河裡就跑了，陳家父子去救人。聽說那矮子把他妹妹推上了岸，他和他爹卻沒起來。這裡這麼偏，臨近墳地，又沒人來，那娘子叫得喉嚨都啞了，才有人看見，趕了過來。」

有人過來拉莊蕾的袖子，莊蕾抬頭，臉上的汗和淚水將頭髮沾濕了，貼在臉頰上。

那個四十多歲的大娘說：「小娘子，不成了，妳家官人已經不成了。」

莊蕾看著眼睛緊閉的陳然，抱住他的頭，貼著他冰冷的臉，淒厲地哭叫——

「哥……」

「官人！阿然！」張氏軟著腿，搖搖晃晃地跑過來，看清眼前景象，一下子坐倒在地。

陳月娘見自己的娘倒在地上，尖叫出聲。「娘！」

莊蕾咬破自己的嘴唇，血腥味在嘴裡漫開，伸手抹了抹自己的臉，放下手裡的陳然。瞧見自家婆母，一邊掉著眼淚、一邊出了聲。

「娘，咱們帶爹和哥哥回家。」

小溝村的人跟著趕到，莊蕾用袖子擦了擦眼睛，但袖子早濕了，哪裡能擦乾眼淚？

莊蕾站起來，向之前將陳然放在膝蓋上急救的伯伯跪下，磕了個頭。「多謝大伯將我家官人和我公爹拉起來，大恩容我們以後再謝。」

「小娘子，這個時候，不要多禮了。」

莊蕾又轉頭，對著小溝村的叔伯說：「伯伯，叔叔，幫忙帶我哥和我爹回家吧。」

「好。」叔伯們應下。

莊蕾望向扶著張氏的陳月娘。「大姊，哥說了，只要有我和他一口飯吃，陳家就養著妳。我們回家。」

陳月娘仰頭看莊蕾，見莊蕾嘴唇破了，還滲出殷紅的血來，搖了搖頭。「是我害死了爹爹和哥哥，我沒臉回去。」

她說著，站起身，踉踉蹌蹌往河邊走。

莊蕾衝過去，拖陳月娘回來，伸手就是一巴掌。「哥為了救妳，連命都不要了，妳還敢尋死？別人不把妳當人看，陳家當妳是寶。妳是爹和哥用命換來的，妳給我回去，回咱們自己的家！」

在場的人無不被眼前這個嬌小姑娘的氣勢震懾住了，陳月娘放聲大哭。「我害死了爹，害死了哥，妳不恨我嗎？」

「我恨打妳的畜生，不恨妳。」莊蕾堅定道。

張氏也站起來。「月娘，花兒說得對，咱們回家。」

一位大嬸拿來一把點燃的棒香，莊蕾接過，分成兩束，一束交給張氏。

她持著棒香，低頭對被抬起的陳然溫聲道：「哥，我帶你回家，也帶月娘回家。只要我有一口飯吃，月娘就有一口飯吃。咱們走，一起回去。」

聽一個小小的姑娘家說出這樣的話，在一旁圍觀的人，別說女人，連男人的眼睛也濕潤起來。

張氏一邊哭著陳大官人、一邊跟著走。

莊蕾身邊的土狗小黑彷彿也知道主人傷心，夾著尾巴跟在身後。

陳家人回到家裡，開了大門，將門板卸下，把父子倆安放在門板上。誰也沒想到會遇到這等變故，同宗的叔伯都過來幫忙。

莊蕾看了陳月娘一眼，她這樣的身體實在禁不起折騰，道：「月娘，妳進去歇著，別守在這裡了，當心自己的身子。」

張氏則愣愣地跪在自家官人身邊，嘴裡吶吶地說：「咱們倆換一換該多好？你活著，還能撐著這個家；你去了，我活著幹什麼？」

張氏傷心至極，莊蕾見狀，再勸陳月娘。「妳聽我的，如今妳要為了爹和哥哥活著。進去換衣服，歇一歇。」

陳月娘被莊蕾帶進自己的屋子，隨即一把抱住莊蕾。「花兒，我活不下去！我真的活不下去！」

莊蕾的眼淚也落了下來。「妳當我活得下去嗎？我過來的第一天，第一眼看到的就是妳溫暖的笑容，我還記得妳說的第一句話：『花兒，以後妳就是我妹妹了』，我才知道姊姊是這樣的人，溫柔地教我繡花，教我裁衣，教我納鞋底。第一年的冬天，我穿上阿娘替我準備的棉襖，至今記得那棉襖軟得像是天上的雲朵。

「阿姊，我得為妳活，也得為咱們的娘活。我們得為我們彼此活著，該去死的是李家那個畜生！」

陳月娘聽她這些話，更是嚎啕大哭起來。

莊蕾默默地走出來，跪在張氏身邊，靠在張氏的身上，叫了一聲。「娘。」

張氏沒想到，平時柔柔弱弱的花兒，此刻竟像是頂梁柱一般的存在，摟住了她。

「花兒，他們倆丟下咱們娘兒倆，該怎麼辦？還有二郎和那個孩子。誰來給我拿主意，誰來管我們娘兒幾個的死活？」

張氏沒辦法忍住，又放聲大哭起來。

莊蕾雖然恢復了前世的記憶，可感情上還是這輩子的莊花兒，是那個在家裡被嫌棄來嫌棄去的賠錢貨。是陳家把她拉出了泥沼，她對公婆和大郎有感激、有敬愛，也有依賴。

她早把陳然看成是自己一輩子的依靠，這時記憶裡冷冰冰的那些字眼，包括接下去婆婆和陳月娘都會死的事，她真的無法接受。這是她這輩子真正的家，是她被嫌棄了十來年之後，唯一有溫情的地方。

如今，是她回報這份溫情的時候了。

莊蕾拿了陳然的貼身衣衫，在陳家兩位堂哥的幫助下，幫陳然換上乾淨的衣服。

莊蕾絞了手巾，幫陳然細細擦了臉，又用袖口擦自己臉頰的眼淚，生怕眼淚滴落到陳然的臉上。依照習俗，若是把眼淚掉在故去的人臉上，以後連作夢都夢不到他。

兩個堂哥把陳然的衣衫解開，莊蕾顧不得自己還沒跟陳然圓房，左右她是他的妻，就該做的，幫陳然把身子擦乾淨。

陳然腿上有兩塊大的瘀青，映入她的眼簾。

鄉下漢子終日幹活，身上有瘀青也正常，兩個堂哥不以為意，拿了衣衫替陳然穿上。

陳然會游水，就算身材矮小，父子倆不至於連一個陳月娘都拉不起來，而且腿上還出現這種瘀青？

莊蕾留了個心。剛才兩位堂哥幫她公爹換衣衫的時候，她偷偷看了一眼，腿上好似也有瘀青。

父子倆的腿上都有瘀青，這就不正常了，他們到底在水裡遇見了什麼？

房裡，陳月娘靠在床上。哭到現在，已經有氣無力。

莊蕾進來，扶著她。「快睡到床上去，妳禁不起折騰。」

陳月娘抓著莊蕾的手。「是我害死了哥哥和阿爹。花兒，我還活著幹什麼？」

莊蕾嘆了一聲。「別傻了，要是妳死，娘的精神就徹底斷了，妳覺得娘還活得下去嗎？難道妳們要留我一個人在這世上？爹和哥拿了命來換妳，他們不希望妳死。振作一點，為了娘，妳得活著。現在二郎還被抓走，事情那般混亂，妳先不要添亂了，好嗎？」

「二郎呢？」陳月娘問。

莊蕾看著陳月娘，一雙腫著的眼睛對著另外一雙紅腫的眼睛。「聽說是安南侯府的人抱錯孩子，才把二郎帶走。這件事也夠讓娘傷心的，妳得鼓起勇氣活下去，陪著娘。我想問妳，妳落水時，只有妳和李春生在場？當時是怎麼回事，能告訴我嗎？」

陳月娘這才定了定神，回憶起來。「今兒一早，我盛了一碗粥給那個畜生，他喝了一口就大發脾氣，伸手打我。」

莊蕾的腦子飛快轉起來，冒出一個想法，不知道對不對。「你們鬧起來的動靜很大？」

「那畜生不知道發了什麼瘋，將我拖到院子裡，不管三七二十一，又是打耳光、又是擰胳膊。以前他雖然打，卻從來沒有這樣過。」陳月娘說著，又哭了起來。

莊蕾拿出帕子替陳月娘擦眼淚。「後來呢？」

陳月娘吸著鼻子。「我叫了救命，他說叫救命也沒用，今天打死我了，再換一個好的。公婆過來勸了兩聲，他消停一會兒之後，像是發了瘋一樣，拖著我去小樹林後面的河邊，然後把我按在河裡，我吃了幾口水。

「後來，他看見爹爹和哥哥，便將我一腳踢進河裡。爹跟哥跳下來救我，哥哥把我推到岸上，他倆卻沈下去了。我只能大聲喊叫，隔壁的叔伯聽見動靜過來，才把他們拖上岸。」

莊蕾摸著陳月娘的臉。「姊，妳沒有錯，沒有一絲一毫的錯，是李春生這個畜生的錯。妳一定要明白。」

她說著，又替陳月娘把了把脈，脈息雖然有些紊亂，卻還強健。「躺一會兒。若睡不著，就閉上眼睛。」

陳月娘點點頭。

莊蕾出了房門，來到前邊，胸口上似壓了一塊大石頭。

她拿了蒲團，跪坐在陳然身邊。

陳然睡在門板上，莊蕾伸手抓住他冰冷的手，心狂跳著。張氏哭得昏昏沈沈，這個家頃刻間就要倒塌，她該怎麼辦？

莊蕾的手再熱，也沒辦法把陳然的手捂暖，又抬起手擦著不斷掉出來的眼淚。

安南侯府、安南侯……書裡開篇說得簡單，而且一切都那麼順其自然，但是從頭到尾細細回想，卻不是這麼一回事。

宣和之變，蕭王叛亂，京中大亂，安南侯帶著懷孕八個多月的夫人出逃，夫人受到驚嚇之後，提前發動，在牛家莊遇到同樣即將臨盆的張氏，兩個孩子被抱錯。

當時狀況極為混亂，是替兩個孩子接生的穩婆搞錯了，而證據就是十來年之後穩婆的一句話，還有陳熹長得跟安南侯很像，可是謝弘顯不像安南侯。

即便是在前世科技發達的時代，抱錯的事情是有，但要認親，不僅僅是憑著一個人的一張嘴，還有面貌上的相似就能認定，還要測ＤＮＡ確認親子關係才行。

書裡卻交代得極簡單，看書時可以當成是無傷大雅的小錯誤，這個時候卻不得不拿出來細細思量。

這可是侯府嫡出的公子，以後要繼承侯府爵位，能讓安南侯憑藉這些簡單的證據就確認嫡出血脈，或許還有一種可能——安南侯從一開始就知道兩個孩子被調換了。

在這個時代找人談何容易，就算是懷疑，也要找很久吧？甚至一輩子都可能找不到。可是安南侯找了沒多久，就找到了陳家。
安南侯逃出京城後，調換孩子，是為了讓自己的親生兒子能夠活下來。但宮變後新帝繼位，到底誰為太子，朝堂上著實爭吵了一番。
那段日子，安南侯過得如履薄冰，生怕站錯了隊，滿門覆滅。所以即便回了京城，繼承爵位，也沒有立刻接回親生兒子。
如今，安南侯的危險已經解除了，他要接回自己的親兒子，但陳熹在陳家待了十多年，他怕兒子回去跟他們不親？或者兒子以後會有陳家這個牽絆？又或者還有其他緣故？
陳月娘的話也透露出一些不尋常。李家那個畜生，平時雖然混帳，卻未這樣將陳月娘往死裡打。如果是設計把陳月娘拖到河邊，推落河中，引父子倆下河去救陳月娘，弄死陳家父子呢？可為什麼要留下陳月娘？李六郎應該巴不得能弄死陳月娘再娶。
雖然有這個讓人想不明白的環節，但從現實和書裡的發展來說，陳熹回侯府之後，很思念自己的養父母，幾次想逃出侯府。後來安南侯將陳家碩果僅存的她接過去，正是為了安陳熹的心。
從那個時候起，陳熹才真正成了謝弘益。
這一切都是她的推測，不過公爹和大郎身上的瘀青卻是切切實實的佐證。
依照原來的情節，陳月娘沒有回來，投河自盡不成，又回了李家。她將父兄之死的罪責算到自己身上，陷入深深的自責。懷著孕的身體，哪裡受得了這樣的精神折磨？因此難產，跟著去了。

莊蕾發現，她忽略了一個細節。

李春生死在陳月娘之前，為了保住孫子，在陳月娘難產時，李家二老要求先保孩子，不救大人。陳月娘的死，成了壓垮張氏的最後一根稻草，張氏沒有拖過半個月，也走了。

陳家父子出事後，才幾個月，陳家就滅門了？以小說情節來看，可以說是炮灰，放在現實中也太奇怪了吧？

莊蕾站起來，添了香燭，回來繼續跪坐著。累了，額頭便抵住門板靠一靠，騰出一隻手握著陳然的手，足足跪了一夜……

第三章 撒潑

天曚曚亮，莊蕾站起來，進廚房燒了早飯。

張氏守著公爹，莊蕾過去攙扶她。「娘，咱們進去吃口東西。如今只剩咱們三個人了，飯得吃，再難也要撐下去。您是咱們的主心骨，不能倒啊。」

張氏仰頭看莊蕾，婆媳倆核桃眼對著核桃眼，看莊蕾這般懂事堅強，又想想還有陳月娘要照顧，張氏站了起來，隨莊蕾進屋吃了兩口飯。

莊蕾跟張氏商量。「娘，報喪要報哪些人家？壽材讓誰去買？壽衣、香燭這些東西，誰去置辦？還有麻衣怎麼裁？席面誰來管？咱們先拿個主意，不要亂了。」

張氏突然痛失兒子跟丈夫，恨不能隨父子倆去了，此刻聽莊蕾這麼說，見她雖然一夜守在大郎身邊，沒有挪開半步，卻事事說得在理明白，定了定心神，分派起來。

「咱們跟妳二叔公商量，讓他帶著他兒子去報喪。妳三叔夫妻可以買壽材和壽衣。其他叔伯等一下就過來了，席面的事情讓他們管。」

張氏說完，進去拿了個匣子出來，裡面是一匣子碎銀。「這裡有五十兩碎銀，妳先拿去用，不夠再跟我說。」

「我知道了。」莊蕾接過匣子出去了。

吃過早飯，同宗至親趕來，莊蕾向各位叔伯長輩行禮之後，按照跟張氏的商量，一件件告訴長輩們，秤了銀子交給需要預支銀子的人。

一個上午過去，壽材鋪子送來壽材，肉鋪送來豬頭，靈堂佈置起來；三嬸買了布料，親戚中的女眷都知道他們家事出突然，早早來幫忙。別人家好歹有個準備，他們家連準備都來不及，壽衣要裁剪縫製，孝服要趕，紙錢也要剪。

「阿然的娘，妳家阿焘的孝服要做多大，給個尺寸？」三嬸問道。

雖然書裡沒有明說陳焘是否穿了孝子衣、執了孝子杖，但陳焘後來立刻去了京城，可見沒有守孝。

安南侯的嫡子，怎麼可能給他人守孝？

莊蕾扯了扯在跟三嬸說陳焘尺寸的張氏，道：「娘，有件事我有些拿不定主意，您能跟我進去嗎？我們商量商量。」

她不過是個十多歲的孩子，拿不定主意也是正常，張氏便跟她一起進了房間。

莊蕾問她。「娘，您告訴我，阿焘的事到底是怎麼回事？昨天為什麼有人說他是安南侯府的少爺？」

「這件事說來話長。這麼亂，哪有工夫跟妳說？」

「娘，您說過生阿燾的時候，那莊子裡也有個娘子生產，是那個時候抱錯孩子了嗎？」

張氏抹著淚。「我和妳爹都不信，但他們走上來就一口咬定阿燾是侯府的公子，說要接他回去。」

莊蕾嚴肅地說：「娘，侯府嫡子要繼承爵位，人家不會認錯的，既然過來了，定想把人帶走。昨日安南侯趁著你們都不在，派人將阿燾拖走，就是他的態度了。若您還想讓阿燾給爹披麻戴孝，鬧得難堪不說，人家踩死我們，就如同踩死一隻螞蟻。不如咱們退一步，讓他作為義子，給爹上香？」

張氏一愣，眼淚噴湧而出。「那妳爹豈不是沒有兒子送終了嗎？這可怎麼辦？」

莊蕾勸道：「娘，您聽我的，現在阿燾在人家手裡，若說身為義子過來給阿爹上一炷香，大概還有可能；若是以孝子的身分，我怕咱們是再也見不到阿燾了。」

張氏軟弱卻不糊塗，看著莊蕾，嘴唇哆嗦著。「可是，總要有兒子送終啊……」

莊蕾輕聲道：「阿娘，不管怎麼樣，爹是不會有兒子送終了。如果我們乖一點，興許他看在咱們家發生那麼大變故的分上，會把那個弟弟送回來，這不就有香火了嗎？

「另外，姊肚裡的孩子，也不能讓他回去，記在大郎哥哥名下，算是大郎哥哥和我的。如果實在不行，從同宗裡過繼一個。這些事可以慢慢籌劃，但阿燾再也不是您的兒子了。」

張氏眼淚直流，卻只能點頭應下。「妳說得是。只是妳爹和大郎太……」

她還是聽了莊蕾的話，出去跪在陳家大官人一旁，放聲大哭，只說自己命苦。

莊蕾感同身受，心酸得幾乎無法呼吸。

一會兒後，莊蕾找人去請甲長，讓三嬸另外裁了一件孝衣。

甲長匆匆忙忙趕來，張氏擦了擦眼淚，道：「昨日出了這些事，就沒去見侯爺。求您走一趟城裡，跟侯爺說一聲，讓他帶著阿燾來給他爹磕個頭。」

「阿然的娘，妳好糊塗啊！如今阿燾是侯府公子，怎麼可能替一個鄉下漢子守孝？」

「我知道，是讓他以義子的身分上香，好歹咱們也養了他十二年……」

「義子的身分？」甲長一聽，問道：「這是妳的主意？」

張氏抹著淚。「是，我想過了，如今既然已經分辨清楚，阿燾總是要回去的。我家官人生前疼愛阿燾，您也是知道的，讓阿燾來看一眼，您覺得可成？」

甲長搖搖頭。「那我去一趟。」

莊蕾目送甲長腳步輕快而去，由著他去拍高門大戶的馬屁。

人一多，嘴就雜，多少人想要知道陳家出事的細節，莊蕾便跪在堂裡，捶著門板哭喊。

「爹啊，自從我來家裡以後，您一直把我當成親閨女，月娘有什麼，我就有什麼。您把月娘放在心尖上疼，月娘出嫁，十里八村的，誰不說您嫁女兒嫁得風光？成親之後，月娘被那個畜生打了跑回家，您和娘又勸她，做人媳婦了，不能像姑娘家一樣……」

莊蕾句句把陳月娘怎麼在夫家被打、爹娘怎麼心疼，怎麼樣一次次拿錢、拿東西過去，一一細數。

「可沒想到，豺狼的胃口是填不飽的啊！他們不僅想要錢財，還想要月娘的命。哥說去帶月娘回家，以後咱們一家子，只要我和他有一口飯，就有月娘一口飯。誰想到，出去的時候，你們都是活生生的，回來就變成這樣了……」

她說著，爬了起來，撲到陳然的身上大哭。「哥，我以為嫁給你了，是要跟你過一輩子的，只想著等老了，我能走在你前頭。你和爹這樣丟下我和娘，還有月娘，讓我們以後怎麼過日子？」

哪怕是哭啞了嗓子，莊蕾還是一遍遍重複這些事。

往來弔唁的人多了，陳家父子又是橫死，不少隔壁村子的人過來圍觀。看著這個年紀輕輕的小娘子哭得涕泗橫流，也聽得明明白白，這李家六郎真是頭惡狼。

下午，道士跟和尚都到了，吹吹打打。

張氏一直在盼著陳熹回來，莊蕾看著時間流逝，心想安南侯未必會讓陳熹回來，畢竟陳家成了這個樣子，會增加陳熹的牽掛。

突然間，人聲沸騰起來，親戚們破口大罵。「你這畜生還來做什麼？」

莊蕾抬頭看去，發現是李家父母護著李春生過來了。

李春生長得眉清目秀，還是鄉下不多見的讀書人，平日在人前話不多，待人接物也客氣，果然是知人知面不知心。

張氏站起身，啞著嗓子哭叫。「你來幹什麼，把我們家鬧得家破人亡還不夠？」

李春生的爹李老頭踏進門。「親家出這樣的事，我們心裡也很不好受。這個畜生是犯了錯，可他年紀小，還是個孩子呢。再說了，夫妻之間哪有不吵架的？

「小夫妻倆吵架，心疼女兒也是常理，可你們家呢？一點點小事，父兄就過來撐腰，弄得月娘在男人面前一點都不柔順，兩人越發因為一點點小事就吵得天翻地覆。

「如今月娘懷著咱們李家的種，春生是陳家的女婿，今兒我讓他過來給他岳丈、大舅子磕個頭，賠個罪，月娘還是要回李家的。」

十九歲的人了，還是孩子？做出這樣的事，就拿一句還是孩子來推託?!

張氏被氣得渾身發抖。「你說的是什麼話？你兒子把我女兒打成那樣，她爹過來找你們說兩句錯了？月娘懷著孩子，卻被這個畜生打得腳上、身上全是傷，你們做公婆的管過媳婦的死活嗎？」

莊蕾站起來，從牆角抄起洗衣棒，隨即衝上去，一棍子敲在李春生背上。

李春生吃痛，嗷的大叫。

李婆子立刻護著李春生，伸出手指著莊蕾。「我們來祭拜妳公公和妳男人，妳幹什麼？一上來就打人。大家看看，陳家都是什麼教養，我們家娶了個媳婦，等於迎了尊大佛，只要有個風吹草動，親家公就上門，弄得做女婿的抬不起頭。但陳月娘是我李家的人，早晚都要回來。」

莊蕾聞言，抱起陳然的靈位，道：「有話跟他說，問問他要不要你們祭拜？要是有心，就在這個靈堂之上打死你們的兒子，就算你們真心誠意來祭拜。」

她說著，往蒲團上一跪，一手抱著陳然的牌位、一手朝上指著。「上有天，下有地，是對是錯，自有老天評斷。李春生，我咒你不得好死！哥啊！公公啊！你們做了鬼，要收了這個畜生去！」

接著，莊蕾撲在地上，捶著地。「哥，你連命都不要，也要把月娘救起來，現在這個畜生還敢來討回月娘。今日我拚了，就算要和你睡同一口棺材，也絕不會讓他們帶走月娘。」

這話說完，莊蕾仰頭看李家三口，猩紅的眼露出搏命的決心。陳月娘回去就是死路一條，為了這個家，為了躺在門板的陳大郎，她都得護著。

原本陳月娘待在屋裡哭，這會兒聽見莊蕾的話，搖搖晃晃走出來，一把抱住莊蕾，叫了一聲。

「花兒！」

張氏也撲過去，孤兒寡母三人哭成一團。

一旁的親眷看著陳月娘的肚子，再看著抱著自己男人牌位的莊蕾，想著陳然能娶了這麼個媳婦兒，沒給他留下一點香火，就這般去了，實在可憐。陳熹剛剛又被什麼大官家要走，陳家連個男丁都沒有了。

都是同一個村的人，同宗或不同宗的看了都心疼，女人們開始罵李家人是畜生，男人過來推搡，要把李家三口推出去。

李春生離開前道：「陳月娘，是妳不認李家的，明兒我就休了妳！」

莊蕾聽見這句話，爬起身。雖然傷心加上一夜未眠讓她有些站立不穩，但是不妨礙她拿起一旁桌子上舀茶水的碗，往李春生砸去。

李春生的額頭被砸破，李婆子瞧見寶貝兒子流血，心疼地捂著他的傷口，張嘴就罵道：「剋死男人的小爛貨，老天要敗了你們陳家！」

莊蕾想起陳月娘難產的情節，這個老太婆一定要保孩子，不顧陳月娘的死活，立刻出聲反擊。「我們會活得好好的，老天到底要敗了誰，日子過下來才知道。」

李春生指著陳月娘。「以後別想再進李家的門！」

「作夢！以後就是要飯，也跳過你們家再要！」若非被身邊的嬸子們拖住，莊蕾怕是就衝出去了。

李婆子扶著兒子，一邊走、一邊罵道：「小潑婦！」

莊蕾看著李家三口嘟嘟囔囔地出了門。

此刻若是不潑，以後還怎麼立足？

李家三口出門，差點撞上院門口的馬車，讓李老頭嚇了一跳。

一前一後兩輛馬車，又寬又大，好生闊氣。幸虧陳家位在村子前面，屋前空地也大，否則這麼大的車還進不來。

莊蕾站直了身子看去，難道是安南侯和陳燾？

甲長從前面的車裡爬下，跟著他下車的，是一名年過四十、穿著綢緞衣衫的男人。又有個十三、四歲的胖嘟嘟少年從後面那輛車下來，看上去一團和氣。

莊蕾盯著那輛馬車，一個十多歲的少年接著下來，臉上晦暗無光，身上倒是錦衣華服，只是身形太過纖瘦，感覺一陣風就能將他吹走，下車便咳嗽了兩聲。還有個十四、五歲的姑娘和一個看上去三十來歲的婦人，也一起下來。

莊蕾想著，難道是安南侯一家來了？那個少年就是被掉包的孩子吧，可陳燾呢？

甲長已經腳步輕快地竄進門，在靈堂前跪下磕頭，上了一炷香。

張氏在幾個鄰居的扶持下站起身，甲長略有些興奮地說：「阿然他娘，侯爺發善心，怕妳家男人沒人送終，讓妳家的真二郎回來給他披麻戴孝。」

即便前世的莊蕾看慣生死，卻還是難以克制地怨恨素未謀面的安南侯。他的步步計算，將她好端端的家瞬間撕成了碎片。

眼前的少年，臉上蒙著一層黑氣，看起來沈痾難癒的樣子。他這樣出現，無非是增添張氏的悲苦。

張氏侷促得手不知怎麼擺，那個穿著華服的中年男子走過來，很是矜貴地開口。「陳家太太。」

張氏點頭，應了一聲。「管家。」

穿戴得這般體面，居然只是一個管家？莊蕾不禁打量起那個女孩子和那個婦人。

「我家侯爺命我將弘顯少爺送回來。既然你們送回弘益少爺，侯府也不能做絕人子孫的事，便讓弘顯少爺替陳家官人送終。」

管家謝福說話慢條斯理，姿態極高，頗有些狗眼看人低的意味。

「弘顯少爺的貼身小廝和丫鬟，還有他的奶母都來了。侯爺養了弘顯少爺這麼多年，也捨不得他以後吃苦。弘顯少爺，給您生父戴孝吧。」最後兩句，是對那個病弱少年說的。

莊蕾看著他轉頭，對謝福道：「請回稟侯爺，既然我認祖歸宗了，自然不好再用謝家的家僕。元喜跟我多年，他無父無母，留下也可，其他人就不必了。」

這個少年說話慢條斯理，目光低垂，此刻看不出神情。但莊蕾可以斷定，他不是憐惜這些人與親人分別，聽起來與侯府的人也沒什麼感情。

謝福對少年說：「這是侯爺的意思，我恐怕無法決定。」

「陳家的事，無須謝家來干涉。」少年道：「願意認回兒子的是侯爺，要將我送回來的，也是侯爺。既然送回我，陳家也替謝家養了這麼多年的兒子，算是兩不相欠了。若是管家不想將元喜留下，也可帶走。」

敦實的小胖子立刻著急地叫道：「少爺，我跟著您。」

謝福顯然對這個假少爺沒什麼恭敬之心，回道：「弘顯少爺，您自幼錦衣玉食，這裡畢竟是窮鄉僻壤，您可不能辜負了侯爺的一片心意。」

少年低頭。「陳家不過瓦房兩、三間，乃是鄉間的小康人家，哪裡用得了這麼多家僕，難道要侯府年年接濟？陳家又算是侯府的什麼人？既然已經解開誤會，不如分得乾乾淨淨，以後不用再往來的好。」

莊蕾沒想到這個少年能說出這樣的話，恨不得拍手，要真能這樣才好。雖然她們娘兒三個對陳熹有感情，可這樣的牽扯於她們來說，卻是頭上的一把利劍。

少年轉頭問張氏。「您是我的親娘？」

張氏一下子沒有回過神來，愣住了，莊蕾忙接話。「正是。」

少年又問：「能幫我取麻衣來嗎？」

「好。」張氏忙應下，讓一旁的三嬸遞上麻衣。

少年套上麻衣，自顧自燃香點上，又撩袍跪下，連磕頭都磕得讓莊蕾覺得特別有氣勢，哪怕他不過十二歲，哪怕他看上去是這般瘦弱。

現在的情況很詭異，但莊蕾說不出哪裡不對勁。在書裡，這個少年只是炮灰，是她婆母深受打擊中的另外一重打擊。

少年站起來，看向莊蕾，略微低了頭，莊蕾這才發現她依然抱著陳然的牌位。

「我哥哥叫陳然？」

莊蕾連忙點頭。

少年扯了扯嘴角。「那麼，我就叫陳熹。」

莊蕾一愣，完全符合了書裡的名字。

第四章 出殯

陳熹的歸來，讓張氏的內心燃起希望的小火苗。

莊蕾發現她整個人開始有了生機，雖然依舊哀痛，但至少不是茫然到恨不能追隨公爹而去。由此可見，對她來說，一個可以承襲香火的男丁是多麼重要。

張氏到底放心不下陳熹，問了句。「管家，阿熹能不能過來，送他……義父一程？」

謝福鄙夷地瞥張氏一眼。「貴府的公子不是說了嗎？陳家和侯府之間不必再有瓜葛。我家公子乃是侯府嫡出，被鵲巢鳩占這些年，自當好好地孝敬侯爺和夫人。」

莊蕾挑了挑眉，要不是自己的男人還躺在門板上，恨不能嗤笑一聲，側過頭看謝福。

「誰鵲巢鳩占？阿熹在我家長得壯實又活潑可愛，你們把我家弟弟養成什麼樣了？臉上沒二兩肉，還一陣陣的咳嗽，居然敢說你們那個巢比咱們的家好？咱們鄉下人，別的不懂，就知道孩子養得白白胖胖才好，沒叫你們賠我們一個活潑康健的孩子，已經不錯了。」

謝福沒想到一個小姑娘敢這麼挑釁他，憤恨地冷笑一聲。「那就好好養。告辭！」

因為自己的猜測，莊蕾對安南侯府的人沒什麼好印象。「不勞您費心。」

侯府管家這個德行不稀奇，畢竟安南侯不是好東西，她心裡有些憐惜陳熹小小年紀就要到那種人身邊。但轉念一想，人家有男主角光環，她這不是鹹吃蘿蔔淡操心？

看著張氏抖動的唇，莊蕾拉了拉她。「娘，二郎回來了就好。想來阿燾在侯府過得也不會太差，您別太擔心。」

莊蕾說完這句，跪著的陳熹看向她，臉上蒙著一層死氣，沒有一絲絲少年的活潑樣子。

莊蕾想著，書裡說陳熹沒多久也一命歸西，看了看張氏，不知前世那一身本事能不能救下這個孩子？

謝福甩袖往外走，除了兩個僕從跟上，另外三個人站在原地，走也不是，留也不是。

乳母上前，半蹲著問陳熹。「少爺，那我們幾個？」

「妳家不是在京城嗎？都回去吧。」陳熹揮揮手。

乳母見狀，帶著丫鬟往馬車走去。兩個車夫拿下幾口箱子，扛了進來。

「陳少爺，您的藥和日常替換的衣衫都在箱子裡。」

「放下吧。」陳熹頭也沒抬，對小胖子道：「元喜，把東西搬進我房裡。」

元喜哪裡知道哪個是陳熹的房間，莊蕾站起來，招呼元喜。「這位小哥，隨我來。」

元喜應了一聲，跟莊蕾走了。

原本陳然和陳燾睡同一個房間，如今出了事，雖說可以讓陳熹睡那一間，想著他小小年紀，住裡面的人剛剛死了，到底不妥。

莊蕾引元喜進了自己的房間，放下東西，陳月娘正坐在裡面默默垂淚。

莊蕾招手，對陳月娘道：「姊，咱們把哥和阿燾的屋子收拾一下，咱們倆搬過去，讓新來的二郎住這一間。他還有一個小廝，就睡旁邊的次間。」

陳家的房子比陳熹剛才說的大得多，蓋好不過兩年，是莊蕾來了之後才蓋的，東邊這裡留給陳然和莊蕾以後做新房，格外寬敞些。原本打算以後兩兄弟可以分開過，所以一旁還有次間，兩邊各有三間，正屋有客堂和房間，林林總總也有十來間房。

陳家老倆口商量先讓兩兄弟住進去，陳然看著房子在東邊，更加寬敞亮堂，非要給兩個妹妹睡，自己和陳燾睡西屋。

如今陳熹歸來，他是這個家裡唯一的男丁，東邊這一間留給他，也是應該的。

莊蕾囑咐月娘，請元喜幫忙把她們的東西全挪到西屋，便去靈堂守著了。

日暮時分，莊蕾的親爹娘帶著三個兒子，拎著兩只籃子，從院門外走進來。

莊蕾的娘站在門口就開始乾嚎。「我的好女婿啊，你怎麼死得那麼早……」

她呼天搶地起來，唸的卻是些不倫不類的話。「要不是家裡窮，養不活花兒，我怎麼捨得把自家姑娘嫁給你這樣的矮子。就算你矮了些，可怎麼又短命了呢？」

莊蕾聽不下去了，走過來說：「娘，您別哭了，帶著弟弟去旁邊坐，等下就開席了。」

「哦！」莊蕾的娘一下子爬了起來，連手帕都不用，臉上壓根兒沒有半點濕意，扭了屁股到外邊席面上坐下，跟著吃吃喝喝。

因為不是大殮之日，所以親眷沒有全來，不過請了五桌至親。

吃完晚飯，本家的幾位嬸子和叔伯幫忙洗碗整理。

莊蕾的爹娘還在一桌一桌的倒剩菜，也沒見他們關心她一句。搜刮完每張桌子，莊蕾的娘過來說了聲。「花兒，咱們走了，明兒再來。」

莊蕾沒對她爹娘抱有希望，雙腿已經跪得發麻，撐起身體揮揮手。「走吧。」

看著她爹娘帶三個弟弟出門而去，莊蕾想起剛剛到陳家的第一個過年。按著規矩，出嫁的女兒要回娘家拜年，婆婆張氏替他們準備一條魚、一刀肉，讓她和陳然帶去。

兩人上莊家拜年，莊家連一頓飯都沒留不說，臨走前，她爹還把陳然身上的幾百個錢刮了個乾淨。

她雖然不敢說什麼，以後卻再也不願意去娘家了。

莊家人離開後，莊蕾又站了一會兒，雙腿的感覺才好些，嘴角帶著苦笑，壓了壓疼痛的眼，對跪著的陳熹道：「二郎，起來吧，去吃點東西。」

陳熹仰頭看莊蕾。「可以吃東西？」

莊蕾一愣，陳熹解釋。「京城守夜，孝子不能吃東西。」

莊蕾搖搖頭。「鄉下比不得京裡，沒那麼大的規矩，只是吃得素些，算是對亡故之人的紀念。」

陳熹撐起身，看他有些搖晃，莊蕾想扶他一把，卻見他後退一步，只當他是侯府家教嚴格，不能跟女子拉拉扯扯。

張氏過來扶他，卻見陳熹也避開，垂下眼眸。「我身患惡疾，吃喝不能與他人同碗筷。」話才出口，又拿出帕子掩嘴咳嗽。

莊蕾看他咳得厲害，回憶書裡的情節，陳熹一日三餐不離藥，回陳家不過一個多月，人就歿了，便問：「癆病？」

這話一出，張氏臉上淚痕未乾，抬頭打量陳熹，渾身上下沒幾兩肉，臉色暗沈發黃，整個人看上去很不好，眼淚又流下來了。

肺癆就是肺結核或慢性肺炎，在這個時代幾乎是絕症，莊蕾腦子裡有好些古方，也能拿出祖傳絕學，但療效都不如抗生素來得快。

難道書裡張氏的死，不是因為打擊過大，而是感染了肺結核？

當務之急，還是先隔離大家，避免傳染。

陳月娘和元喜端著碗筷出來，莊蕾囑咐陳月娘。「以後妳離二郎略微遠些，別碰二郎的東西。」

「阿娘，分兩桌吃飯。以後二郎的碗筷、衣衫和我們分開洗，他的碗筷用過之後，放進鍋裡煮半個時辰。如果天氣好，他的被褥跟衣衫每天放在太陽下曝曬……」莊蕾說著說著，道：「算了，以後二郎的東西由我來管，你們只要記得，不要和二郎共用碗筷就好。」

聽莊蕾如此俐落地說出要注意的事，張氏囁嚅道：「二郎剛剛回來，如果分得太開，恐怕不好。」

莊蕾幫陳熹盛了一碗稀飯，舀了兩勺豆腐，挾一筷子青菜，放到他面前。

陳熹接過飯碗。「娘不必介懷，本該如此。」

莊蕾又道：「娘，為了大家的身體，先略微分開的好。二郎的病，我們從長計議。明天又要忙一整天，人也多，二郎就在屋裡歇息，等下葬那天再一起去墳地，您看如何？」

張氏低頭抹了抹眼淚。「也只能這樣了。」

陳熹從進來開始，就一直在觀察莊蕾。這個小姑娘不過十多歲，說話做事卻極有條理，聽到他的病也沒有驚慌失措，很平淡地告訴大家要如何處理，跟京裡太醫交代的並無兩樣，十分老道。

莊蕾不管陳熹用什麼樣的眼光看她，滅頂之災就在眼前，她只能盡自己所能了。

「二郎，家裡人口也簡單，你已經先認識了娘。」

陳熹點點頭，莊蕾指著陳月娘說：「這是你大姊月娘，去年成婚。爹和哥哥的死，是因為她那個男人，我們定然不會原諒李春生，以後月娘就住家裡了。你哥說過，有我們一口飯，就有月娘一口飯。我是你嫂子，大家叫我花兒。」

陳熹聽出莊蕾話裡的意思，以後他就是陳家唯一的男丁，但讓陳月娘回家是他哥哥決定的，以後他不能說什麼，便點點頭。

「嫂子說得是，阿姊應該回來住。」

莊蕾聽陳熹這樣回答，覺得這孩子是挺講道理的人，對他有了些好感。不僅僅因為他是陳然的親弟弟，更因為這孩子跟陳家人一樣，善良而講理。

她又看向月娘和張氏。「月娘，雖然我沒跟大郎哥哥圓房，娘也憐我年紀小，怕我臉嫩，按照年紀排了序，一直叫妳姊姊。今兒我想明白了，我就是大郎哥哥的娘子，妳該叫我嫂子，以後稱呼上改一改。」

陳熹看著這個身材嬌小的姑娘，此刻堅毅地說出這句話，不知她是哪裡來的勇氣，敢擔起這個家的長嫂之責？

兩日後，陳家父子倆一起出殯。

天上下起了雨，莊蕾的臉上一片濕，不知是淚還是雨。陳然的棺材下到坑裡時，興許是地上的泥太滑了，她滾進坑裡，抱著陳然的棺材，臉貼在棺材板上。

「哥，你在天上睜眼看著，花兒會一樁樁、一件件把這些事做完。」

張氏看見莊蕾撲進坑裡，再也忍不住，也撲進去，哭得死去活來，讓身邊的親眷都跟著落淚，過去把婆媳倆拉起來。

哪怕莊蕾再捨不得，陳然都已經去了。大雨中，她跪在泥濘的地裡，看著一撬一撬的土蓋在棺材上。那個願意哄著她、疼著她的大郎哥哥，真的永遠都見不到了，埋下去的是他，卻也是她的心。

莊蕾轉頭望向李家村，背後的黑手很可能是安南侯，李春生卻是這一連串悲劇的開端。

她咬著牙，她一定要讓他付出應有的代價！

這夜，莊蕾與陳月娘睡同一間房，她拿著針線在燭火下納鞋底，抬頭道：「月娘，咱們把李家的事情理一理。」

陳月娘聽了，眼圈又紅起來，眼淚吧嗒吧嗒的落下。

莊蕾說：「月娘，不是我要揭妳的傷疤，既然咱們不想回去，就要拿出不想回去的辦法來，女方跟男方鬧翻要和離不容易，更何況妳肚裡還有孩子。他們為什麼不來鬧？是吃定了我們沒有別的辦法，早晚得把孩子送回李家。」

陳月娘擦著眼淚。「早知道我去死的好，就不會連累爹和哥，也不會連累妳。」

「又說蠢話了不是？妳死了，李家可高興呢！傷心的是誰？是咱們的娘，是咱們一家子，我們要好好地過下去才是。」莊蕾勸道。

陳月娘靜下心一想，整件事情根本不可能解決。她肚裡的孩子是李家的，要是讓她回陳家，卻把孩子交給李家，她寧可死了也不願意；若是不送孩子回去，就算再占理，也會被人戳脊梁骨。

她咬了咬後槽牙，轉過頭問莊蕾。「嫂……花兒，要是我能捨了這個孩子呢？我不想再和他們有什麼牽扯。若這個孩子生出來，就和他們永生永世扯不完了。」

莊蕾沒想到陳月娘能有這樣的決斷，她能主動放棄，這是最好不過。依照書裡的描述，這孩子會是個病兒。

「這話有理。咱們別聽人後怎麼說咱們，興許還有人說咱們仗著家裡有幾個錢，所以插手你們夫妻吵架，可妳若真捨得肚裡的孩子，那就另當別論了。我記得當初妳嫁過去時，帶的錢財不少，還有那二十畝的地，但阿爹只是給妳收租和耕種，卻沒有給妳地契？」

陳月娘回答。「李家的旱田跟水田加起來共二十多畝地，一家五口年年吃得緊巴巴。我嫁過去，吃不慣他們家的飯，阿爹見了，便給我二十畝地，讓佃戶把租米交到我手上。」

莊蕾知道，公爹這麼做有道理，眼不見心為靜，如果常送米糧給女兒，李家面子上不好看。家裡還有兩個兒子，整日看見爹娘貼補女兒，年紀小的時候沒什麼，年紀大了成家立業，肯定會有話說。不如給女兒二十畝地，讓她收租。

「地才剛剛到手，李春生就遣了佃戶，由他們家自己種。咱們家的二十畝地都是阿爹買的良田，他們現在全靠著那些地度日。他們一直逼我去要地契，我不肯，李春生一說起這件事就打我。後來是阿爹上門說了，這些地是用來養活我的，不是給他們的。我婆婆嫁女兒辦不起嫁妝，就從我箱子裡拿了鼠皮襖子和被子……」

陳月娘說的這些話，莊蕾早就聽多了。以前世看，陳月娘也就是高中的年紀，思路有些紊亂也正常。

莊蕾靜靜地聽陳月娘說完，把手絹遞給她，讓她擦眼淚。

李家人的心也太黑，她還在想要怎麼做的時候，便聽陳月娘說：「自從我懷上以後，李春生有了個相好的。我那點銀首飾早被他偷了個乾淨，前一天回來向我要錢，我說沒有，他就開始打我……」

「什麼樣的相好？」莊蕾抓住關鍵追問，看來就是書裡說的那個寡婦江玉蘭了。

陳月娘看了莊蕾一眼，一下子不知道怎麼開口。

莊蕾皺眉問：「妳說啊！別顧忌我年紀小，我們總要一起拿定主意，再找娘商量吧？」

陳月娘猶豫一下，答道：「是同村的寡婦，男人去年病死了，李春生不知怎的跟她勾搭上了。那寡婦有一兒一女，家裡又窮，沒什麼出息，就靠著一身皮肉過日子。」

「靠皮肉過日子？和她在一起的人很多？」

陳月娘轉頭，紅著臉點點頭。「同村的有三、四個，外村的也有。」

莊蕾看著陳月娘的肚子，如果那個女人有很多男人，那麼有沒有可能是菜花之類的毛病？不，不一定，也可能是梅毒之類的，在沒有青黴素的年代會致死。如果是那樣，就能解釋為什麼陳月娘會生下病兒了。

「月娘，李春生和那個女人有了首尾之後，妳和他可曾同房過？」莊蕾問她。

陳月娘搖著頭。「沒有，他嫌棄我在床上跟個死人似的。自從和那個女人相好後，他就不碰我了，回來就打我，說我沒有別人半分。這種日子跟活在煉獄有什麼區別？我都不想活了，所以能避開就避開，我從沒想過男人會是這樣的。」

莊蕾只能說，從目前的情況來看，陳月娘應該還沒有染上那種病，具體的還需要進一步的確診。

莊蕾深思一下，道：「這孩子生下來也是艱難，就用他讓妳和李家斷個乾淨。」

第五章　進城

天矇矇亮，莊蕾便在廚房忙活，剛剛想拿桶子去打水，卻看見元喜挑著兩桶水進來，倒入水缸裡。

一口鍋裡煮著粥，莊蕾切了胡蘿蔔碎丁和青菜碎丁，加上小蔥，調進麵粉糊糊裡。再加了三顆雞蛋，用菜籽油烙出五張餅。

「好香啊！大少奶奶做了什麼？」元喜又挑了兩桶水進來。

正在切醬瓜的莊蕾也覺得奇怪，為何她做的餅會有一種勾人食慾的香氣呢？難道是因為這些天沒有好好吃過一頓飯嗎？

她笑了一聲。「你別叫我大少奶奶了，叫一聲花兒姊就行。我做了雞蛋餅，再準備個配粥的小菜。你去伺候你家少爺起身，等下就吃早飯了。」

昨日回來後，豆大的汗從陳熹額頭流下，看上去陰虛火旺，但面色晦暗帶黑氣，一路上又咳嗽不止，回來便倒在床上，晚飯還是端進去給他吃的。情形很不好，真的要找個時間替陳熹搭脈。

她想著，起油鍋把醬瓜和泡好的花生一起炒，元喜也生了爐火幫陳熹煎藥，再端去東屋給他。

醬瓜的香味混雜著草藥的氣味。有了前世的記憶，莊蕾感覺這草藥的氣味熟悉極了。

前世莊家的祖傳是中醫，她的曾祖父是S市中醫藥大學的首任院長，無論在海內外，家族的人大多從事相關領域的工作。

莊蕾曾經和自己的曾祖父聊過，現代社會的患者一開始不會注重中醫，到了病症已經無法控制時，病人便開始病急亂投醫，把所有希望寄託在中醫上，導致了李鬼橫行，乃至中醫變成玄學，甚至是妖魔化。

兩人探討一番後，她大學時選擇了F大醫學院臨床醫學系，並且輔修了藥理學。西醫和中醫似乎一直有壁，不過在她這裡不存在，該檢查還得檢查，該手術就手術，也辯證開方。

她把鍋裡的醬瓜花生米盛起來，鼻子裡的味道傳到腦中，讓她不由分析起藥的配方。不對，有問題！

元喜忽然在房裡大叫。「少爺！少爺！」

莊蕾聽見了，立刻放下手裡的鍋鏟，往東屋奔去。

陳熹正趴在床沿，元喜幫他拍背。

莊蕾過去一看，痰盂裡是一口鮮紅的血。

張氏也從門外衝進來，瞧見痰盂裡的血，邊哭邊抱住陳熹。「怎麼會這樣？」

陳熹想推開張氏，抬起頭來，唇上掛著血跡。

張氏拿帕子幫他擦嘴角，陳熹偏頭，面向床裡。「娘，您離我遠些，當心過了病氣。」

「胡說什麼？我活了這麼多年，就算立時去找你爹也值了，我不怕。這些年阿娘沒有養你，已經很心疼了，以後就讓阿娘照顧你。」

張氏說著，就要用那塊擦了血跡的手帕拭淚。

莊蕾走過去，一把搶過張氏的手帕。「娘，照顧二郎不是說要一起得病，您別胡鬧。若是您也病了，我可照顧不來兩個病人跟一個孕婦。」

「是啊，娘，讓元喜照顧我就好。我沒事，是元喜一驚一乍的。」就算是笑，陳熹的臉上也帶著愁容。

莊蕾心想，這麼一個活生生的人，和書裡那個三言兩語的炮灰完全不同，這是陳家的孩子，是陳然有血緣的親弟弟。

張氏看向莊蕾。「花兒，要不要找聞先生替二郎瞧瞧？」

元喜對張氏說：「太太，我們少爺帶了一個月的藥，還是宮裡為皇上和娘娘看病的太醫開的。方子也帶了過來，太醫說按照這個方子加減即可。」

張氏一聽是京城太醫開的藥方，頓覺好似說了什麼不該說的話，囁嚅道：「那還是用太醫的方子調養的好。」

莊蕾扶起張氏。「娘說得也沒錯。二郎從京裡出來這麼久，病症不知道有沒有變化，其實可以拿著方子，請咱們這裡的郎中加減一、兩味藥，就會更對症了。咱們還是去趟壽安堂，請聞先生看看。聞先生在本地很有名氣，好多臨近州府的人都過來找他看。」

張氏聽莊蕾這麼說，原本的尷尬之心盡去。「花兒說得是，二郎這樣，還是讓咱們這裡的郎中瞧瞧。宮裡的太醫雖然好，但看的病患未必有咱們這裡的多。」

「也是呢。不是有句話叫急病遇上慢郎中？替貴人看病的那些郎中，最怕出事時被怪罪，擔待不起。可咱們這種縣裡的郎中呢，最怕耽擱病人的，以免耽誤了農活。有時京裡的郎中不敢下猛藥，所以療效未必有聞先生的方子快。」莊蕾在一旁解釋。

張氏一聽，越發覺得一定要去縣城請聞先生看看。

莊蕾見陳熹氣息穩定，扶了張氏起來。「娘，先出去吃早飯。吃過早飯，我請三叔趕咱們家的牛車，一起去縣城。」

張氏點頭應了。

莊蕾硬是拉著張氏去洗了手，才讓她坐上飯桌。

陳月娘盛了粥問：「二郎怎麼樣了？」

「等下我陪著二郎去縣城裡去看郎中，反正癆病就是那樣，看是人欺病還是病欺人。姊，妳不要靠近二郎，妳肚裡還有孩子，千萬小心。」

陳月娘聽了莊蕾的囑咐，看向陳熹的房間，很是心疼這個弟弟。

莊蕾幫陳熹盛粥，拿了雞蛋餅，端著東西進了東屋。

陳熹靠在床頭，閉著眼睛。

莊蕾叫了聲。「二郎可醒著？」說著將早餐放下。

陳熹微微睜開眼，看了莊蕾一下，又把眼睛閉上，想回答他醒了，但因喉嚨裡有痰，沒能出口。

莊蕾幫他打開窗，外面的日光透進來。「多開窗，讓空氣流通。」

屋裡亮堂了，莊蕾再藉著光仔細打量陳熹的臉，卻是沒有顴紅目赤等肺癆的標準症狀。

莊蕾走到床頭的方几前，幫陳熹擺好早餐。「若是有力氣，就用兩口？」

陳熹睜開眼，伸手拿過桌上的筷子。許是房間裡開了窗，裡面的藥味散了些，往日聞不出味道的鼻子，居然聞到了雞蛋餅的香氣。

他挾起雞蛋餅，咬了一口。他有多久對吃食沒有感覺了？這是他一年多來，第一次感覺食物吃起來是有味道的。再挾了一筷子醬瓜，塞進嘴裡，鹹鮮中帶著甜，味道比較重，刺激他的味蕾，讓他對一碗清粥有了興趣。

陳燾與莊蕾十分親暱，將她當成自己的姊姊；陳熹很是守禮，卻與她疏遠得很。不過這也正常，人家剛來，總不能自來熟吧？

莊蕾站在窗口，看著窗外開得旺盛的雞冠花，又轉頭望向即便坐在床上吃飯，姿態依舊優雅從容的陳熹。這麼瘦的少年，居然讓人看出了那麼一絲絲風骨來。

陳熹停下筷子，與平時強迫進食不同，今日的早餐卻是他想要多吃一些，不知不覺地把莊蕾端進來的粥和雞蛋餅全部吃下。

見陳熹已經吃完，莊蕾替他端來了水和痰盂，讓他漱口。

陳熹漱完口，對著莊蕾道：「謝謝。」

莊蕾問他。「你能伸出舌頭給我看看嗎？」

陳熹有些意外，莊蕾笑道：「以前家裡的弟弟如果胃口不好，我娘就讓我看他的舌頭，舌頭紅的話，就幫他弄些婆婆丁湯來喝。」

「我這個病，婆婆丁恐怕沒法子解決。」陳熹回答。

「看看不成嗎？」莊蕾帶著笑問，並不因為陳熹的話放棄。

陳熹一愣，不由張了嘴。

莊蕾見他的舌苔極為厚白，搖了搖頭。「吃什麼都沒滋味吧？」

「還好，今兒的雞蛋餅和小菜倒是能夠吃出鹹淡來。」他吃藥吃到舌頭沒有滋味，已經很久了，久到他不知飯食的香氣，但今天的飯菜卻讓他有了感覺。

「那就好，等下我做麵疙瘩湯，應該也能讓你好吃些。」莊蕾點頭，收拾桌上的碗筷，便出去了。

莊蕾先去外面臨時搭建的新土灶，把陳熹用過的碗筷全部放進鍋子裡煮過，再用皂角洗手，才進屋坐下，端起碗筷挾了雞蛋餅吃起來。

張氏剛剛吃完，還沒離開飯桌，長吁短嘆地說：「花兒，我細想起來，妳在靈堂上也太過於……」

「凶？潑？」莊蕾看向張氏。「娘可是聽見什麼流言了？」

張氏還想說，打量著莊蕾已經瘦了一圈的臉，捨不得多說一句。見她已經吃了一塊餅，將自己留給她的半塊餅推過去。

「妳還在長身體，多吃些。」

正在喝粥的莊蕾聽了，眼睛一陣酸澀，一滴眼淚落進碗裡。

這話，原是陳然說得最多的。

莊蕾將餅挾回張氏碗中。「娘，您吃。要是不夠，我再多做一份就好。」

張氏看見她的眼淚，想起已經去了的大兒子，再看看眼前這個如花似玉的姑娘，不由開了口。

「花兒，大郎沒有福分，就這麼歿了。再留妳兩年，妳總要找個好人家的。妳這般的樣貌，要是傳出了潑辣的名聲，以後可怎麼辦？」

莊蕾伸手按住張氏的手。「娘，您說什麼呢，我哪裡還能遇上哥那樣的人？多數都是我親爹那樣的，一個不高興就踹我娘，或者打我。來咱們家的時候，我身上沒有一塊好皮，幸虧遇見爹娘和哥哥。

「以後若是有機緣，領養一個孩子，算在大郎哥哥名下，我也就沒什麼旁的想法了，守著您和孩子過一輩子。咱們孤兒寡婦如果不凶一些，定然會受人欺負，乾脆豁出去不要好名聲了，以後日子還可以過得安穩些。」

張氏又被莊蕾的話弄得淚滿眼眶。「好孩子。」

莊蕾吃過早飯，把飯碗收進灶間，看見元喜正將藥倒出來，順手要把藥渣潑在門口的空地上，趕緊阻止。

「你別隨便亂倒，等下我找個地方倒了。你潑在這裡，小黑會挖得到處都是。」

想起自己老是胡亂倒藥渣，元喜不好意思地摸了摸臉，放下手中的藥罐，端藥進了屋。

莊蕾打開藥罐子，用筷子撥出裡面的藥渣，仔細地一一聞過後，挾出一片片像是桂皮一樣的藥材，放在嘴裡試了試，果然是土荊皮。

土荊皮是一種外用殺蟲止癢之藥，有微弱的特殊氣味，但與其他藥物混煮之後，就被掩蓋了。她上輩子就是滾在草藥堆裡的人，又最擅長醫治肺病，一味治療肺病時不會被用到的藥材被混進去，她怎麼可能分辨不出？

土荊皮有毒，可引起肝腎損傷，長期食用會慢性中毒，難怪陳熹的臉色暗黃無光，是出現了肝損。本來陳熹的身體就弱，多吃一陣子的藥，送命也就不奇怪了。

有了這個認知，莊蕾的猜測就完全成立了，謝家想將陳家趕盡殺絕，這也太狠了。

莊蕾倒了藥渣，清洗藥罐，再去隔壁找三叔，請他過來把家裡的牛車套上，準備帶陳熹去壽安堂。

她回東屋，見陳熹已經撐著起來，道：「你原來的方子呢？也帶上。」

元喜從箱子裡翻出一張藥方遞給莊蕾，莊蕾看也沒看，塞進懷裡，扶著陳熹往牛車走。

元喜想跟去，莊蕾對他說：「家裡要有人看著。你也知道李家不是好人，你待在家，護著月娘。」

陳熹看了元喜一眼。「你好好看護家裡。」

元喜這才停下腳步。

莊蕾扶著陳熹上車，比她小兩歲的少年，身體之輕，讓她不可想像。

等陳熹坐好，前面傳來三叔趕牛的聲音。莊蕾從懷裡掏出那張藥方，仔細看了起來。

這張方子對醫治肺癆來說，算是中規中矩。如果是她開方，會在仙鶴草、沙參、白芨、海蛤粉的分量上有加減。

莊蕾過去拿起陳熹的手腕，前世她判定脈象之後，會再以生化和影像資料來佐證，不會有太大的出入。

脈象重按始得，往來艱澀，遲滯不暢，如輕刀刮竹。這並非典型的肺結核脈象，而是肝腎有問題。

到了城裡的藥堂，莊蕾從懷裡摸出碎銀子遞給三叔。「三叔，您幫我買一隻榮記的鹽水鴨，咱們兩家各分一半。買完後，您點兩個鴨頭，吃口酒再過來，要不等著多無趣。」

「花兒，這個我不能拿，都是一家人，說什麼兩家話。我去幫妳三嬸買點東西，你們要是好了，就在藥堂的凳子上坐一會兒等我。」

三叔說了一聲，趕著牛車往前去了。

莊蕾看見陳熹盯著她看，輕輕一笑。「走吧，進去了。」

第六章 問診

遂縣縣城不大，只有一家藥堂，可壽安堂生意很好，附近但凡有疑難雜症的人都會慕名而來。壽安堂的老闆，就是裡面的坐堂郎中聞先生。

聞先生年輕時是個游方郎中，走了不知多少地方，曾經拜過十幾位師父學習各家所長，積累豐富的經驗，五十多歲才回來開了壽安堂。

這一點莊蕾很認同。前世她的爺爺就是個願意到處去交流的人，在他的影響下，她去過西藏、新疆和非洲進行醫療援助。家族傳承很重要，更重要的是實踐。

莊蕾扶陳熹進了壽安堂，坐在長凳上等了一會兒，輕聲問陳熹。「可吃得消？」

陳熹扯了扯嘴角。「還好。」

莊蕾抬頭望去，只見坐在裡面的聞先生鶴髮童顏，面色紅潤有光澤，與前世的祖父神情語氣很是相像。但凡做醫生的，真的沈下了心，那種沈靜氣質讓人一望便知，於莊蕾更是無比親切。

莊蕾問陳熹。「你在京城得病之後，是不是只有一個太醫替你看病？」

陳熹幽深的眼珠盯著莊蕾，點了點頭。「是。」眉頭皺得更深了。

莊蕾見他不接話，便不再說下去。

等了幾個人，輪到陳熹，聞先生先看了看陳熹的臉，搖搖頭，開始搭脈。左手之後換右手，再看眼底和舌苔。

接下去，聞先生伸手按了按陳熹的胸口，陳熹輕輕哼叫兩聲。他又將耳朵貼在陳熹的背上，讓陳熹深呼吸。

莊蕾狀似焦急地問：「怎麼樣？」

她根據聞先生按壓陳熹胸口的反應，開始推測陳熹的病情，可惜她不能聽他的呼吸和肺部的雜音。

聞先生摸著山羊鬍子問：「妳是他什麼人？」

莊蕾回答。「我是他嫂子。」

「妳隨我來。」聞先生站起身，示意莊蕾跟他進去。

聞先生帶著莊蕾進內室，皺著眉頭說：「妳家這個小叔，恐怕不太好啊。」

「先生，怎麼不好？」莊蕾問道。

聞先生皺眉。「目前看起來，肺、脾、肝、腎都有問題。他身體怎麼會變成這樣？這病來得古怪，一般的少年病症，可不會這樣醫治。這孩子才這般年紀，若是讓他這麼早早去了，還真是可憐。但要救他實在太難，要是早個個把月，還能試試。

「如今這般，就算用藥調養，也不過拖個一年半載，而且耗費甚巨。妳回去跟家裡人商量商量，他想吃什麼就吃什麼，不用忌口，好好過上幾個月也好。」
聞先生看起來真是大家，方才莊蕾也搭過陳熹的脈，敢說能調養一年半載的人，也是有本事了。
莊蕾想著，決定冒險一下，說出了自己對這個病症的看法。
「聞先生，我認為他還有救。他的五臟六腑是受了毒害不錯，我想用黃連三錢、穿心蓮三錢、梔子四錢等物，讓他的毒排出一部分，再用三棱針刺大椎、肺腧等穴道，激發體內來修復。再配上另外一個方子，用白芷三錢……」
聞先生既然能拜十幾位師父，足以證明他是個想法十分開通的人，吃驚地看著莊蕾。
「妳才幾歲，竟有這等見解？不過妳小叔的病太重，這用藥太過於霸道，稍有不慎，可就一命歸西了，一般郎中可不敢這麼開。」
莊蕾低下頭。「這本是勝向險中求之意。若不賭，就得看他慢慢熬死，必須搏一把。」
「小丫頭有這樣的醫術和膽量，為何不自己開方子？」聞先生看她打扮，還是姑娘的模樣，心中略略有了底。
既然聞先生叫她一聲小丫頭，莊蕾就順著竿子爬。「聞爺爺不知，我這個醫術並非如您從實際經驗中得來那般，而是偶然得到。未曾試過的醫術，總需要您這樣的大家給句話。若是您覺得不可信，我也只能自己去抓藥，死馬當活馬醫了。」
他叫她一聲小丫頭，她回他一聲爺爺，對於軟糯乖巧的小姑娘，聞先生立時有了好感。

聞先生琢磨著說：「三棱針緩緩，先配上金針補瀉，會更好些。」

「爺爺，我於金針只是粗通，請賜教。」前世精力有限，她不可能面面俱到，只在家裡學過金針之法，但實際經驗並不多。

「一是補氣，二是清毒……」

「先生，外面還有病患等著。」外面來人稟道。

「好，我馬上出來。」聞先生應了一聲，又對莊蕾說：「小丫頭，今日我病患太多，實在沒空與妳多講。妳最好抽空找個下午來一趟，到藥房找我，我與妳好好說說。」

聞先生的天分不是頂好，機緣也不足，年輕時候吃了不少苦，他的經驗是博採眾長而來。所以遇見每一個有不同見解的人，他都願意聊聊。

莊蕾心裡暗喜，有了前世的記憶，她就不是今生單純的莊花兒。這一身本事，要想辦法善用；她要離開小溝村，慢慢讓安南侯對他們一家放鬆警惕，也需要契機。

「好，我先將我弟弟送回去，明日下午來找您。」

聞先生出來，按照莊蕾的方子開了藥，抬頭看看她，又加了一味沙扁豆進去。

莊蕾看著墨跡未乾的方子，心裡佩服。聞先生醫術果然很是高明，這味藥加進去後，平衡了藥性，整張方子君臣相和，霸道略減，對陳熹這樣的身體，衝擊也會減少些。

聞先生叫了一聲。「阿宇。」

一個與她差不多年紀的少年起身回道：「爺爺。」看起來是聞先生的孫子，看起來濃眉大眼，嘴唇略厚，整個人顯得很沈穩。

「你來搭一搭脈。」

等那少年搭完脈之後，聞先生把方子遞給少年，讓他親自陪著莊蕾去抓藥。

莊蕾聽櫃檯的夥計喊他少東家，果真是聞先生的孫子無誤了。

後面還有病患排隊，莊蕾向聞先生告辭，帶陳熹出來，跟他一起坐在板凳上等三叔。

陳熹聽見了幾個方子上的藥名，輕聲地問了一句。「所以我的病不是肺癆？」

莊蕾嗯了一聲，陳熹又問：「那是什麼病？」

還沒等莊蕾回答，三叔已經過來，問道：「已經好了？」

「好了！三叔，咱們一起吃碗麵再回去，不然也過了吃飯的時辰。」莊蕾說道。總不能叫人家幫忙，還讓人家餓著肚子回去。

三人去了前面街口的小館子，一人點了一碗麵。

小縣城的小館子不那麼乾淨，陳熹頓了一頓，才坐下。

莊蕾和三叔過去端麵條，瞥見兩個人走進來，是她爹莊青山帶著比她小了兩歲的弟弟，那孩子跟陳熹一般大。

「爹。」莊蕾叫了一聲。

莊青山帶著兒子在他們這一桌坐下，莊蕾手裡的麵給了陳熹，又放下自己那一碗。

莊青山把她的麵拉到她弟弟面前，對她說：「再要一碗，我的麵裡多加一塊肉。」

莊蕾看了看他，她夫家剛剛出了大事，又是婆母當家，手頭只有幾個銅錢，也能亂花？給他買麵還要多加一塊肉，他倒是好意思開口。不過想這些也是多餘，如果莊青山知道要臉，就不會是她爹了。

莊蕾轉身去買麵，聽陳熹說：「嫂子，再添一碗就行了，我不吃。」

陳熹將自己身前的麵碗推給莊青山，莊蕾以為他嫌棄這裡的東西不乾淨，講究些也正常，便轉頭說：「爹，您先吃著。」

她過去買了一碗麵，多加一塊肉，端過來後，將其中一塊肉挾給她爹。

莊蕾的弟弟看了他爹的碗一眼，又看莊蕾的碗。莊蕾正打算拿筷子挑鬆了麵團吃麵，卻見她弟弟將筷子伸過來，要挾走她碗裡的那塊肉。

莊蕾格開他的筷子，抬頭看他。「你幹什麼？」

她弟弟理所當然地道：「把肉給我。妳吃什麼肉？」

莊蕾不理不睬地吃了起來，聽見她爹說：「花兒，他是妳弟弟，快把肉讓給他。」

莊蕾恍若未聞，飛快地吃著麵。

莊青山見莊蕾不理不睬，以前在家時對她打罵慣了，便用筷子抽莊蕾的額頭，莊蕾的額上立刻起了兩道紅痕。

「妳這死丫頭片子，怎麼回事?!」

莊蕾放下筷子，看著莊青山。

莊青山的脾氣不能忍了，想伸手打莊蕾，被三叔擋住。「你這是幹什麼？」

「今天要不是妳家三叔在，我真要好好教訓教訓妳。沒良心的白眼狼，白養妳了！」

三叔聽不下去。「這是什麼話？花兒見你們來，也幫你們買了麵，你兒子想多吃一塊肉，你分一塊給他也行。你閨女碗裡只有一塊肉，你還任由你兒子去挾。你閨女沒給，你兒子不高興，你就衝你閨女發火。有這工夫，自己多買一塊給兒子吃，不就行了？」

「我們家的事，用得著你說三道四？」莊青山說道：「你算老幾？」

莊蕾拉著陳熹，後退了兩步。「他是我三叔，我是陳家人！原本您要用五兩銀子把我賣給養瘦馬的，陳家花了十兩銀子將我買來，做了大郎的媳婦，我便不是莊家的姑娘了。

「今兒您來，我用陳家的錢替您和弟弟買了麵，您要加塊肉就加塊肉。弟弟吃完了，要挾我的那塊肉，我不肯給他，您就要抽我，這是什麼道理？」

莊青山沒想到那個任由他打罵的死丫頭會這樣跟他說話，更是火冒三丈，見小小的館子裡，大家都往這裡看，怒吼出聲。

「看什麼看！妳沒良心，才會小小年紀死了男人！吃妳一碗麵，還有這麼多話，有妳這樣孝敬爹的嗎？」

莊蕾站在門口，扯著嘴角冷笑，哪裡還有半分鄉下村姑的樣子，氣勢迫人。

「天下之間，有您這樣恥笑女兒死了男人的爹？弟弟們也快到了說親的年紀，您這樣子，可有人家願意把女兒嫁過去？還是您想替他們買媳婦兒？您有這個錢？」

這一席話戳了莊青山的肺管子，衝出來就要踢莊蕾，罵道：「早知道我就把妳賣進窯子裡，千人騎萬人壓，也不會把妳給陳家！」

「那時候，您不是想把我賣給養瘦馬的嗎？做親爹的生了女兒就想要賣進窯子、賣給人當瘦馬？不管是窯子還是陳家，賣就賣了，您也得了錢，以後路上見了，權當沒看見。如今我死了男人，以後您別再上門，家裡比不得以前，沒有秋風可以給您打。」

莊蕾一邊說、一邊拉著陳熹出了門。

「沒良心的東西，不得好死！」莊青山氣急敗壞地罵道。以前那個動輒縮在角落裡跟一頭綿羊似的小丫頭，怎麼就成了這個樣子？

莊蕾站在大街上，回道：「人在做，天在看。我等著您長命百歲！」說完便上了牛車。

牛車行了一段路，陳熹以為莊蕾會傷心難過，卻見她面色如常。到了前面的鋪子，讓三叔停車，去買了桂花糕和豆沙糕，又買了塊鬆軟的發糕。

莊蕾上車後，把發糕遞給陳熹。「發糕好消化，你吃兩口墊墊肚子。」

三叔在車外道：「花兒，妳那個畜生爹的話不能聽，別往心裡去。」

莊蕾撩起簾子，對三叔說：「您放心，我從來沒有想過要靠他們。以後我伺候婆婆，照顧家裡就好了，娘家不來往也罷。」

三叔邊趕車邊說：「我和妳三嬸還在擔心，大郎和妳公爹去了，阿熹又被要回去，你們娘兒幾個怎麼過？現在看來，妳倒像是一夜之間長大了似的，也算是能扛起這個家了。」

莊蕾笑了笑。「還能怎麼辦？爛泥蘿蔔，擦一段，吃一段。日子總要過下去的。」

陳熹的咳嗽聲讓莊蕾坐回來，他已經吃了半塊發糕，手裡還有半塊。

莊蕾拔開水罐的塞子，遞給陳熹。

陳熹灌下一口，莊蕾拍著他的背，關切地問：「好些了嗎？」

陳熹略微側身，悶聲道：「嫂子，妳離我遠些。」

莊蕾這才反應過來。「方才你不吃鋪子裡的麵，是怕把病氣過給別人？」這孩子還真是純善。她早上搭脈時，已經確認他不是肺癆，所以剛才也幫他買了麵。

「方才聞先生跟我說了，你得的不是肺癆，以後咱們不用再分開吃飯，你沒必要離我那麼遠。」

陳熹一頓，側過身，眼裡全是訝異。「真的不是？」

「不是。我給他看了你之前吃的方子，今天他幾乎全換了，你瞧。」莊蕾說著，將舊方子和新方子塞到他手上。

陳熹來不及多問，看著兩張方子，真是截然不同的藥物，手漸漸開始顫抖，大滴大滴的眼淚落下來，滴在方子上。

「果然是這樣……」

莊蕾搖搖頭。「你早有猜測不是嗎？不然為什麼要趕走那些僕婦？」

陳熹抬頭，滿臉淚痕。「妳猜到什麼了？」

陳熹拿著方子的手抖得厲害，莊蕾抽過他手裡的紙，摺了起來。

「我爹娘生我時，因為是頭胎，不作興掐死，就養著了。我娘生了剛才你看見的那個孩子之後，又生了兩個女兒，都是按在馬桶裡直接悶死的。

「我不知道到底是死的人，還是我這個能活下來的人更幸運？來陳家前，我從來沒有好好吃過一頓飽飯，打從會坐起就開始幹活，從早到晚。冬天吃冷，夏天吃餿，過得比條狗還不如。剛才你見到的男人，一個不順心就打我。有時候想想，我能活下來真不容易。」

陳熹聽著莊蕾說著她家裡的事，經過方才一幕，知道她在娘家過得艱難。

莊蕾見陳熹帶著淚的眼睛定定地看著她，繼續說：「就連我娘也覺得女兒是賠錢貨，遲早是別人家的，但比我還小兩歲的小姑，卻是祖母手心裡的寶貝。那個時候，我真想一頭扎進河裡，死了算了。

「後來他們將我賣給陳家做兒媳，其實我挺高興的，再差也就是過原來的日子吧？過來之後，爹娘人善，大郎哥哥的脾氣更是沒話說，這日子就是天上地下的差別。所以，如果以前的日子讓你覺得不如意，想想好歹已經換了個地方，也許以後就能過好了呢？」

陳熹一頓。不如意嗎？他這十來年，哪裡只是不如意而已……

第七章 開方

陳熹陷入了回憶中。

他努力讀書，聽從夫子的教誨，孝順父母，做好一切他能做好的事。但別說是父母的關注了，得到的表情只有冷淡。

每次跟他們待在一起，都能感覺出他們的勉強。他入選皇子伴讀，本該是高興的事，卻被安南侯推掉了；他的文章被讚譽，也不過得一句尚可。

他一直不知道自己究竟要怎麼做，父親才能給個讚賞的笑容。直到一年前，他染上癆病，聽說是不治之症，心中越發渴望爹娘能給他一點點的疼愛。

但就算躺在屋子裡，有的還是僕婦，來的還是太醫。原本一起玩鬧的兄弟姊妹，都離他遠遠的。

那天，院子裡的人偷偷嚼舌根，傳聞世子是抱錯的，他才知道，自己不是安南侯的親子。同時，安南侯也對他說，以後他可以繼續用謝弘顯的名字，以侯府義子的身分住在侯府。

不過，他同時知道了，他已經不久於人世。

他咳了一夜，也想了一夜，突然明白，其實安南侯早就知道他不是親生子了。將事情一件一件串起來，他漸漸想明白裡面的關節。

於是，他去見安南侯，叩謝道：「多謝侯爺與夫人的養育之恩。想來陳家二老並非故意抱錯孩子，既然我命不久矣，不如落葉歸根。」

「你既這般想，也罷。只是那裡可沒有京城太醫，也不如侯府這般舒適。」

他跪在地上說：「京中太醫固然是聖手，卻已經回天乏力。侯府富貴潑天，我非侯府血脈，受之有愧。不如回到鄉間，雖不能報答父母的生恩，至少能見父母一面。」

安南侯便答應了。

陳熹想到這裡，像是自問自答。「難道他們養我，就沒有一絲絲的情分？」

「侯府的丫鬟跟小廝多嗎？」莊蕾忽然問道。

陳熹點頭。「自然多。」

莊蕾笑了笑。「在他們眼裡，只是把你當個小廝罷了，還給了你這麼多年的名分、這麼多年的富貴，你還想要什麼？你我在他們的眼中，不過是隻螻蟻。」

陳熹啞然。「也是。不值一提，隨時可以踩死。」

「即便你是螻蟻，對於咱們一家子螻蟻來說，你卻是不能缺少的那一個。」

「可惜我終究熬不過三個月，只怕回來更傷了娘的心。」

「別擔心，你有機會被治好。」莊蕾鼓勵他。「為了這一點可能，我們要付出十二分的努力。」

這些日子，她發現陳熹固然溫文有禮，卻是一身頹廢之氣，完全沒有少年人的活潑，想來是被病痛折磨久了之後的心灰意冷。

陳熹心想，侯府裡，除了元喜對他算得上忠心耿耿之外，其他人都是隨著侯爺和夫人的態度，既然上面的主子對他冷淡，下人對他多半是敬而遠之。也許他的決定真是對的，至少親娘張氏對他關切有加，比他大不了多少的小嫂子也在鼓勵他、關心他。

「真治得好嗎？」

莊蕾給陳熹希望，但是不打包票。「聞先生說是看運氣，也許能治好。」

陳熹沈默一會兒，又問：「我到底是什麼病？我想知道實情。」

莊蕾不知道該不該跟他說清楚，畢竟他才十二歲。

陳熹抬頭，用幽深的眸子看著莊蕾。「是不是藥裡有不對勁的東西？」

「有些事情需要謀定而後動，有些事情需要挖掘真相。」莊蕾盯著他。「你懂我的意思嗎？當前你唯一要做的，就是治好自己的病。你能做到嗎？」

陳熹咬了咬牙，又咳嗽了很多聲，才道：「能。」

「聞先生說，你身體裡有毒。他懷疑你以前身體裡有蛔蟲或是其他蟲，所以才會用了太多的驅蟲藥。」莊蕾轉了個彎告訴陳熹，他吃過毒藥。

「驅蟲藥？」陳熹皺著眉頭，沈吟一會兒便會意。「多謝嫂子，妳懂得可真多。」

莊蕾淡笑。「我自有一番際遇，要不也熬不到進陳家，早就餓死或是病死了。」她的醫術早晚會讓人知道，不想細說，但也沒想過要隱瞞。

陳熹點了點頭。「嫂子說的極是，既然如此，請嫂子跟娘說的時候，不要提我命不久矣，也不要提我身體裡有毒。這些事情，娘還是不要知道的好。」

這個孩子想得周全，莊蕾回答。「自然。既然你不想讓娘擔心，就對自己要有信心，要堅信病能治好，不可輕言放棄。」

「嫂子放心，我絕不放棄。」陳熹堅定地看著莊蕾。

牛車回了小溝村，莊蕾下了車，三叔幫他們把牛趕進牛棚裡。

張氏看見兩人，急急忙忙迎接出來。「怎麼樣？聞先生怎麼說？」

「聞先生說二郎的病挺嚴重。」

一聽陳熹的病情嚴重，張氏眼圈立時紅了起來，莊蕾安慰她。「不過聞先生也說了，就是治起來很費功夫，也要費些銀子。」

「費功夫不怕，費銀子也不礙事，只是二郎小小年紀卻要吃許多苦，這可如何是好？」張氏已經開始掉眼淚了。

陳熹看張氏這般模樣，輕聲道：「娘，既然有治我的辦法，您便不要太擔心了。」

「娘，明日聞先生讓我再去一趟，他說二郎的病確實很重，所以需要時間好好跟我說一說。今日壽安堂裡人太多，沒空細談。」
「好，那二郎還要去嗎？」
「不用了，聞先生說我去即可。今天他先幫二郎開了十五帖的藥。今兒開始，咱們就用聞先生的方子。」
「之前那張方子，不是太醫開的嗎？」
「聞先生說，太醫開的藥方雖好，但藥量太輕，跟咱們猜的一樣，那二郎的病就不容易好了。他是依太醫的方子改了藥，咱們就先按照聞先生的方子吃吧。」莊蕾編了個理由。
元喜很疑惑。「那已經在京裡配好的藥，就不吃了嗎？」
「傻孩子，你家少爺吃了這麼久也不見好，不如換一種藥吃不是？」莊蕾笑著對他道。
元喜憨憨地點頭。「說的也是。」
莊蕾拉著張氏。「今天三叔替咱們趕了一趟車，我買了兩包糕點，您送一包過去給三嬸，也算是咱們的心意。」
「要的要的，我馬上拿過去。」
看著張氏拿著糕點去隔壁，莊蕾取出藥包，元喜便過來接。
莊蕾說：「元喜，這藥有先下後下的順序，還是我來煎吧。」
元喜沒反應過來。「姊，我能煎，我一直幫少爺煎藥的。」
陳熹叫了一聲。「元喜，過來扶我進去。」

元喜應下，立刻跑去扶著陳熹。

陳熹說：「嫂子做事細心，既然是聞先生交代的，以後煎藥的事情就交給嫂子。」

元喜聽他這麼說，便乖乖點頭應了。

第二日，莊蕾吃過早飯，替陳熹煎藥，再把一家子的衣服洗完晾上，便準備去壽安堂。臨出門前，她瞥見牆角的洗衣棍，伸手抄起放進布兜裡，揹在身上，再把小黑帶出來。小黑個頭不大，遇見陌生人卻是極凶，是條看家護院的好狗。

小溝村不算太偏，但這個時代的人口不多，一路上走來，沒有人影的路也不少，偶爾還會有一、兩個要飯的花子蹲在樹蔭底下。

為了安全，莊蕾一路往前，小黑繞在她腿邊，半跑半走，到城門口用了一個半時辰。幸好她平時跑慣了，也不覺得累。

她從袋子裡拿出自己攤的餅，扯成兩半，扔了一半給小黑，自己就著水瓶裡的水吃了兩口，才去了壽安堂。

小學徒要帶莊蕾進去，看見莊蕾身邊跟著的小土狗，有些猶豫。

莊蕾蹲下來，摸了摸小黑的頭。「在這裡等著。」

小黑蹲下守在門口，小學徒帶著莊蕾進了後面的藥房。

這些藥有切片的、磨藥粉的、做藥丸的，這股味道與前世記憶中的藥廠很相似。

「先生在裹金衣，姑娘等等。」小學徒對她說道。金可以鎮心、安神、解毒，治驚癇、癲狂、心悸、瘡毒，用金箔裹藥丸更是極難的手藝。

一股麝香的味道傳來，莊蕾走過去，瞧見一個藥工在調藥丸。前世的電視劇裡，麝香被當成讓人不孕不育的藥材，殊不知麝香最大的功效不在於此，而是一味很好的傷藥。但在前世，麝已經是保育動物，人工培育的麝香也十分昂貴，都是用人工麝香代替。

莊蕾在腦子裡回憶麝香的種種，即便在古代，一頭雄麝也不過能產出三錢麝香，因為產量少，想來也是名貴藥材。

「丫頭來了？」

莊蕾轉身，看見穿著圍兜的聞先生，招手讓她過去。

聞先生看她背後揹著大包袱，問：「這是什麼東西？」

莊蕾解下布兜。「洗衣棍。路有些遠，還偏僻，怕遇見歹人。」

聞先生這才恍然大悟。「是我考慮不周。妳一個姑娘家，出來不容易。」

「不過是有備無患而已。」莊蕾笑了笑。「出門在外，總是小心些的好。」

「走，去聊兩句。」聞先生說著，在前頭領路，莊蕾跟在後面。

壽安堂本就是遠近聞名的藥堂，背後的藥房肯定不會小，進進出出的學徒也不少。

莊蕾跟著他進了後宅，裡面是個五進院子，進了一間題了養心齋三個字的房間，聞先生的孫子聞海宇已經在那裡等著。

「阿宇，人可帶來了？」聞先生問他。

聞海宇恭敬地回答。「正躺在裡屋歇息。」

聞先生邁過門檻，莊蕾跟著進去，一個肚子脹大、面色蠟黃的病人躺在榻上，有個中年婦人陪在他身邊。

聞先生看著她問：「丫頭把個脈？」

莊蕾見聞先生想試她，將自己的布兜隨手放在角落裡，對聞海宇說：「小哥，可否幫忙準備胰子和水？我要洗手。」

中年婦人見狀，一張黝黑的臉拉得老長。

聞海宇出去叫水進來，莊蕾仔細洗過手，用手巾擦乾，走到病患面前坐下，替他把了脈，看舌苔，再看眼底。

接著，她解開病人身上的衣衫。那人肚皮鼓脹，甚至連肚皮上的毛細血管都能看得出來。

莊蕾問病人。「愛飲酒？」

病人還沒回答，他身邊的婦人已經如竹筒倒豆子似的說：「可不是嗎？他就喜歡灌黃湯，一頓一、兩斤也是常事。叫他不要喝，他偏不聽。」

「以前染過蟲毒？」莊蕾繼續問。

「那是年輕時候的事情了。」婦人說道：「那時跟現在不一樣……」
莊蕾走到水盆邊洗手，道：「酒食不節，情志失調，蟲毒感染之後的繼發病症。氣滯、血瘀、水濕積滯。」
聞先生捋著白鬍子點頭。「妳打算怎麼治？」
「內服外敷。」莊蕾細想之後，說：「活氣、利水、軟堅散結。」
聞先生笑意更深。「來，開出妳的方子。」
莊蕾提起筆，一手蠅頭小楷。「黃芪七錢、白朮五錢、牡蠣九錢……」
這張方子有三十多種配方，聞先生招手，讓聞海宇接過。「阿宇，你看看這張方子，說一下為什麼這麼治。」
聞海宇疑惑地拿起方子。與別的郎中不同，這張方子寫得清清楚楚，字跡圓潤，卻極有韻致。
「當歸、赤芍、桃仁、紅花、丹參活血化瘀；牡蠣軟堅散結；水蛭……」
莊蕾恭敬地對著聞先生道：「您若是覺得不妥，可以加減一二。」
聞先生看向她。「加減一二？」
莊蕾覺得自己說加減一二已經很客氣了，他居然這麼問，有些不解，難道聞先生要全盤否定她的方子？
聞先生見她皺眉，道：「這張方子，我竟無處可加減。阿宇，讓人按方抓藥。」

「這個藥方慢著。聞少爺，另外用白布包裹芒硝一斤給他外敷。」莊蕾叫住聞海宇。「暫定七日，七日之後調整藥量。」

聞海宇應下，去抓藥了。

第八章　收徒

婦人還在等聞先生過來替她男人看病，聽說抓藥了，差點跳起來。

「聞先生，您該不會就讓這丫頭幫我男人看了？一個小丫頭開的方子，您也沒有更改過，這樣我可不敢看了。」

「那妳可以換別家看。」聞先生不理睬婦人，過去輕輕按病人的腹部。

病患皺眉，聞先生又問莊蕾。「要是肝區劇痛呢？」

莊蕾發現自己忽略了這一塊，略一沈吟。「有劇痛，去黨參，加九香蟲三錢、醋元胡五錢、炒五靈脂三錢、乳香三錢。」

婦人繼續纏著聞先生。「聞先生，咱們是慕名而來，您讓一個小丫頭幫我們看，是不是太過於隨便了？」

「上午的所有病人中，你們家的病最重，又是遠道而來，想來已經是被其他地方拒絕了。」聞先生說著，替那個病人搭脈。

「那您也不能讓一個小丫頭把脈吧？」

聞先生抬頭。「妳家男人若是不用她的方子，就該回家準備後事了。她是在我這裡開的方子，我點了頭才抓藥，妳可以當作這藥是我開的。」

婦人聽了，又打量莊蕾一眼，一身布衣素服，長得很是標致，但就是個黃毛丫頭，怎麼都不像能開藥方、治病救人。

這時，聞海宇提了藥進來，囑咐婦人，哪個藥先下，哪個藥後下。

婦人聽得狐疑，莊蕾看見她的表情，出了聲。

「妳家官人耽擱不得，先下後下的順序極為重要，莫要搞錯了。」

婦人打量著莊蕾，小丫頭面色沈靜，不容她反駁，遂認真地再聽一遍，聞海宇才讓人將病人抬出去。

等人出去後，聞先生指了指一旁的位子，對莊蕾說：「坐。」

莊蕾坐下，聞先生開口問：「妳小小年紀，開出的藥方竟比我這般年紀的老郎中還要老練，我能問問是何緣故嗎？」

莊蕾起身，向聞先生跪下。「我這等際遇不能與人說，但我極喜歡當郎中，不知聞爺爺能否收我為徒？」

聞先生搖搖頭。「妳能開這樣的藥方，足以證明是師出名門，怎麼會想要拜我為師？我恐怕也難當妳師父，與妳探討倒是可行。」

「聞爺爺行醫多年，積累深厚經驗，看的病患也多，乃是遠近馳名的名醫。」莊蕾恭敬地說道：「至於拜師的理由，其一，我年紀小，即便開的藥方不錯，世人眼中也不認為堪用，若現在就去替人開方，恐怕沒有人會讓我看病吧？若能在您這裡學醫，便可藉您的名頭積攢名聲。其二，我有一個預防肺癆的方子，但光靠我自己，沒有辦法沈下心研製出藥物。」

一聽有藥可防治肺癆，聞先生眼睛放出了光。「妳說！」

「不知道聞爺爺可曾聽聞人痘之法？」

「妳是說痘瘡之術？可以避免天花？」

「聞爺爺果然見多識廣。」莊蕾站起身。「您可記得人痘之法裡選擇的痘瘡，需要何等模樣？」

「水皰光滑肥大，收來之後還需要……」聞先生開始講述天花的防疫，但此法太難，未能成功在大津普及，依然有許多百姓蒙受其害。

莊蕾點頭。「不錯，其實肺癆也是如此，我們需要一代代地減低癆毒毒性，預先接種在康健的人身上……」

從狂犬疫苗到卡介苗、天花疫苗都是一脈相承的疫苗理論，莊蕾用這個時代的人聽得懂的話，跟聞先生解說免疫學的思路。

如果跟一代一代傳承下來的太醫解釋這些理論會很困難，因為他們寧願相信自己父輩的傳承。但是對於一個曾到處遊歷、不斷改良藥方的人來說，他的開闊思路和接受新鮮事物的心胸完全不一樣。

莊蕾說得口都乾了，聞先生聽得津津有味，不停發出問題。「如何確認下一代的癆蟲是減毒的？萬一要是百來人中接種了，有五個人得了肺癆呢？這個怎麼治療？如果改用兔子、猴子進行試驗呢？」

一老一少在書房裡熱烈探討，聞先生不記得有多少年沒有遇過這樣激動人心的時刻了，有一種棋逢對手的感覺，手不由開始顫抖。

「那妳什麼時候能過來？」

「家中剛剛大喪，官人和公公的七七四十九日尚未過去。我想等這些事處理完了，就搬到城裡來，不知可否？」

聞先生還在興奮之中，道：「我家中有一處三進宅院，我讓人先清理，置辦些必要的家什，等你們一家子過來，就能入住。不過妳那小叔的身體，雖然有妳在身邊照顧，終究藥材難得，還是早些過來的好。」

莊蕾點頭。「等我稟告過婆母，看看她是否能答應。如您所言，小叔的身體比什麼都重要。等下我拿些艾條、針灸器具回去，今晚替他扎針試試。另外，我要抓一副打胎藥，請您幫忙叫人準備。」

聞先生沒想到，莊蕾說起打胎藥，竟是這般光明正大，不由一愣。

莊蕾見狀，笑了一聲。「是有人託我帶的。」

「替人打胎終究有傷陰德，這種事情要三思。」聞先生勸她。

莊蕾彎腰行禮。「多謝聞爺爺提點，非不得已，我絕不會用。孕婦有心悸之症，懷孕的這段日子已經加重，若是任由她懷孕，恐怕到時一屍兩命。」只能拿出妊高症當藉口了。

聞先生聽了，點頭說道：「若是生產前後子癇發作，的確母子俱危。」

眼看已是日入時分，聞先生原本想留莊蕾住一晚，但莊蕾一再推辭，說自己新寡，在外住宿不方便，家人也會擔憂。

聞先生看她這般考慮周全，便派家裡的馬車送她回去。

莊蕾回到家，小黑一路跟著車跑，跑得直喘氣，趴在她身邊。

陳月娘迎出來，嘮叨道：「花兒，妳怎麼去了一整天？阿娘在門口不知道望了多少次。自從爹和哥走了之後，阿娘整日心驚膽戰，生怕家中出事。」

莊蕾知道張氏是真心掛念她。「是我讓阿娘擔心了。」

張氏也出來了，看上去憂心忡忡。「花兒，是不是二郎不太好？」

「也是，也不是。二郎的病確實重，不過聞先生太忙，我等了他大半天，才得以見他一面。聞先生說，二郎最好能住進城裡，讓他能日日號脈，根據他的身體情況調整藥方。」

張氏覺得這話有理，可她只是一個鄉下女人，沒有主意，要怎麼搬進城裡？

三人進門，瞧見桌上擺著飯菜，還沒動過一口，莊蕾問：「娘，你們怎麼不先吃？」

「妳不回來，娘哪有心思吃飯？」陳月娘說著，盛飯給莊蕾。

莊蕾接過飯，見陳熹從屋裡出來，陳熹叫了她一聲。「嫂子，回來了？」

陳月娘也替陳熹盛了飯，陳熹坐下，跟大家一起吃飯。

陳熹側過頭咳嗽著，莊蕾進去幫他倒了一盞茶。他臉上的黑氣濃厚，卻從未說自己難受，也太能忍了。

莊蕾說：「等下我幫你扎針。剛剛我在聞先生那裡學了針灸，他說你的病最好能配合針灸醫治，這樣能恢復得快些。」

張氏問道：「妳一個孩子家家的，哪裡會這些？」

「聞先生說，我極有學醫天分。今兒他教我扎針，一教就會，說是可以替二郎施針。」

張氏一聽，卻是深深皺眉。「妳爹和妳哥還沒有出七，若只有妳帶著二郎和元喜搬進城，我不放心。」

「我也跟他說恐怕不行，這時離開家裡，如何對得起剛剛去世的官人和公公？」

張氏果然一臉為難，片刻後卻咬牙道：「妳爹和大郎定然也希望二郎的病早日能好。如果這樣對二郎來說是最好的辦法，妳就帶著元喜和二郎去城裡治病。」

莊蕾回答。「娘，若是把您和月娘留在村裡，我不放心。二郎的病固然要去城裡治，咱們一家人也不能分開。」

張氏道：「那這件事怎麼辦？等個把月，稻子就要收割，我想把家裡的另外三十畝地也租出去。我們娘兒幾個都是女人，二郎那個身子，恐怕沒辦法種。」

「娘，索性現在就把地賣掉，拿了錢，咱們去城裡開鋪子，做點小買賣。聞先生說我機靈，他想收我當學徒。」

張氏連忙搖頭。「不成，哪有女人當郎中的？以後還要走街串巷呢。再說了，醫家的方子都是傳給自己的兒子，哪裡會傳給妳？這裡的田地是咱們家的家業，丟了怎麼對得起妳爹？妳沒吃過背井離鄉的苦，當初我和妳爹從北邊回來討生活，吃了多少苦，還抱錯了孩子。如今，二郎換回來了，可我養了阿燾這麼多年……」

許是陳熹在一旁的緣故，張氏沒再說下去。

莊蕾伸手按住張氏，知道她想陳燾了。「娘，阿燾到底是侯府公子，日子不會差的。」

陳熹笑了笑。「娘，您放心，阿燾肯定過得不錯。我倒覺得，嫂子去當郎中也好，您看京城的太醫給我開的藥沒什麼用，聞先生開的藥，雖然剛吃，但好歹人家有不同的見解，敢否定太醫開的方子，這就是本事。他一眼看中咱們嫂子，證明嫂子真有天賦。

「我身體不好，若是嫂子學了醫，慢慢替我調養，興許我就能好起來，以後娶媳婦，和嫂子一起孝敬您。」

張氏本覺得剛才那話有些不顧及陳熹的心思，沒想到這個孩子反過來安慰他。看他那暗沈的臉色，還要說這些話來哄她開心，便忍不住眼淚了。

「好，我等著以後你們都成家，都來孝敬我。只是花兒，妳是個姑娘，以後總要嫁人，做這一行，就不好找婆家了。」

莊蕾吃完了，站起來收碗筷。「娘，您別為我操心了，我真不會再找人家。除非娘要趕我，否則我就伺候您到老，養大月娘的孩子。」

張氏嘆氣。「妳現在還小，等長大了就知道，守寡多年是多麼淒涼的事了。」

「所以我覺得行醫不錯，您看聞先生這個年紀了，每天還有那麼多病患，從早忙到晚，哪裡還有空想什麼獨守空房，日子難熬，想來是倒在床上就要睡，睡醒了又是一天。這樣的日子太充實了，根本不需要去想那些有的沒的。」

前世她一輩子沈迷於醫術，住的公寓就在醫院和醫學院的中間，每天早上七點前進醫院查房、看門診、手術、講課、做研究，不到晚上七、八點離不開醫院或學校。週末一有空就泡在父親中藥公司的實驗室做新藥研究，一年到頭還有論文要發表。談戀愛對她來說，真是很浪費時間，也是很奢侈的事。既然上輩子能這樣過，為什麼這輩子不能呢？

張氏無法說服莊蕾，張嘴之後又閉嘴，還是等以後再說吧。

莊蕾想起前兩日跟陳月娘商量的事，對張氏說：「阿娘，二郎身體不好，咱們不如藉著這個機會，把爹當初給月娘收租的二十畝地賣了，就說要給二郎治病用，這樣李家也說不出什麼話來。」

張氏聽了，眉頭皺成了川字。「若是月娘一直住在家裡，賣了也就賣了。可她肚子裡的到底是李家的子孫，以後生下來，若李家上門要人，母子豈不是生生分離？萬一為了孩子，月娘被逼著回去，那怎麼辦？」

陳月娘看著莊蕾，又看看張氏，臉色蒼白。

莊蕾伸手握住了陳月娘的手，道：「娘，我是這樣想的，若是生個女兒，李家定然不稀罕，想來跟我以前一樣，不會好過，不如就養在我們身邊。若是生個兒子，李家真的要，送回去也是合情合理，好歹月娘的命還留著。

「那天李家人說的話，您都聽見了。這種人家，要是月娘回去，命肯定沒了。再說了，爹和哥還是他們害死的，反正我是沒法子和他們家做親戚了。」

張氏聽到這裡，眼眶紅了起來，捂住臉。「這造的是什麼孽啊？原以為窮一點沒關係，且看在他會讀書的分上，誰想到會是一頭惡狼。」

陳熹咳嗽幾聲。「娘，嫂子說得沒錯，不能讓大姊回去。這種人家，還是斷了好。」

莊蕾看他喘得厲害，扶他起來。「二郎，咱們回屋裡，這件事過幾天再說。等一下我替你扎針。」說完讓元喜攙著陳熹進屋了。

第九章　盤算

莊蕾拿出從聞家要過來的金針包，將金針放入沸水中煮了，再把藥煎上。滿了半個時辰，才取出金針，去了陳熹的房間。

元喜正在為陳熹洗腳，莊蕾看著那雙垂在腳盆裡、跟鳥爪子沒差別的腳，搖了搖頭。

陳熹見莊蕾進來，道：「嫂子先寬坐，我馬上就好。」

等元喜幫陳熹洗好腳，陳熹說：「元喜，你出去吧。」

「少爺，我在這裡伺候您。」

陳熹拍拍他的肩膀。「不用了，嫂子替我扎針，沒事的。」

元喜雖然不想出去，不過自家少爺這麼說，也沒有其他辦法，只得往外走。

張氏從外邊進來，陳熹笑了一聲道：「娘，您也出去。」

「我在這裡看看。」

陳熹對張氏扯開笑容。「娘，若是您看我身上那個樣子，定然傷心，倒不如在外等著。有些事情該熬的，也要熬過去不是？我沒事的。」

張氏也瞧見他還沒有放下褲腿的一雙腳，想想回去的陳燾那雙結實漂亮的雙腿，簡直是天差地別，心中難掩酸澀，點點頭。

莊蕾將門拉上，挑了挑燈芯。

陳熹脫下衣衫，不過十多歲，身上幾乎皮包骨。哪怕莊蕾自認為前世見多識廣，還是感覺心裡不舒服。

莊蕾指了指床上。「你趴上床，我在你背上扎針。」

陳熹依言趴在床上，莊蕾取出一根金針扎進穴位，開始拈轉，即所謂的白虎搖頭。

陳熹感覺背上痠脹異常，莊蕾看見他背上的肌肉抽搐，手指之間有緊張之感。

陳熹說道：「嫂子，大姊的事情，妳打算怎麼做？就算妳想賣了那二十畝地，咱們家和李家還有那麼多不清不楚的爛帳，也沒人敢接手吧？其實，就算大姊生個男孩，李家本就惡毒，會善待那個孩子嗎？孩子待在這樣的人家，別說後娘，光是李春生都能把他折磨死。」

莊蕾已經將針全部扎入，按照穴位替陳熹補瀉。「我也是這樣想的。那二郎有什麼好想法嗎？」

「那個孩子，生下來是害他。在侯府我不缺吃穿，日子卻過得……」陳熹悶聲說了這麼一句，斷在那裡。

莊蕾摸摸他的頭，想想也知道他在侯府的苦楚。「你說得是，確實如此。」

「妳跟大姊商量過了？」陳熹問她。

「商量過了，她決定不要孩子。二十畝地是良田，本就是阿爹捨不得阿姊吃苦，給李家收租的，現在是他們自己在種，我想賣了。

「甲長家一共生了五個兒子，個個人高馬大，他總要為自己兒子掙下點家業，若按照當前價格折讓三成給他，這個便宜他肯定占，由他去把田收回來，李家拿他們也沒辦法。他媳婦每天都會在河邊洗衣服，我明天提一句如何？」

「妳想得太簡單了，李家鬧不過甲長家，肯定會上咱們家來吵。到時候定然沒完沒了。」陳熹說著倒抽一口氣，嘶了一聲。

莊蕾感覺手底下有些緊，問道：「什麼感覺？」

「很疼！」

「那證明有效。李家人不來吵才煩惱，若是來吵，月娘只要上前滑一跤，咱們便能和他們斷得一乾二淨了。」

莊蕾說完，開始一根一根取走金針。

陳熹可以動了之後，側過頭來看著莊蕾。

「難怪嫂子不堅持現在搬去城裡，是想讓事情一件一件發生，讓阿娘權衡之後搬家吧？嫂子的手法很老道啊。」

莊蕾聽了，敲了他的後腦勺一下。「你小小年紀，知道什麼叫老道？」

陳熹笑了一聲。「金針補瀉有疼、脹、麻之感，方才針法行走之間，我能感到身體有些發熱。這不是老道，是什麼？」

莊蕾起針。「難道你也想學醫？或許可以拜入我門下，咱們家索性也開個藥堂？」

「不為良相便為良醫，倒也是個好的提議，前提是我能活到那個年紀。」他苦笑一聲。

「那就努力活下去。以後回過頭來看，今日艱難之處，也許值得讓你銘記，不過是一場人生的經歷。家裡還有一堆女人等著你養，你不活著，我們幾個靠誰去？」莊蕾將金針收起來，放進盤子。

「嫂子，我想讓娘收元喜當養子。」陳熹一邊咳嗽、一邊說。

莊蕾聽見這話，放下手裡的東西。「二郎，你要對自己有信心，一定能好起來的。」

陳熹側過頭。「我怕我有個萬一，娘過不下去。其次，是元喜是侯府的人，雖然我認為他不可能有別的心思，但總是要防上一防。若元喜成了咱們家的孩子，以娘和妳的脾性，定然把他當親弟弟善待，就算侯府的人再找上來，讓元喜做壞事，他能答應嗎？

「再說了，咱們家的小日子不錯，可終究是農戶，沒必要弄個下人在身邊，大家也彆扭不是？」

莊蕾沒想到陳熹想得這麼深，他告訴她這些話，證明他完全把她當成自己人。

片刻後，莊蕾將門帶上，出去了。陳熹緩緩起身拉好衣衫，靠在床頭，想起莊蕾跟他說的那番話。

她從莊家過來，才算找到了一個家。

於他來說，侯府就是一座府邸，而陳家才是家。雖然父兄歿了，但如嫂子說的，還有三個女人要靠他，他要為這些人撐起一個家。

陳熹啞然失笑，原來已經冰冷寒涼、想要等死的心，一點一點有了強烈的求生慾望。不用繼承侯府，不用潑天富貴，就是只為這小小的幾間屋子、幾個人，他都想活下來，陪著她們，所以他要為她們盤算盤算。

出了陳熹的房間，莊蕾將金針放水裡煮，又拿了泡好的大米放在小磨裡，一點點的磨成米漿，調入老麵。這種天氣，一個晚上就能讓米漿發酵起來，又把黃豆泡上。

做完這些，她剛回屋躺下，一天下來已經疲累不堪，不過須臾就睡了過去。

第二日公雞跳上籬笆打了鳴，莊蕾揉眼睛醒了。

她先進廚房幫陳熹煎藥，再蒸發酵好的米漿，從碗櫥裡取出糖桂花。

胡蘿蔔和萵筍切成細絲，熗了蔥油。黃豆用醬炒了做小菜，味道也好。加上玉米糝子糊糊，再煎幾顆雞蛋，準備好了早餐。

一家子都起來了，張氏灑掃院子，陳月娘餵雞。

陳熹難得一夜好眠，竟然連個夢都沒有作。走到客堂間的時候，莊蕾問他。「昨晚應該睡得好吧？」

陳熹臉上掛著笑容。「很好。」

莊蕾很滿意自己的藥和針灸開始發揮效用，進去端了桂花米饅頭出來。米漿做的饅頭，比揉麵做的饅頭鬆軟香甜。
陳熹接過莊蕾盛的玉米糝子糊糊，挾了一筷子熗拌雙絲，舌尖上傳來爽脆的感覺，味道跟口感與在侯府吃的完全不同。不知是不是心境不同所致，還是這裡的飯菜果真極好吃。
元喜挑好水，也走了進來，要服侍陳熹。
陳熹卻拍了拍身邊的位子，示意元喜坐下。
「少爺！」
陳熹淺笑一聲。「你先坐下吃飯。」
元喜坐得忐忑，張氏從外面進來，洗過手之後，也坐下吃早飯。
陳熹看了吃得拘謹的元喜一眼。「娘，我想跟您商量一件事。」
莊蕾聽陳熹這麼說，看著元喜直笑，元喜被她看得莫名其妙。
張氏看著陳熹，這是他來這裡之後，第一次露出這般的笑容，看起來很溫和舒心。
「什麼事？都是自家人，就說吧。」
陳熹看向元喜。「元喜和我同歲，咱們家也沒想過要使喚下人。不如您收元喜當養子，以後就算是咱們家的人？」
元喜聽了一愣，說不出話來。
以前，他不知道自己為什麼會成了侯府世子的貼身書僮，和他一起進侯府的孩子，比他靈巧的多的是，但世子從來不嫌棄他笨，倒是院裡的那些丫鬟、婆子整日嫌他沒用。

直到世子是抱錯的消息傳來，院子裡的每一個人都在擔心，若是世子被換回去，那他們會怎麼樣？

當時他只想著，不管怎麼樣，伺候好世子就好，其他的就別管了，他也沒本事管。所以，當少爺搬出院子，住到偏院時，他還是照樣服侍少爺；少爺說要回鄉下，他便跟著過來。

一路上，奶媽和丫鬟不知私下哭了多少回，無非就是和家人分離，還要在鄉下吃苦，甚至埋怨少爺，明明能以義子的身分留在安南侯府，為什麼還要跑到鄉下來受苦？

真的留在鄉下後，他覺得沒什麼不好，至少陳家一家人都和藹，能吃飽穿暖，也沒那麼多的規矩，不用動不動就挨板子。

張氏一聽，看著虎頭虎腦的元喜，點點頭。「是啊，我一直覺得怪怪的。這樣好，咱們家的男丁本就不多，有了元喜，你們弟兄兩個好歹也有照應。」

元喜聽見張氏一口答應，一下子沒忍住，眼淚掉了下來。

陳熹拍著元喜寬厚的背。「元喜小我兩個月，以後我是二郎，你就是三郎。既然阿娘說弟兄兩個有個照應，你就改名為陳照吧？」

「行，等你爹和你哥出了七，我們請叔伯跟母舅們上門吃頓酒，認一認親。」

元喜的眼淚滴在碗裡，從小沒人把他當人看，聽說少爺要將他認作兄弟，張氏居然還要擺酒，正兒八經地認他這個兒子，感激得說不出話來。

陳照身強體壯，這幾天張氏常帶他去地裡，家裡的甜高粱已經熟了，要去割回來。

莊蕾去河邊洗衣服，她一身素白衣衫，頭上戴著白花。也來洗衣衫的嬸娘跟嫂子們見了她，給她挪出了地方。

「花兒，妳那個換回來的小叔，身體到底怎麼樣了？看上去風吹了就要倒啊。」

「那還能怎麼樣，治吧。」莊蕾拿出衣服，在河裡漂洗起來。

甲長媳婦果然也在，嘆口氣，接過了話。「不是我說，看病吃藥，一個家遲早要被挖空的。以前還有妳公爹和妳家大郎在，如今家裡沒人，誰還能替妳們撐著？」

莊蕾點頭。「二郎是爹娘的骨血，無論如何都要治。不能放棄。我阿娘想賣掉一些田地，給二郎治病。」

旁邊的婦人們一聽，驚訝了起來。「要賣地？家裡已經到了這種程度？」

莊蕾把衣衫拿起來，用力絞了絞。「家裡沒了兩個男人，二郎又病了，以後咱們娘兒幾個要把心思放在替二郎治病。他這個病定然要花很多錢，以後或許還要用人參吊命，所以想早些把錢準備好，萬一到時候真不行了，好歹娘也能對死去的公公交代。」

有婦人嘆息。「唉，真是可憐。那要賣哪一塊地？」

「東邊那一塊，最齊整，賣起來價錢也好。現在給李家種，但阿娘恨透了李家，這塊地肯定要先賣的。」

「也是，爺兒倆都被他們害死了，還想種你們的地？」

「花兒，那地打算賣多少錢？」甲長媳婦問道。

莊蕾無奈地笑了笑。「都是娘在盤算，我哪裡知道這些事？不過她說，因為李家種著，會賣得便宜些，想找可靠些的買家。」

一群人正說著，一艘船從遠處過來，兩人搖櫓、兩人撐篙。

莊蕾低頭漂洗衣衫，聽見一個聲音道：「陳家矮子死了？」

莊蕾抬頭，看見船頭站著兩個人，其中一個著綢緞布衫，身體消瘦如猴，偏生手裡還拿著一把扇子，佯裝瀟灑。另一個眼睛狹長如細線，正瞇著眼望向她。

莊蕾認得這個拿扇子的混帳，年初陳然帶著她進城逛廟會的時候，她曾經被他堵過。他是城裡首富黃員外家的大兒子，是個吃喝嫖賭、不思長進的貨色。

之前聽村裡人說過，黃員外有兩個兒子，大兒子是元配生的，二兒子是繼室生的。兩個兒子天差地別，大的就是個紈袴，小的那個讀書好，人也長得好，真是一樣的米養了兩樣的人。

不過，黃家的繼室吳氏就是喜歡這個不是親生的大兒子，樣樣好的都端到他面前，生怕他受了絲毫委屈，硬生生讓他養成這般呆霸王的性子。

莊蕾搖頭，這是宅門養廢的戲碼？還真是養廢了，聽說紈袴房裡有了六、七個人，卻沒有生養孩子，可見其中有緣故。

嫡長子沒生養，一切可不就是嫡次子的嗎？

莊蕾把衣服放進木盆裡，彎腰端起來，卻聽見那混帳道：「小娘子，別走啊！妳家矮子官人死了正好，替爺暖床，爺保證妳吃香喝辣。」

莊蕾轉身不理睬，夾著木盆往河岸上走，又聽紈袴對一旁的人說：「別看是寡婦，矮子沒福分，還沒圓房，是個雛兒。看她那小蠻腰跟小臉蛋兒……」

莊蕾回過身，瞪他一眼。就這酒色過度的模樣，還想睡女人，真是要色不要命了！

第十章　子瘸

莊蕾回到家，張氏和陳照也回來了。

張氏蹲在地上，一節一節的砍著甜高粱。莊蕾把衣衫穿上竹竿，開始晾衣服。

她剛晾完衣服，瞧見陳熹從房裡出來，從地上拿起兩節甜高粱，遞一節給陳熹，撕開皮吃了起來。

陳熹見狀，也嘗試著自己撕開皮，嚼著甜高粱。

莊蕾問：「味道怎麼樣？」

「很清甜。」陳熹轉過頭吐渣。

莊蕾呵呵一笑。「你現在能吃出清甜味兒了。」

陳熹笑了一聲。不知不覺之間，他真的在慢慢好轉。

莊蕾也吐了渣渣，進了屋裡把紡車拿出來，在榆樹蔭底下紡紗。

陳月娘拿針線縫衣衫，陳照開始劈柴。陳熹坐在椅子上，拿了本書翻看。

「娘，那二十畝地的事，您可拿定主意了？」莊蕾側過頭，問正在幫她搓棉線的張氏。

張氏抬頭說：「賣也行，月娘回不去了。可是孩子怎麼辦？」

陳月娘咬下線頭，站起來展開衣衫，低頭對張氏笑了笑。

「娘，就算為了孩子，也沒必要把二十畝地送人。他們還不能在這種時候欺負咱們，倒不如乘機賣了。等時日長了，大家淡忘咱們家的事，若還跟他們有牽扯，就怕他們把黑的說成白的，再也扯不清楚。」

「娘，剛才甲長的媳婦在河邊洗衣服，我提了一句，說咱們家要賣地。」

張氏一聽，對莊蕾說：「妳這孩子的主意也太大了，這種事情還沒決定，怎麼能說呢？要是讓李家知道了，賣不成怎麼辦？」

莊蕾立時低下頭，一臉做錯事的表情。「娘，我錯了，是我沒想周全，不該胡說八道。」

「妳還小，有些事情還是不懂。」張氏說道：「就像妳想為大郎守寡，我身為婆母自然高興；可身為妳娘，我不希望妳這輩子就這麼過了。學醫也是，一個女人拋頭露臉幫人看病，會被人說閒話的。花兒，妳聰明，可也太小了。」

莊蕾看著張氏，說不出話，張氏嘆了口氣。「有些事情慢慢想，不要著急，知道不？」

莊蕾連忙點頭，陳月娘笑了一聲。「娘，您別說花兒了。」

「我也捨不得說她，她就是有些毛躁。」張氏說道。

陳月娘招手。「三郎過來。」

陳照放下劈柴的斧頭走來，看著衣衫，又看看自己一身的汗。「姊！」

「拿手巾擦擦。」陳月娘遞了一塊手巾給陳照，讓他擦汗，再把新做的衣衫遞給他。

陳照高興地穿上，剛剛好，樂得叫起來。「謝謝姊！」

莊蕾見陳照開心得眼睛瞇成一道縫，對陳月娘撒嬌。「姊有了弟弟，就不要我了。」

「要妳。不過得等我替二郎做好了，再幫妳做。」陳月娘說道。

「那我就不要了，妳替二郎做吧。」

陳熹手裡拿著一本書道：「我拿了許多衣衫過來，夠穿了，姊別忙了。」

「不忙。」陳月娘坐下，又拿起針線笸籮裡的布料繼續縫衣衫。

莊蕾側頭看向陳熹。「姊就喜歡幫人做衣衫，你只要誇她兩句就好。」

「小丫頭！」陳月娘瞪了莊蕾一眼。

家裡的小黑汪汪叫，讓正和陳月娘聊天的莊蕾抬起頭，瞧見一輛馬車停在門外，一個少年從車上跳下來。

莊蕾過去開院門，叫了聲。「聞少爺？」

聞海宇忙回了一禮。「莊大娘子。」

莊蕾第一次被人稱為大娘子，有些不好意思。「快請進。」

聞海宇道：「祖父那裡有個急症病人，想請大娘子一起去救治。」

「我婆母還不知道我會看病，莫要驚了她。」莊蕾對聞海宇說道。

張氏過來問：「這是？」

「壽安堂的聞少爺，來接二郎過去的。」

「這如何使得，怎能勞動少爺親自過來？」張氏連忙道：「聞少爺坐，我去倒杯茶。」

聞海宇溫文一笑。「伯母不要忙了。祖父想見見令郎，令郎的病情凶險，所以想看看情況如何了。」

莊蕾見聞海宇替她遮掩過去，面露感激。「娘，那我和二郎去城裡了。」

「好。」張氏應了，又說：「等等！」將已經砍好的甜高粱放進籃子裡，遞給莊蕾。

「家裡還有些雞蛋，我去拿。」

聞海宇一看，忙道：「伯母別客氣，我們要走了。」

見聞海宇這般著急，莊蕾把陳熹塞進車裡，自己也跟著上去。

張氏拎著雞蛋出來，發現馬車已經離開，不由嘆息。

馬車飛馳，莊蕾問聞海宇。「到底發生什麼事？」

聞海宇回答。「縣令夫人子癇，之前有徵兆，今日生產，天沒亮就請祖父過去。祖父怕出事，傳信回來，讓我來接您去瞧瞧。」

婦產科不是莊蕾的專長，第一個反應是想拒絕，但想起書裡說陳月娘是死於難產，又猶豫了。

在這個世道，女人生產就是踏進鬼門關。前世她執刀這麼多年，年輕時在急診室，遇過的重症病人不少，臨場經驗還是有的，至少這裡應該沒有人比她更熟悉人體結構，便點頭。

「好，我去看看。」

聞海宇轉頭問陳熹。「我替您搭個脈？」

陳熹伸出手，聞海宇搭脈，看了陳熹的舌苔，又趴在陳熹背上，讓陳熹深呼吸幾下，抬頭望向莊蕾。

「僅僅是用了那張方子嗎？」

「還針灸兩次。我打算等他身體底子好些，可以用梅花針了，再用梅花針刺穴排毒。」

「您扎了哪幾個穴位？」聞海宇忙問，隨即低下頭，不好意思地笑。「是我莽撞了。」

「互相切磋才能有進益，背後的大椎……」莊蕾說起穴位和經絡。

聽著莊蕾的見解，聞海宇頻頻點頭。「我怎麼沒有想到，引氣入穴，打通經絡，與藥物能相輔相成。受教了！」

這幾日聞海宇看那個腹脹的病患，一日好過一日，心裡早對這個年紀與他相仿的小姑娘有了恭敬之心。

「那日您看的那個病人，腹脹已經褪下去，想再請您去瞧瞧黃疸如何醫治？」

「我那方子若是有效，持續吃二十日，會好很多。不過他那個身體，也就是反反覆覆地拖著罷了。等下有空，再去看看他。」

馬車跑得快，兩人說沒幾句，就已經到了。

聞海宇問莊蕾。「您先去病患家中，我與陳兄弟到壽安堂等您？」

莊蕾點點頭，下了馬車。

一個中年婦人焦急地等在門口，瞧見她下來，還在看她身後。

莊蕾往前走，婦人皺著眉頭問：「莊大娘子呢？」

「我就是。」

莊蕾這話一出，婦人臉色略微一變，立刻道：「快隨我來。」說著，便往屋裡跑，可見已經急得不得了。

莊蕾也沒來得及看這座宅子的結構及風景，趕緊跟著她往前奔去。

兩人還沒到門口，就聽見裡面有人叫著。「奶奶！奶奶！您醒醒！」

一名青年男子扒拉著門口，守在裡面的穩婆正對他說：「老爺，女人家生孩子，您只能安心等。」

男子焦急地叫著。「清悅！清悅！」看見中年婦人奔上臺階，忙過來問：「縈嬤嬤，莊大娘子呢？」

「這位就是莊大娘子。」縈嬤嬤也是眉頭不展。

莊蕾見男子相貌很是清雋斯文，眼圈泛紅，是哭過了？

男子也在打量她，問道：「妳就是聞先生推薦的莊大娘子？」

「是。」莊蕾回答，看來這人對她的年紀有所懷疑。

「丫頭嗎？快進來！」產房傳來聞先生的聲音。

莊蕾聽見這話，也顧不得這男子在想什麼了，跟著榮嬤嬤快步往裡面走。

榮嬤嬤掀開竹簾子，聞先生正在撚動金針，看見莊蕾過來，略微讓出位置。

產婦臉色蒼白地躺著，莊蕾伸手搭脈，翻開她的眼皮，再探她的頸動脈。揭開衣衫，手搭在胸口，發現產婦氣若游絲，心跳已經下降，腿上乃至身上水腫。

聞先生已經在替產婦扎針，產婦睜開了眼睛。

莊蕾抬頭問：「您開了什麼湯藥？」

聞先生立刻回答。「羚羊角、當歸、防風、獨活、茯苓、棗仁、五加皮各一錢……」

莊蕾沈吟一下。「我想加鉤藤三錢、澤瀉兩錢，您看呢？」

聞先生吩咐。「快去鋪子裡抓藥。」又對莊蕾說：「現在要立刻取出胎兒，時辰一長，就會一屍兩命。但是，胎兒乃是坐蓮花生。」

「什麼是坐蓮花生？」莊蕾不解。

一旁的穩婆說：「這孩子前世是觀音座下的童子……」喋喋不休地炫耀她的經驗。

莊蕾聽起來，是重度妊高症加上複合臀位，這位產婦真是倒楣，這種狀況在前世也是重症病人，現在她手上沒有趁手的工具和材料，不可能替她動手術。

莊蕾看著穩婆。「妳把孩子拉出來，再等下去胎兒會悶死，一屍兩命！」

「這怎麼行？大奶奶是貴人，怎麼能……」穩婆囉哩囉嗦。

莊蕾聽了這話，便知道這位穩婆實在不可靠，只能自己來了，揚聲吩咐。「準備清水、燒酒和圍兜，我要洗手。」又問聞先生。「聞爺爺，您手裡有用來切傷口的刀嗎？」

「有切膿腫的刀。」聞先生走過去，翻開藥箱。

產婦發出微弱的聲音，意味著情況還不算最壞。

莊蕾吩咐其他僕婦。「準備三寸見方、兩斤重的沙袋，直接用布兜灌了黃沙就行，若找不到黃沙，灌大米也成。孩子娩出之後，需要壓在腹部，以防止腹壓驟降，引起心衰。」

榮嬤嬤反應快，立刻命人去做。

莊蕾套上圍兜，撩起袖管，雙手連同雙臂浸入水裡仔細洗過，又將手浸入燒酒中，在心裡幫自己打氣。

不能多想，就這麼幹了！

她拿出聞先生的刀，用火烤過之後，再浸入燒酒。

穩婆緊張地看著她。「妳要幹什麼？」

莊蕾側過頭，瞥她一眼。「妳站在一旁，等孩子出來剪臍帶，清洗。其他的我來。」

「聞先生，她家人知道她命危對吧？現在這個情形，凶多吉少。」莊蕾向聞先生確認。

榮嬤嬤抹著眼淚。「我們爺知道，都知道的。」

「那就好。」莊蕾回了一聲，看見產婦的眼睛睜開了一條縫，正在看她，對著她笑了一下。「雖然嚴重，但不是沒有生機，端看妳自己想不想陪著妳家老爺和孩子一起長大，所以妳自己也要堅強，好嗎？」

小姑娘年紀不大，說話卻讓人鎮定安心，產婦點了點頭。

莊蕾道：「會很疼，但是我們必須這麼做，所以我們開始好嗎？」

產婦再次點頭。

莊蕾抬頭對聞先生說：「我幫她切開會陰，取出胎兒。」

聞先生應道：「好，我針刺去痛。」

這是莊蕾這輩子第一次在沒有麻醉藥的狀況下提起刀。用金針刺穴能產生部分麻醉的效果，但產婦已經疼到極點，切下去時，感覺她幾乎沒有掙扎，讓莊蕾心頭憐惜。

莊蕾伸手，把孩子的一條腿拉出來，再拉第二條腿，接著是胳膊。沒有產鉗，只能靠她的雙手了。

這樣血淋淋的場面讓人害怕，莊蕾想起，前世婦產科的同事很多要麼不想生孩子，要麼堅決剖腹產。她這輩子沒恢復記憶時，也想過要生多少個。現在看見這位的慘況，以後還是別想這些了，一輩子守寡也不是什麼壞事。

穩婆眼睜睜看著莊蕾一點一點將孩子掏出來，隨著一道啼哭聲響起，莊蕾側頭看她。

「剩下的，妳來。」

莊蕾說完，便去洗手，再將沙袋壓在產婦的肚子上。直到胎盤娩出，才心頭一鬆，第一關算是過了。

聞先生站起來，對著莊蕾道：「丫頭，那我先出去了？」

莊蕾點頭，孩子已經被穩婆喜孜孜地抱出去。「恭喜老爺，賀喜老爺，是位小公子！」

腹部壓力驟然下降，壓沙袋只是一個小辦法，接下去如何，還要看運氣。更何況對於婦產科這塊，她的經驗只停在前世出外幾年的醫療援助和急救，離精通還很遠。

會陰側切需要進行縫合，莊蕾手上沒有羊腸線，只能用經過熱水和烈酒浸泡之後的絲線。也不能分層縫合，只能湊合著縫了。

聽著產婦的悶哼，莊蕾安慰她。「我只縫幾針，很快就好了。」

產婦睜開眼，輕聲道：「方才我覺得自己飄了起來，混混沌沌的。我是不是已經死過一回了？」

「也許。不過妳今天運氣不錯，閻王爺捨不得妳家寶貝沒有親娘，讓妳回來了。但接下來還要觀察三天，熬過了，才算是安全無虞。」莊蕾站起來看著她，淺淺地笑著。

產婦說：「謝謝妳……」

「好好休息。」莊蕾對產婦說道，走出產房。

後續的事，那些僕婦比她更熟，不需要她插手了。

莊蕾踏出門，男子立刻彎腰施禮。「多謝大娘子妙手，救我家娘子。」

莊蕾這才知道他是誰，福身還禮。「大人客氣了，是聞先生先用金針將夫人從鬼門關拉回來，我不過是加快了夫人的產程。我來寫醫囑吧。」

朱縣令伸手示意，莊蕾提筆，邊與聞先生商量邊寫醫囑，寫滿了三張紙，交給朱縣令。

「這三天恐怕有反覆，一定要照我的囑咐去做。要是有什麼事情，及時找聞先生。」

朱縣令聽她把事情推給聞先生，忙道：「若能得大娘子照看三天，定可保內子無虞。」

莊蕾彎腰。「老爺，我是新寡之人，夫君與公爹剛剛慘遭橫禍，實在不祥，今日替夫人接生，已經是冒犯。家中還有重病的小叔，不敢讓婆母擔憂，望老爺海涵。幾天之後，我來替夫人拆線。」

「拆線？」

莊蕾解釋道：「因為孩子是坐蓮花生，為讓孩子能出世，我切開夫人的會陰，再縫起來。待傷口癒後，我來拆線。」

朱縣令聽了，不好再留人，只說：「已經備下水酒，請聞先生和莊大娘子賞光。」

聞先生知今日朱家忙成一團，哪有工夫吃酒，道：「大人家中忙亂，我們就不打擾了。大娘子還是跟老夫回壽安堂，等小公子滿月，我倆再來叨擾。」

朱縣令點頭，也不多留，包了診金給聞先生和莊蕾，親自送兩人出去。

第十一章　賣地

上了車，莊蕾問聞先生。「今日聞爺爺怎麼進產房了？」
「老夫一輩子診病無數，就是沒有進過產房，這是頭一遭。」聞先生一臉苦笑。
莊蕾驚訝，這輩子她生在村子裡，沒見過世面。上輩子世面見得多，遇到重症病人時，各科室聯合診斷是常見的。
但時代不同，在古代，男人是不會進產房的，可她還是禁不住問：「那發生今日這樣的事，難道就任由產婦一命歸西？」
「大多如此，若穩婆本事大會好些。生個孩子，女子算是一條腿跨進棺材裡了，這也是我一直想找個女郎中的原因，可是有天分又願意行醫的人難找。妳什麼時候搬來？」
莊蕾笑著點頭。「聞爺爺說得是，我會早做準備。您也知道我家裡的事，還是需要一一解決。」
「也是。」
「聞爺爺，今日替夫人切開會陰，我用了繡花的絲線縫傷口。若是能改用羊腸線，就不用拆線，能被身體吸收，病人也能緩解痛苦。以後咱們能不能試試？」
「妳竟然也會縫合術？」聞先生開始跟莊蕾探討起來。

原來這個時代對外傷處理已經有了縫合的概念，莊蕾心裡一鬆，以後她直接縫傷口，也不會被當成奇怪的事情吧？

兩人聊著，很快就到壽安堂，一起進去。

聞先生見到陳熹，一臉愕然。他讓孫子去接小丫頭，陳家二郎怎麼也過來了？

莊蕾一笑。「我怕婆母多想，藉著帶二郎看病的理由出來的。」

「原來如此。」之前聞先生就問過莊蕾會醫術的事，既然人家不願提，他也就不多問。放下藥箱，過去替陳熹把脈，對莊蕾道：「已經好了很多。」

「是啊，我對治好二郎已經有九成的把握了。」

接著，聞海宇又帶腹脹的病人過來複診。莊蕾一看，肚子已經消下去很多，只說了句。「先按照原來的方子，繼續吃二十天的藥。」

忙完這些，見時辰不早，莊蕾便帶陳熹告辭了。

聞家派馬車送莊蕾和陳熹回去，莊蕾問陳熹。「可累著你了？」

「還好。嫂子若真想行醫，我會再想辦法跟阿娘說，打消阿娘的顧慮。」

莊蕾對他笑了笑。「那就謝謝你了。我們家沒了成年男丁，種田也困難，若是我在壽安堂行醫，再開間小鋪子，等你病好了，進城裡的學堂讀書，這樣才好呢。不過這件事不用操之過急，等月娘的事情解決了，咱們再搬來也不遲。」

兩人回到家裡，張氏見他們回來，一顆心落進肚子裡。

一家人坐下吃飯，張氏說：「甲長來過了，他想買咱們家的地。我想了一下，既然花兒已經在河邊把話說出去，想來不日就會傳到李家人的耳朵裡。為免夜長夢多，我便宜點賣給了他們，明天就轉地契。」

「賣了多少？」

「還好，折了兩成。」張氏挺高興。「這兩年田地漲了些，沒虧。」

「天下太平，地價肯定會漲。不過咱們先賣了也不虧，以後再買更好的。」陳熹說道。

莊蕾聽了，橫陳熹一眼，他這不是讓娘肉痛嗎？

這廂說起李家村，既然用李姓命名，村民大多是本家人。

陳家父子死在李家村後面的河裡，鬧得沸沸揚揚。也有從小溝村傳回來的閒言碎語，說李春生一家子去祭拜，卻被罵了回來。

李婆子聽見這些話，定然蹦躂起來罵回去。

陳家父子是為了救自己的女兒而死，他兒子可沒把他們父子推進河裡，干她兒子什麼事？女人不聽話就不能打了？有幾戶人家不打女人的？

自從這個兒媳婦來了，李家真像是迎了尊佛，連小夫妻倆拌個嘴，娘家人都會出面干涉。他們講道理去弔唁，竟被陳家人趕回來。陳家那個小寡婦，凶得不得了，完全不講道理。

陳月娘肚裡懷的是李家的孩子，總歸要回來的。說到底，陳月娘還是李家的媳婦，一個女人還能在娘家住一輩子？當然，後面的話，她沒說出來。等陳月娘回來，她定要打死這個喪門星。

李婆子吃過午飯，到田頭去拔兩把菜，打算晚上炒來吃，卻看見兩個人站在他們家的地裡指指點點。

甲長帶著自己的大兒子，難掩興奮地看著眼前的田地。有了這片田，他們家在村裡也能算是殷實人家了。

李婆子見是小溝村的甲長，走過去喊：「甲長，你在幹什麼？」

甲長略帶自豪地說：「我來看看我家的地。」

李婆子懵了。「什麼叫你家的地？這是我家的！」

甲長瘦長的臉上，兩撇鬍鬚一翹。「這是妳親家的地，只是給妳家種了，怎麼就成了妳家的地？如今妳親家公被妳兒子害死，親家母一個女人家，還要給她家二郎治病，手頭沒錢，就賣了這些田地。前天剛剛把地契轉了，我今兒就來看看。」

李婆子立時慌了，自家那些田地大多是薄田，出息不多，因為有了陳家這片田，自家的地便改種桑葉，畢竟桑樹不用太耗費精神照顧。如今家裡吃的糧食全靠陳家的地，如果賣了，叫他們吃什麼，這不是要斷他們的口糧嗎？陳家也太不厚道了。

李婆子問道：「真的？」

「我騙妳不成？你們快些收了這一批糧食，咱們要種下一批呢。」甲長越看越滿意。

李婆子驚呼。「這是我家的田，誰也不能奪走！」

甲長冷笑一聲。「那得看地契在誰手裡，要不咱們去衙門，請縣太爺評評理？妳快去跟妳男人商量一下，把上面的莊稼收完，否則我就幫妳割了。」

李婆子一聽，手裡的菜也不要了，飛快地奔回家去。

李老頭正在院子裡銼釣鉤，看見自家婆子跑得上氣不接下氣，問：「幹什麼，跟趕著投胎似的？」

「老頭子，我們家的地被陳家那個婆娘賣了！」

「什麼？」

李婆子激動得臉上的肉一抖一抖。「月娘陪嫁的二十畝地，被陳家賣給他們村的甲長，他正在看地呢！」

李老頭聽見這句話，心頭也是怦怦跳，比聽見陳家父子死掉的消息還要緊張。「賣了？憑什麼賣？陪嫁過來的嫁妝，連招呼都不打一聲就賣了？」

「是啊。」李婆子拍著大腿。

「六郎在哪兒？到陳家理論去。」李老頭叫了一聲。

李婆子進屋找了一圈，沒看見自己兒子的人影。「春生不在啊。」

李老頭道：「妳去後邊找找。」

他說的後邊，就是村子後頭的寡婦江玉蘭家。

李春生吃過飯，就偷偷溜出去找江玉蘭。

寡婦江玉蘭今年不過二十出頭，論輩分卻是李春生的嬸子。

她男人得了絞腸痧，死了一年整，只留下兩間破瓦房，還有一雙兒女。女兒不過四歲，兒子一歲多一些。

江玉蘭生得沒有陳月娘周正，只是行動做派自有一番風韻。她男人還沒死的時候，在村裡就有風言風語，說她跟外村的人有些瓜葛。

自從她男人走了之後，不到三個月，就有人出入她的家門了。一個寡婦，原本家裡就不富裕，還拖著兩個孩子，誰敢娶她？只能靠著做做露水夫妻，從男人手上拿幾個銅錢過活。

此刻，江玉蘭正枕著李春生的胸膛，道：「春生，你這樣的男人真是……」

「真是什麼？」李春生拿起江玉蘭的手指輕輕咬著。

江玉蘭側過頭，恍若嬌羞。「真是好得不能再好。」

「是不是比妳那死鬼男人要強？」李春生問她。

江玉蘭點點頭，把頭枕在他身上。「不知道咱們什麼時候才能正兒八經地在一起，現在這樣偷偷摸摸的，我晚上都睡不著，只盼著你天天能來。」

李春生壓住她。「今天讓妳過過癮！」

兩人正要花開二度，聽見外邊的門被拍得震天響。

一旁正在睡午覺的姊弟倆立時被驚醒了，江玉蘭推開李春生，抱起孩子，攏著衣衫道：「是你娘，還不快出去。」

李春生拉起衣襟，打開門道：「娘，什麼事？」

「妳先哄著孩子，等我回來。」

「家裡都快沒飯吃了，你還在這個不要臉的女人身上混，快跟我回去。」李婆子扯著他就要走。

李春生甩開手。「幹麼？」

「陳家把地賣了，以後我們家吃什麼去？」李婆子用鼻孔出氣。

「陳月娘那個賤貨，還要不要回來了？」李春生的怒氣一下子湧上來，將衣帶繫好，跟著李婆子往外走。走了兩步，回頭道：「玉蘭，晚上等我。」

李婆子看他還對江玉蘭那個騷貨擠眉弄眼，罵了一聲。「不要臉的賤貨！」

江玉蘭望著飛快奔出去的母子倆，撇了撇嘴。誰要這種男人當自己的丈夫，不是腦子不開竅嗎？哄他兩句，還當真了。

她抬手摸了摸頭上的銀髮簪。養活孩子不容易啊，簪子倒是個好東西，也算值幾個錢。

李家人急急忙忙趕到小溝村，陳照正好拖著板車回來，莊蕾上前搬下板車上的油菜籽，拿著簸箕站在蒻席上，藉著風把裡面殘餘的菜籽殼吹掉。

聽見自家的小黑汪汪大叫，莊蕾抬眼看去，聽見李婆子問：「花兒，妳婆婆在嗎？」

莊蕾打量三人紅著臉，頭上冒著汗，繼續揚撒著油菜籽，也不理睬。

李春生被惹惱了。「莊花兒，問妳話呢！」

莊蕾拿起笤帚，將揚乾淨的油菜籽掃進簸箕裡，倒入挑籮。

李春生大吼。「小寡婦，妳聾了?!」

張氏在裡面問：「花兒，是誰啊？」

「娘，沒有人，是幾隻畜牲停在外面。」

李春生聽見這話，臉倏地紅了起來。

李婆子的手伸進籬笆內，要拉開栓子，叫道：「親家母，是我！」

張氏出來，見是李家一家子，臉色驟然變了。「你們還來幹什麼？」

李春生也沒叫聲岳母，冷哼道：「要不是我兒子還在妳女兒肚子裡，妳以為我願意上這樣晦氣的門？」

莊蕾衝過去，激動地問：「你說什麼?誰晦氣?我男人和公爹被你害死了，你還說我家晦氣？」

張氏拉住莊蕾，李婆子說：「親家母，今日我們是上門來商量月娘的事。她爹歿了，在娘家住幾天沒什麼，可她爹的大殮過了，也下葬了，總不能老是住在娘家吧？她還懷著我們李家的子孫呢。」

「月娘是不能回去了，她爹跟她哥是怕她被打死，才去接她回家的。若是這個時候回李家，被你們打死，她爹在地下怎麼安生？」

李老頭指著張氏說：「妳怎麼不講道理呢？月娘是李家的媳婦，生是李家的人，死是李家的鬼，怎麼能一直住娘家？這麼住下去，鄰居看了笑話我們，也笑話陳家。陳家好家教，居然教出這種女兒，跟夫家這樣鬧。」

莊蕾牽住張氏的手。「娘，別聽他們的，他們把月娘往死裡打，不能讓月娘回去。」

這時，陳照把菜籽萁挑了回來。菜籽萁拿來燒火很旺，農家捨不得扔。

他滿頭大汗，看一群人堵在門口，叫了一聲。「讓讓！」

板車進了院子，陳照把一捆一捆的菜籽萁塞進西側的柴房裡。

莊蕾進屋，拿了一塊手巾出來，遞給陳照。「三郎擦擦汗。」手裡還有一碗茶水。

陳照接過手巾擦了汗，又拿了莊蕾手裡的碗，咕咚咕咚把一碗茶水全喝下。

「那二十畝地是嫁妝，妳憑什麼賣了？月娘回來吃什麼？」李老頭說得理直氣壯。

張氏已經有些招架不住，莊蕾側過頭。「嫁漢嫁漢，穿衣吃飯。誰家娶了媳婦，還要丈母娘家養的？」

「那是嫁妝！」

莊蕾挑起嘴角冷笑。「什麼嫁妝？當初搬嫁妝時搬去的，還是放在箱子裡的地契？再說，娘家嫁妝也是給女兒用的，一家子都靠兒媳婦過活，天底下也就你們家這麼不要臉。」

這時已經有鄰居過來探頭探腦看熱鬧，聽見李家人說的話，開始嗡嗡議論了起來。

李春生看莊蕾一身布衫，站在那裡俏生生的，頭上簪著一朵白花。又看了正在搬柴的陳照一眼，想起江玉蘭，這樣風流俊俏的樣貌，怎麼可能守得住？嗤笑一聲。

「是妳攛掇著賣了地啊？陳家大郎歿了，陳家二郎是個癆病鬼。認了這個野男人當小叔，妳這是想等陳家二郎死了，可以叔就嫂，跟著他姘在一起？」

「李春生，你滿口胡唚什麼？看我打死你個王八蛋！」

莊蕾衝上去，卻被李春生一推，踉踉蹌蹌倒在地上。

陳月娘聽見動靜，從屋子裡出來，看見莊蕾跌倒，壯起膽子走到李春生前面罵道：「你這個畜生，還來做什麼？」

張氏扶起莊蕾，陳照拿了扁擔要打李春生，被陳熹喊住。「三郎，不可打人！」

陳照停下腳步，看著陳熹，陳熹走上前。「有什麼事就說，不要隨便打打殺殺的。」

另一邊，李春生對陳月娘打罵慣了，聽陳月娘這樣罵他，怒火上來，一把拽住陳月娘。

莊蕾剛站起來，還沒站穩，大叫一聲。「李春生，你要幹什麼？月娘肚裡有孩子呢！」

陳月娘被李春生一甩，腳下一滑，撲倒在地。

張氏慌了，大叫。「月娘！」過去撲在陳月娘身上。

陳月娘抱著肚子，蜷縮起來。

莊蕾一拐一拐地走過去，一條腿彎都彎不下，嘴裡叫著。「月娘！」

陳熹一步一喘地上前，焦急地喊：「姊！」

陳月娘捂著肚子喊疼，張氏心疼得直掉淚。「這是怎麼了啊？」

三嬸聽到動靜也來了，忙上前一起攙扶陳月娘。

莊蕾艱難地慢慢直起腰，對著陳照說：「三郎，給我打死這個王八蛋！」又對三嬸說：「娘，三嬸，妳們先扶月娘進屋。」

三叔堵在門口，罵李春生。「欺負到我們陳家門上來了。月娘還懷著孩子呢，你這畜生怎麼下得了手？」

李春生對陳月娘蠻橫慣了，今天不過是輕輕一推，便叫道：「裝模作樣什麼？按在河裡也沒掉，這麼一摔就不行了？陳月娘，妳今天給我帶著二十畝的地契回去，便還是李家的人，否則就算妳肚裡的孩子出世，我也不會認，讓他做野種吧。」

莊蕾哼道：「平時打罵月娘還不夠，現在還要欺上門來？你跟村裡的那個女人有了首尾，恨不得月娘死了，能給你騰地方，居然跑到咱們家來撒野？親生兒子叫野種，你是想要認了那兩個拖油瓶當兒女吧？可惜他們叫你哥！那女人是你嬸子！

「李春生，你要不要臉，跟自己大一輩的女人睡一起？還把月娘的首飾給了這個女人，現在還想來要月娘的命。說你是狗雜種，我家小黑還不答應。」

前村後宅的人最喜歡嚼舌根，這種男男女女的事情，又是最容易傳開的。想來不用兩日，李春生的那點事情就會傳遍了。

李春生沒想到，莊蕾什麼都知道，指著地上的陳月娘罵道：「賤人，裝出這個死樣子給誰看？」

陳照聽見這話，大喝一聲。「王八羔子！」

他雖然年紀小，但身體壯實，拿著扁擔敲上去，可是結結實實的一頓好打。

三叔喊了一聲。「是陳家的來幫忙，害死了爺兒倆還不夠，還欺負到門上來，真當咱們陳家沒人了！」

於是，幾個陳家叔伯一起過來，用拳腳招呼李春生了。

第十二章　落胎

李婆子看兒子被打，哭天搶地地叫喚；李春生的爹要上前推搡，被三叔一把推倒在地。

「要殺人啊！」李婆子大聲叫著，坐在地上拍大腿。

甲長過來，大喝一聲。「別打了！」

到底是甲長，頗有威勢，大家聽到他的聲音，都停了下來。

甲長的娘子快步走過來，問一聲。「花兒，怎麼了？」

莊蕾用袖子擦著眼淚。「爹沒了，哥沒了，看咱們家孤兒寡母的，他們欺負上門來。那二十畝地，當初是爹怕月娘吃苦，給她收租米的，現在他們卻說是嫁妝，想霸占不放。月娘出來，他們又把月娘往地上推，月娘摔了，一直在喊疼……」

李春生被打得嘴角裂開，臉上青紫一片。

甲長買了陳家的地，若是被李家人胡攪蠻纏，以後種地都不安生，肯定是站在陳家一邊的，更何況陳家還占著理。

「你們來這裡鬧什麼鬧？想要鬧，去縣衙那裡評理，或者讓你們李家的老族長出來和咱們二叔一起論論道理。」

「論理就論理，天底下沒有已經出嫁的女人一直住娘家的。我休了妻，到時候丟人的是你們陳家。」

「不怕！人都死了，還怕什麼？」莊蕾一拐一拐地走出門。「只要姑奶奶能留條命，不要讓我爹和大郎在地下不安心，把姑奶奶養在家裡一輩子又怎麼樣。」

「花兒，快進來，月娘出事了！」三嬸大聲叫道。

莊蕾拐著腿，半跳半走地進了門。

陳熹站在院子裡，對甲長說：「叔，姊出了事，今天就這樣吧。」

「孽種沒了也好。」李春生嘟囔著。

陳熹看著他，眼色異常冰冷。「虎毒不食子，你比老虎還毒。這樣的親家，這樣的姑爺，咱們陳家要不起。」

他轉頭跟甲長說：「請您幫忙請我們家二叔公跟他們李家的族長一起商議，兩家和離吧。不管我姊今天怎麼樣，兩家以後只能是對頭，不可能是親家。那個孩子，他們不要，咱們要。放在大哥名下也好，記在我名下也行。咱們家都會好好養大，但是以後姓陳，不姓李。」

雖然陳月娘下定決心要打掉孩子，陳熹在眾人面前這麼說，就是要讓人知道陳家想要這個孩子。

「好，我會請他們來主持公道。」甲長當然要讓兩邊長輩過來把話說清楚，免得以後這些田地還有牽扯。

「多謝甲長。」陳熹彎腰行了一個禮。

村裡的人都知道陳熹從京城回來，平時臉上罩著黑氣，看上去就是等死的模樣。除了說一句可憐，沒有旁的。

今日見他先是阻止陳照出來打架，再是一番說詞，小小年紀有禮有節，而這個禮行得優雅，這才想起，他是侯府養了十二年的孩子。

等外面的人走了，陳熹進廚房倒了一碗剛熬好的藥。

他到了門口，見莊蕾出來，問道：「姊怎麼樣了？」

「肚子疼得要命，也不知道能不能保住孩子。」

陳熹問道：「我能進去看看嗎？」

「進去吧，你一個小孩子家，沒關係的。」莊蕾看著藥碗，對他使了個眼色。

陳熹端著藥，進了莊蕾和陳月娘的房間，叫了一聲。「姊。」

「二郎。」房裡傳來陳月娘虛弱的聲音。

陪著陳月娘的三嬸問：「你這孩子過來就過來，拿著藥碗做什麼？」

陳熹似恍然大悟般說道：「哎呀，我要喝藥，剛剛去倒了，卻一路端了進來。」

「傻孩子，還不快把藥放下，到你姊姊這裡來。」三嬸不禁被陳熹的樣子逗笑了。

陳熹連忙過去，牽住了陳月娘的手。「姊，妳不會有事，外甥也不會有事的。我已經跟甲長說了，讓他去請兩邊長輩出來，咱們想辦法和離。以後咱們一起養外甥，好不好？」

三嬸道：「到底是血脈相連的，看看二郎對月娘多好。」

莊蕾進來，對三嬸和張氏說：「三嬸是明白人，不然娘和三嬸出去商量商量接下去要怎麼辦，我在這裡照料月娘。這件事情要快點解決，否則夜長夢多。剛才二郎說的那些話，都是他一個小孩子說出來的，但是要怎麼做，可能沒那麼簡單。最怕到時候沒了主張，被人牽著鼻子走。」

「也是，那我們出去。花兒一向穩重，不會有事的。」三嬸拉著張氏出去。

等人出去後，莊蕾過去關上房門，坐在床沿上。她幫陳月娘仔細查過了，陳月娘沒有染上毛病，所以孩子可能是好的。

「月娘，喝下去，孩子就真沒了。」

「姊，妳若是想留下，咱們就想辦法養。」陳熹對陳月娘說。

陳月娘閉上眼睛，眼淚滑落。「不用了，生下來他難，我也難，我想清楚了。」

莊蕾幫陳月娘擦眼淚，陳熹端起桌上的藥遞給陳月娘，陳月娘決絕地一口氣喝了下去。

陳熹端著碗出了房門，張氏問他。「你姊怎麼樣？」

「迷迷糊糊地睡下了，嫂子陪著她。」陳熹說道。

看著陳熹端著藥碗，三嬸長嘆。「唉，這麼好的孩子，偏偏生了這麼大的病。老天怎麼就不能開開眼啊？」

女人說話，要從四個城門拐過來，聊著聊著，時間就飛快地過去了。

房裡傳出陳月娘的痛呼，張氏和三嬸衝進去，看見陳月娘捂著肚子冷汗直流，莊蕾在一旁急得不知所措。

「糟了，這是保不住了啊。」

「阿然的娘，妳去燒熱水來，我來替月娘清理。」三嬸果斷地說道。

莊蕾抱著陳月娘的頭，摸著她說：「月娘，堅強些，沒了孩子，還有娘，還有我，還有弟弟。」

「花兒，妳沒生過，還是出去吧，要不然小姑娘家看見了要害怕。」三嬸勸道。

莊蕾搖了搖頭。「不用。聞先生說我有學醫的天分。前幾天陪著二郎去城裡診脈，他讓我跟他去給一個難產的夫人看看，還教了我一些醫術，也許能幫上忙。」

折騰到天黑，那團血肉終於下來了。

雖然是自己下的決定，陳月娘到底是傷心透頂，蒙著被子，哭了一夜。

第二日一大早，村裡的一位大叔過來借牛車，莊蕾就搭他的便車進城。

莊蕾想著，陳月娘雖然流產了，但還是得盡快把體內殘餘的血塊弄乾淨，需要活血去瘀跟止痛的藥，不能因為小產傷了身子。人生的路還長著呢，只要活著，未來就有其他可能。

她剛剛坐上牛車，一起搭車的嫂子東拉西扯了幾句，就開始打聽陳月娘的事了。

莊蕾低下頭。「李春生是打人打習慣了，下手極重。昨日我被他一甩，跌到地上，疼得一下子爬不起來。更何況月娘還懷著身子，孩子就硬生生被打掉了。」

「要不是當初長輩在的時候訂的親，月娘這麼好的姑娘，能嫁給這個混帳？」

莊蕾抹著眼淚。「要是爹娘早知道李春生是這樣的，哪怕被人說成嫌貧愛富，也斷然不會把月娘嫁過去，誰承想弄到最後，公爹和大郎都丟了性命。昨夜看月娘，真是差點把我嚇死，一家人有兩條半的命折在這個畜生身上。如今我們孤兒寡母，也做不得什麼，只盼著能了斷乾淨。」

「花兒，月娘和離了，也不能便宜了那畜生，得把嫁妝都要回來。」

「對，不能便宜了李家，當初月娘的嫁妝在咱們小溝村也是頭一份的。」

莊蕾嘆了口氣。「大概不成。家裡給他們種的地，想賣了替二郎治病，他們還打上門來，其他嫁妝早被他們吞了。聽說李家村那個寡婦頭上戴的就是我娘幫月娘置辦的首飾；李家七姑娘出嫁時，沒有好東西，還是開月娘的箱子拿了鼠皮襖，才出嫁的。」

「怎麼有這麼不要臉的人家？」

三個女人一臺戲，嘰嘰喳喳說了一路，莊蕾講得差不多了，這才下了車向大叔揮手道別，約好等等到壽安堂來接她。

她剛踏進壽安堂，聞海宇立刻迎過來。「莊大娘子，妳來了。」

「聞少爺，我今日來抓個藥，這是方子。」莊蕾把方子遞給聞海宇。

聞海宇把方子交給櫃檯的夥計，對她說：「縣令夫人還等妳去看看，另外那個腹部鼓脹的病人，肚子已經退下去了，等下會過來，妳也瞧瞧。」

「今兒我去縣令府幫夫人拆線後就得回家，病人的腹脹如果退下去了，早一天晚一天複診不著急。你送我過去？」莊蕾盤算著時間道。

聞海宇笑了笑。「好，我讓人去備馬車。要不，等下用馬車送妳回去吧？萬一妳在縣令府裡耽擱，也不用讓牛車久等，更何況馬車總比牛車快。」

「行，聽你安排。」莊蕾笑著對聞海宇道。

莊蕾這麼一笑，聞海宇頓時有些不自在，略微偏過頭，等馬車一來就鑽了進去。

兩人到了縣衙後宅，報了一聲壽安堂的少東家和莊大娘子來了。

縣令夫人身邊的榮嬤嬤快步出來，笑臉相迎，一口一個大娘子，態度很是恭敬，一路引著莊蕾進後院。

那日忙亂，莊蕾沒來得及細看這位夫人，今日她靠在床頭，頭上戴著抹額，一張臉雖然少了血氣，唇色也淡，但五官精緻，氣質溫雅，尤其是一雙眼含著似水柔情，讓人不禁一見面就有了好感。

莊蕾屈膝道：「見過夫人。」

縣令夫人的聲音很好聽。「莊大娘子，不用客氣。若不是有妳，我恐怕已經不在了。」又請莊蕾坐。

莊蕾在縣令夫人床前的繡墩上坐下，縣令夫人嘴角含笑，看著她。「竟是個這般玲瓏的姑娘，今年幾歲？」

「十四。」

縣令夫人微微一驚。「這般年紀便有這等醫術，若非親身經歷，還真不敢相信。」榮嬤嬤走過來，送上一碟子點心。「可不是。您不知道，若不是小娘子果斷，小公子和您都危險了呢。」

莊蕾忙笑著搖頭。「是夫人命好。當時我也心慌，不敢說定能保夫人平安，後來夫人平安無恙，真的很走運。您這個病很是凶險，不過現在算是已經度過了。論起功勞，菩薩保佑占了一半，夫人的選擇和毅力占了兩成，聞先生的金針占兩成，我的本事只占了一成。」

「這也太會說話了吧？」縣令夫人嘴上這般說，臉上笑容卻不如方才那般情真意切。小小年紀便這般溜鬚拍馬，讓人不喜。

莊蕾佯裝不知，低頭道：「我說的都是實情，您的病到了這個程度，只有三成的活命機會，這就是跟老天搶命。有因才有果，若非您允許聞先生進產房，先用金針和湯藥幫您定住心神，根本不會給我機會。畢竟我幹的活，不過是切開會陰，把小公子抱出來，再縫起傷口罷了。現在雖說已經不要緊了，若當時夫人有個三長兩短，與我也是沒有關係的。」

縣令夫人沒想到莊蕾竟是這般心思，立時為了自己的誤會而不好意思。「我倒覺得，是妳從鬼門關將我拉了回來。」

「廚下做了幾樣咱們府裡的點心，請大娘子嚐嚐。」榮嬤嬤轉移了話頭。

縣令夫人忙道：「是啊，不說這些了。莊大娘子，請用。」

莊蕾拿起碟子，挾了一塊糕點放進嘴裡，軟糯清香，不覺吃得快了些。

見她愛吃，縣令夫人指了一塊粉色荷花狀的糕點說：「再試試這塊芙蓉酥。」

莊蕾一連被塞了三塊點心，見第四塊要挾過來時，忙擺手。「實在吃不下了。」

縣令夫人抬起頭。「榮嬤嬤，廚下還有嗎？替大娘子包了，等下讓她帶回去。」

「不用了。」莊蕾笑著推拒。

「拿著，也是我的一片心意。」縣令夫人抓住她的手。

「我還是先幫您拆線，然後再給您開張調養的方子。」

莊蕾把手洗乾淨，縣令夫人還扭捏著，畢竟這時惡露還不斷，見莊蕾不以為意，自己才放了心，讓她拆線。

莊蕾拆完線，叮囑縣令夫人平時一定要保持乾淨，順帶提了一句。「您這胎生得艱難，子宮恢復的時日要長些。若要行房，恐怕得等三個月之後。」

縣令夫人一愣，這麼個小人兒竟說出這樣的話，見她眉眼低垂，仔細號脈，又伸手在她的肚子上按了幾下。

「奶水可正常？需要開些催乳的藥嗎？」

榮嬤嬤開口說：「孩子是奶媽餵的。」

莊蕾提起筆開方子，嘴裡說：「其實您可以自己餵養。母體初產幾天的乳水是好東西，吃了那幾天的乳水，孩子不太容易生病。」

縣令夫人驚訝的啊了一聲，後悔道：「我可錯過了。」

「無妨，也不是什麼大事，這次您的身體損傷不少，好好休養也是好的，下一胎最好間隔兩年左右。您懷下一胎之前，可以跟我說一聲，花半年幫您調理一下，別像這次一樣，嚇煞人了。」莊蕾邊寫邊說。

縣令夫人愣了一下。「我還能生？」

莊蕾點頭。「當然可以，不是每一次都會子癇的，只是妳比旁人更容易得。休養兩年，下次懷的時候仔細調養，會好的。」

縣令夫人苦笑一聲。「到時候我恐怕就不在遂縣了，妳又不可能跟著我，怎麼調理？」

「沒了張屠夫，難道還吃帶毛豬？之前您沒想過自己會得這個病，下一胎早早請郎中調理就好了。您是信我才這麼說，外面的老郎中多的是呢。」

莊蕾開好方子，對榮嬤嬤說：「一天吃一副就可以了，早飯後服用。用上二十天，我再來換方子。」

縣令夫人還想留她吃飯，莊蕾婉拒了，畢竟家裡還有一大堆事，她得趕快回去。

莊蕾從縣令夫人的房裡走出來，聽見榮嬤嬤的聲音。「大娘子留步。」

莊蕾轉過身，見榮嬤嬤拿出一個小包裹。「您的診金還沒拿。」

「上次給過了。這次我又拿了吃食，不用了。」莊蕾笑著推拒。

榮嬤嬤把包裹塞進她的手裡。「上次是上次，這次是這次，不一樣。」

莊蕾退還診金。「這次我是來回診，再說上次給的也夠了，哪裡能多收，凡事有度才是。」到底還是沒有收診金。

如此態度，讓榮嬤嬤再次刮目相看了。

第十三章　姑媽

榮嬤嬤回到屋裡，說道：「小姑娘不肯拿，說上次給的已經夠了。」

「這個年紀，又是這番脾性，還有這一手字跡，真不像是從鄉村裡出來的。」縣令夫人手裡拿著莊蕾的方子看著，一臉疑惑。

「姑爺不是讓人探聽過嗎？乃是安南侯抱錯孩子那家的兒媳婦。男人死了，本身是個苦命的，娘家連飯都吃不飽。不過婆家倒是家境不錯，聽說陳大官人疏財仗義，在村裡名聲極好，這個姑娘許是得了陳家的教導？」

縣令夫人挑了挑嘴角，搖搖頭。「就是公侯之家，一般庶女還沒這般氣度。妳看看這方子上的字跡。」

「姑娘，我哪裡看得懂？」榮嬤嬤笑了一聲。

縣令夫人輕聲道：「這一手小楷，潤澤飽滿卻有筋骨，顯然是下過苦功的。這位莊大娘子，不簡單啊。」

「再不簡單，年紀擺在那裡不是？」榮嬤嬤說道。

縣令夫人微微一笑。「正因這個年紀便有了這番心性，前途才廣闊。」

「一個姑娘家，能有什麼前途？」

「女人生孩子，如同一隻腳踏進棺材裡，如我這般，幾乎沒有活路。這樣的人有多少？女人的病又有多少？以後能用上的地方還有很多。」

莊蕾自是不知這對主僕在說什麼，回到壽安堂時，牛車已經來過了，聞少爺讓他們先回去，親自跟著馬車送莊蕾回來。路上細問了縣令夫人的病情，真是一個努力的小夥子，跟她前世還真像。

雖然他們走得晚，但馬車駛得比牛車快許多，半路追上了牛車，倒是比牛車先到家。

莊蕾下車，聞海宇也跟著下來，這次張氏總算把一籃子雞蛋塞進他的手裡。

聞海宇上車後，莊蕾囑咐了一聲。「路上小心，替我向聞爺爺問個好。」

「知道了。那我走了，多謝妳家的雞蛋。」聞海宇揮手與莊蕾道別。

剛剛送走聞海宇，張氏還想問莊蕾這次的狀況，便聽見一個聲音傳來。

「親家母！」

莊蕾抬頭看，是自家親娘帶著自家姑媽從門外進來。自從將她賣給陳家後，她的親娘沒事從來不上門，上門來無非就是哭窮，偶爾張氏給個幾錢碎銀子打發她，也就算了。

遇到這種事，以前的莊蕾就會覺得自己有這樣的娘家，帶累了家裡。

大郎看她不高興，會安慰她。「幾個小錢，沒事的，好歹是妳的娘家。別放心上，只要咱們把日子過好就好。」

今天看來，她娘又是來打秋風了，只是現在不比往日，只要是來吸血的，哪怕是蚊子，她都要打死，免得以後多事。

這個時代重男輕女，莊家尤為嚴重，但她這個姑媽尤莊氏卻是例外，莊家老太太對這個女兒是言聽計從。尤莊氏一直看不起翠娘這個弟媳婦，每次回娘家，必然挑撥莊蕾奶奶跟媳婦之間的關係，等她爹回來，她娘少不得要被打一頓，而她的一頓打則是捎帶的。莊蕾真是希望，這輩子都不要見著尤莊氏。

張氏已經迎了出去。「親家母，妳怎麼來了？」

翠娘說：「我和她姑媽來看看我那可憐的花兒。」

莊蕾猜測，自家親娘的可憐和她理解的那種可憐，不是同一個意思。還沒等莊蕾反應過來，尤莊氏已經過來摸上莊蕾的手。

「可憐的孩子，小小年紀就沒了依靠，以後的日子可怎麼辦？」說著還抬起手，假惺惺地擦著眼淚。

張氏剛剛克制住悲傷，開始過新的生活，被尤莊氏如此一鬧，難免心頭哀傷，眼淚落了下來。

莊蕾知曉尤莊氏的秉性。黃鼠狼上門，定然沒有安什麼好心。

「娘。」莊蕾叫喚張氏，卻聽翠娘答了一聲。「哎！」

「我娘難得上門，不如去客堂間坐坐？」莊蕾這話出口，翠娘才發現不是在叫她，有些訕訕。

張氏聽莊蕾這麼說，收了收眼淚。「是啊，站著幹麼？進來坐。」還吩咐莊蕾。「花兒，妳娘和妳姑媽難得上門，讓三郎殺隻雞。」

院子裡有十來隻蘆花雞正在覓食，莊蕾點頭。「好。」

她看著張氏帶尤莊氏和翠娘進了客堂間，便讓陳照去抓雞，割開喉嚨放了血，把雞血凝成血豆腐，又幫雞褪完毛，便放下手頭的雞，鑽進廚房。

她從籃子裡拿出一塊冬瓜、幾根茄子、一把韭菜，剁了塊鹹肉，準備晚飯。

先生火、切菜，飯鍋上架了一個蒸格，放上一碗鹹肉一起蒸，又把陳月娘的藥煎上。

另一口鍋裡起了油，打了雞蛋，沿著鍋邊倒進去，香味伴隨著滋滋聲冒出來，再加韭菜進去炒。

茄子加了醬油和糖紅燒，出鍋前撒了一把蔥花。蒸鹹肉的汁倒入鍋裡，放上冬瓜，做了一道湯，這就準備齊全了。

莊蕾端菜出去，聽見尤莊氏在說話。

「親家母，自古以來，沒有生養過的女兒，若男人死了就回娘家，哪有還待在夫家的道理，除非是叔就嫂。不過叔就嫂是那些窮得沒錢娶媳婦的人家才會走的路，說出去也不好聽不是？」

莊蕾正好一腳踏進客堂，陳熹也剛好過來，頓了頓，走到桌前坐下，咳嗽了兩聲。

尤莊氏有些嫌棄地側過了身。

莊蕾到門口叫道：「三郎，進來吃飯。」隨即走到飯籃前，幫每個人盛飯。

尤莊氏一直看著莊蕾，欲說還休的樣子，又盯著桌上的三菜一湯。

村裡的人家，大多一早炒一大碗韭菜，吃上一整天，油和鹽都捨不得多放，那味道就不說了。飯也是一半麥麩、一半大米，吃得滿嘴粗糲，哽在喉嚨裡。

陳家家境不錯，炒菜捨得放油，菜的味道自然不會太差，三菜一湯已經算好的了。

陳照過來，跟陳熹同坐在一條長凳上，陳月娘和莊蕾也坐下。

莊蕾招呼尤莊氏和翠娘。「娘和姑媽來得急，沒準備什麼菜，隨便用些。」

張氏問莊蕾。「花兒，不是叫妳殺隻雞嗎？」

「殺了還要開膛破肚，清理內臟，我看天色已經晚了，姑媽和娘走夜路不方便，就先放一旁了，蒸了鹹肉。」

莊蕾說著，挾了一塊鹹肉給尤莊氏。「姑媽，吃塊肉。」

尤莊氏拉長著臉。「花兒，妳這是捨不得給咱們吃塊雞肉？」

莊蕾挑起眉來看尤莊氏，尤莊氏從來沒想過自家那個瘦瘦小小、只能縮在牆角的小姪女會用這種凜冽的眼神看她，竟然被她看得一哆嗦。

莊蕾挾起一塊鹹肉，放進自己的碗裡。「記得當初姑媽的公公去世時，我去你們家吃喪酒。不過五桌人，桌上唯一的葷菜就是鹹肉，一人一塊，切的還比咱們這個小了一半。

「姑父幫我挾了一塊，放在碗裡，您瞧見了，就把鹹肉從我碗裡挾起來，塞給我弟弟，說了一句『賠錢貨吃什麼肉』？不過謝謝姑媽，那天我好歹吃了一口新鮮米飯。

「以前我上門吃不得一塊肉，如今您上門，我有肉菜招呼您，我總比您強些。」

尤莊氏將筷子往桌上一摔。「莊花兒，莊家養大妳，就是讓妳這樣跟長輩說話的？」

張氏聽莊蕾這般不客氣，連忙打圓場。「這是什麼話？親家別生氣，來，吃菜。」

許是在家的確沒吃飽過，翠娘的那碗飯，很快就見底了。

莊蕾想起，剛到陳家的時候，她竟能坐在桌上跟大家一起吃，眼前是一碗雪白雪白的米飯。她光扒拉著飯，那碗米飯都是她一輩子都無法忘記的美味，軟軟的、香香的，咀嚼時還帶著甘甜。

莊蕾接過她娘的飯碗，再添了一碗，放在她面前。她娘都是等她爹和她弟弟吃完，才能吃飯，這會兒能吃一頓飽飯，也是不容易了。

翠娘有些不好意思地接過碗，繼續吃。

尤莊氏看了只知道扒飯的翠娘，放下碗筷道：「花兒，剛才跟妳婆母商量，妳沒跟大郎圓房，自然也沒有孩子，按理該回娘家，再尋一家好人家嫁了。」

莊蕾笑了笑，所謂無事不登三寶殿，她們倆一起來，不提借銀子，那定然是謀劃了其他好事。

這不，正題來了。

莊蕾挑起眉，看向尤莊氏。「看來姑媽已經替我找好了人家？」

張氏聽莊蕾這麼問，心裡有些難過。方才翠娘和尤莊氏說起這件事情，她很是猶豫，畢竟按照規矩，無兒無女的媳婦回娘家再嫁，也是合情合理，她沒有理由耽擱孩子，讓花兒一輩子替大郎守寡可不成。

尤莊氏聽了，想起剛才跟張氏提這件事時，張氏不肯答應。若莊蕾自己要走，張氏定然留不住。

「自然是好人家。我是妳的親姑媽，怎麼會幫妳亂找人家？」

「城裡的黃員外家，妳可知道？」尤莊氏說：「妳嫁過去，那真是一輩子穿不完的綾羅，一輩子吃不完的米糧。」

莊蕾吃完飯，舀了一勺湯，喝了一口。「黃員外家的誰？」

尤莊氏說了，居然是之前在船上對莊蕾亂說話的混帳東西，仗著家裡有幾個臭錢，常常胡作非為。

莊蕾問得越細，張氏的臉色越暗沈，尤莊氏越眉飛色舞。莊蕾瞧見陳熹將手壓在張氏的手上，像是在安撫她。

莊蕾對陳熹淺笑一下，繼續看著尤莊氏。「倒是好人家。」

尤莊氏得意。「怎麼樣，姑媽不會騙妳吧？」

莊蕾笑著問她。「這麼好的人家，杏兒表姊怎麼不嫁，怎麼輪得到我？杏兒表姊與我同年，明年就要及笄，不如嫁了吧？以後綾羅有姑媽一份，米糧也有姑媽一份，我就安安心心替大郎哥哥守寡。」

尤莊氏聽了，脫口而出。「我家杏兒是要給人做正頭娘子的。」

「敢情這不是正頭娘子？我就說呢，就算續弦，有這麼好的機會，妳也會留給妳女兒，哪裡會想到我？」莊蕾冷哼一聲。「賣了我一次不夠，還想賣第二次？」

尤莊氏拍著桌子說：「黃家是遂縣首富，在淮州也是數一數二的富貴人家，別說是做妾，就是做人家的丫鬟，也比妳在這裡當寡婦強吧？」

張氏不高興了，站起來道：「待在我家裡，還比不上做人家的丫鬟？我們家的孩子都能吃飽穿暖，難道不比那些伺候人的強？」

「那是妳家大官人在的時候，陳家有田有地，有米有糧。現在呢，陳大官人歿了，還有了個癆病鬼，不用兩年，家裡就掏空了。還強什麼？」尤莊氏看著莊蕾。「到時候，妳以為還會有這樣的好機會？」

「妳在我家的地盤上，這樣咒我們家，有妳這麼惡毒的嗎？」張氏氣得指著尤莊氏。

尤莊氏以為自己很有道理似的說：「親家母，我的話句句都是實情，您別不愛聽。」

莊蕾看向自己的親娘。「我叫您一聲娘，您心裡過意得去嗎？從我出生，您可曾把我當個人看？若不是陳家出的銀子多，這時我就是揚州城裡養的瘦馬，說不定早被人弄死了。」

莊蕾說著，轉向張氏。「我來了陳家，身上沒有一塊好的地方，頭髮枯黃，都打著結，頭裡還有蝨子。是娘用淘米水一點一點幫我洗乾淨，再用梳子慢慢梳順，還到處去討樟木塊放在我的枕頭裡。是娘替我紮上紅頭繩，一次次地跟我說，我長得好看，是她的心肝肉。我才知道爹娘原來是這樣的，怕孩子冷、怕孩子餓、怕孩子累、怕孩子難過。」

張氏被尤莊氏氣得開始抹眼淚，莊蕾便問她娘。「我男人剛過世，還沒出七，您就過來要我給人做小？今兒我告訴您一聲，我生是陳家的人，死是陳家的鬼，一輩子就守著陳家過了。以後要是誰再動這樣的念頭，我不要這條爛命，也要拉著他一起做鬼去。」

莊蕾表情冷酷，聲音森冷，把尤莊氏嚇得臉都發白了。

這種人，要是不這樣嚇她，還會三番兩次地上門，沒個消停。

尤莊氏沒想到莊蕾會發這樣的毒誓，抖著聲音，語氣卻軟了下來，畢竟是她弟弟的事，何必替自家惹麻煩。

「花兒，妳不願意就不願意，別胡說八道。妳愛守著陳家，就守著陳家。我們走。」

尤莊氏說著，拉起翠娘，要往外走去。

翠娘忽然掙脫尤莊氏的手，轉身拉住莊蕾。「花兒，娘求妳了，跟娘回去。」

莊蕾看著她娘發抖的手，想來她爹已經收了黃家的錢，才逼著她娘帶她回去。不然，她娘大概是逃不掉這一頓打。

第十四章　做妾

莊蕾不認為自己有這麼柔弱可欺，盯著她娘問：「娘，您不管我有沒有替大郎哥哥守節滿三年，也不管那黃家是不是火坑，只管您自己嗎？」

在她的記憶裡，這個畏畏縮縮的娘從來沒有呵護過她，在她爹打她的時候，只會木然地瑟縮在一邊，沒想過來保護她。等她爹走了之後，才嘟囔幾句。

她沒被打死，純粹是運氣。

在那樣的環境之下，莊蕾的記憶中，她是一個木然的人，甚至不知道活著和死了，到底哪一種更好？正因為這樣，哪怕是陳家呵護她，膽小退縮的性子依然沒有改變。

這時，翠娘忽然直愣愣地跪在莊蕾面前，涕泗橫流。「花兒，就算是救救我的命，行不行？如果我不帶妳回去，我會被打死的，妳就這麼看我死嗎？」

張氏過去扶起她。「親家母，有話不能好好說？這不是折煞花兒了嗎？」

天下以孝為先，哪裡有親娘跪自己女兒的道理？莊蕾跟著跪下去。

「娘，當初你們要把我賣給人家當瘦馬的時候，我已經還過您了。如今我是陳家兒媳，是大郎哥哥的媳婦，有生病的小姑和小叔要照顧。這個家把我當人看，這個家需要我。」

翠娘扯著莊蕾的衣袖問：「哪怕是我死了，妳也不回去？花兒，妳還有沒有良心？我把妳拉拔大，妳也不想想家裡還有三個弟弟，就光顧著自己？」

這就是她娘的私心，不顧她的生死，只要有一點點油水，也要榨乾了，全給她的弟弟。

莊蕾的心已經冷得不能再冷。「我若是跟您回去，才是沒有良心，對不起死去的公爹和大郎哥哥，也對不起拿我當女兒疼的婆母。娘，不是我心狠，與其勸我改嫁，不如您離開我爹改嫁，還有活命的機會，否則早晚會被我爹打死。」

尤莊氏走過去，指著莊蕾罵道：「妳這個白眼狼，妳娘都這麼跟妳說了，心腸還這麼硬，還勸妳娘改嫁。」

莊蕾冷哼。「您心腸軟，那讓您女兒去做小。我說的是實話，要是我娘不離開我爹，早晚會被打死。我爹是什麼德行，您不知道？」

尤莊氏更生氣了。「呸，不要臉的小賤貨，咱們家怎麼會生出妳這樣的東西，說出這樣的話？」

門角邊，陳熹對陳照說：「拿掃把，把人趕出去。」

陳照聽了陳熹的話，抄起掃把，張牙舞爪地衝上前。「老虔婆，還不快走！」

莊蕾沒想到陳照會衝出來，尤莊氏也被他這般敦實的身形嚇了一跳。

「怎麼，要打人啊？」

陳熹從屋裡走出來，咳了兩聲。「這位嬤嬤，妳身為親戚上門，我家招待妳。妳要我嫂子回去，我嫂子不肯，說話便不客氣，不就是要讓主家逐客嗎？

「為什麼沒孩子的寡婦要回娘家，是因為夫家不願意養她。我身為陳家的兒子說一句，嫂子願意待在陳家就在陳家，老了陳家也養；要是她想嫁人，陳家會出嫁妝。這世上沒聽說妻子替丈夫守寡是不要臉的事，逼良為妾才是。」

「你這個短命鬼，跟你哥一樣，活不長的！」尤莊氏罵罵咧咧。

陳熹對陳照使了個眼神，陳照吼一聲。「滾！」如山的體格往前一挺，尤莊氏也不敢再鬧騰了。

莊蕾看著她娘一把鼻涕一把眼淚、哆哆嗦嗦地往外走，內心一陣悲涼。她不可能為了她娘放棄陳家，再次踏入火坑，她沒那麼傻。不過，她娘今兒回去，一頓毒打是逃不掉了。

她衝過去，一把拖住她娘。「娘，要不您別回去了，在咱們家住下吧，以後我給您養老送終。」

翠娘揮手給她一巴掌。「妳胡說什麼？我沒妳這樣的女兒。要我改嫁，那妳有沒有想過三個弟弟，以後他們還要不要成家了？妳若是真的認我這個娘，就跟我回去。」

莊蕾捂住了臉。「娘，您走好。」看著她娘和尤莊氏走遠，才進了屋子。

莊蕾進廚房收拾剛殺好的雞，重新生火，燉了雞湯，給陳月娘和陳熹補補身子。

張氏跟著莊蕾進去，勸道：「花兒，別難受。但剛才那話，妳真不該說，天底下哪有讓親娘和離的道理？」

「她打我就打我了，但我真擔心她會被我爹打死。」莊蕾沒來陳家以前，一直活在恐慌之中，根本不知道什麼時候會挨打。「我爹那個脾性，跟李春生真的差不多，好歹月娘是您教出來的，還知道和離。我娘呢？」

張氏坐下去添柴。「當初我就是看不上李家夫妻那個德行，真不想讓月娘嫁過去，可這是老一輩訂下的親事。月娘第一次哭著回來，我看她手上跟身上一道道的瘀青，哭了一夜。當時，我跟妳爹想著，要是月娘和離了，一家人的臉往哪裡擱？才拿了田地跟錢過去，希望李家人能好好待她。

「後來，我真怕月娘會被他們打死，妳爹才決定要帶月娘回來。這裡面還有一個緣故，因為妳是咱們養在身邊的兒媳婦，才能這麼做。要是外面娶的兒媳婦，出嫁的小姑回來，這個家又要不安寧了，為了家裡的太平，只能叫女兒忍。」

「我娘就是這樣的。我小時候，她挨打了，回娘家沒兩個時辰，就被我舅舅送回來了。」莊蕾嘆氣。「您知道我外婆過來說什麼嗎？打幾下又不會死。」

張氏嘆了口氣。「花兒，遇到這種事，女人家能怎麼樣？只能怪自己的命。回娘家會生出閒言碎語不說，到時候還被兄嫂嫌棄，匆匆二嫁，也許還不如之前的。」

莊蕾搖搖頭，盛起雞湯，端進去給陳月娘。

陳月娘躺在床上，臉色蒼白。看見莊蕾進來，招手讓她坐在床沿，一把抱住她。「花兒，還好有妳。」

「別哭了，仔細哭壞了眼睛。」莊蕾幫她擦眼淚。「妳跟李家的事，咱們一定能好好了斷。妳也別擔心別人的閒話，我們會想辦法的。」

另一邊，莊青山正等著姊姊和自家娘子回來。

黃家管事拿了五十兩銀子過來，說是訂金，等把人送過去，還有五十兩。

莊青山怎麼也沒想到，自家那個黃毛丫頭還值這麼多錢。之前那些下鄉來收瘦馬的人牙子只肯出五兩，三年之後，竟然有人肯出一百兩。他心裡有些得意，幸虧陳家幫他養著女兒，讓他白白得了這麼多銀子。

他站在門口，一直望著前面的小路，嘴巴裡唱著小曲兒。

狗吠之間，兩個婦人打著燈籠走過來。

莊青山喜孜孜地迎上前。「姊，張氏可願意放了花兒？」卻見尤莊氏怒氣沖沖，翠娘則是縮在後頭。

受了一肚子氣的尤莊氏，鼻孔裡出氣罵道：「你不知道你家女兒是什麼貨色？讓我去說合？我沒被她掃地出門，已經是好的了！」

莊青山看向翠娘。「她不肯？進財主家當姨奶奶都不肯？她想幹什麼？」

翠娘一見莊青山臉色鐵青就開始害怕，怯懦地說：「親家母很講道理，看起來是肯放花兒回來的。可是花兒不肯，說要替陳家大郎守寡。」

尤莊氏往凳子上一坐，陰陽怪氣地說：「你那個親家母講道理？不過是比你女兒好些。如今你女兒可是主意大得很，指天誓日地說自己生是陳家的人，死是陳家的鬼，心中哪裡有半點莊家的地兒？我學給你聽聽……」

尤莊氏加油添醋、繪聲繪色地把莊蕾的話講給莊青山聽。

莊青山一聽，到手的銀子要飛了，又想起前兩天在飯館門口被莊蕾那般不給面子地回嘴，臉上紅一陣、白一陣。

尤莊氏又說：「你生的好女兒，我可沒本事勸了。這種貨色，以後我連見都不想見。」

莊青山伸手，對著翠娘就是一巴掌。翠娘被他打懵了，眼淚包在眼睛裡，不敢哭出來。

莊青山指著翠娘道：「就妳生的那個小婊子，給臉不要臉，有吃有喝的地方不去，還想給自己掙個貞節牌坊？」

尤莊氏拍了拍腿，作勢去拉莊青山。「你做什麼？這件事也不是她的錯。你女兒吃了陳家的飯，心向著陳家，你打她有用嗎？」

「那我怎麼辦？都答應黃家管事了，現在拿什麼給人家？」莊青山想到白花花的銀子就肉痛。

翠娘抹著眼淚問：「能不能把錢還回去？花兒是鐵了心不回來，如今她是陳家的媳婦，陳家不放，你也說不了什麼話。」

莊青山一腳踹過去，翠娘被踢中腰裡，慘叫一聲，跌在地上，沒法子爬起來。

莊青山如凶神惡煞地衝著翠娘道：「不要這錢了，那咱們吃什麼、喝什麼？」將怒氣全發洩在沒有還手之力的翠娘身上。

自從莊蕾去了陳家，莊青山捨不得打三個兒子，就只能打這個沒用的女人，有時半夜還會拎起翠娘打一頓，這會兒更是打紅了眼。

翠娘蜷縮在地上，雙手抱著頭。越是這樣，莊青山越如瘋狗似的叫囂。「打死妳這沒用的爛貨！」

三個孩子聽見爹娘吵架，躲在房間裡不出來。這樣的陣仗，他們已經見多了。

翠娘被打得痛哭慘叫，莊青山怒火攻心，已經失去神志。或者說，打自己媳婦時，他從來沒有過神志，向來是要怎麼打就怎麼打，直到盡興為止。

莊青山打完，進屋裡拿了銀子，提了燈籠往外走。

翠娘趴在客堂間的牆角，怎麼爬都爬不起來，痛苦地呻吟了一夜。

天亮時分，莊蕾的伯母桂蘭起身燒早飯，走進客堂，見到自家妯娌昏倒在堂裡，臉已經腫得看不出樣子，只有微弱的氣息，身前和嘴上掛著血跡，連忙喊人。

「孩子他爹快過來，翠娘不行了！」

莊蕾的大伯莊青河走出來一看，趕緊去拍二房的門。

莊大狗過來開門，莊青河衝進去大吼。「你爹呢？」

莊大狗看見素來少言寡語的大伯凶神惡煞般的問話，忙回答。「不知道，爹打了娘，就出去了。」

莊青河一看這個德行，知道莊青山又去賭場了。幸虧他娘死的時候已經分了家，這間屋子也分了清楚，以後重新蓋房子時，他可以把客堂間一併拆了。

他走出來，對桂蘭說：「妳先守著翠娘，我去城裡請郎中。」

桂蘭皺著眉頭，臉上不高興地嘟囔。「你去請郎中，診金誰出？他有錢嗎？打成這樣，藥錢要多少？到時候全是咱們貼補。這個無底洞，咱們也填不滿啊。」

「別多話了，救命的事，能貼一點就貼一點，誰叫攤上這麼個東西呢？」莊青河說道，便出去找郎中了。莊青河與莊青山完全不同，就是個老實的莊稼漢。

桂蘭雖然不高興，可看這情形，也同情翠娘，叫了聲。「大狗過來，一起扶你娘進屋。」

接下來，桂蘭守著翠娘，心裡卻是焦急，希望自家男人能快點回來。萬一翠娘要是嚥氣了，她可怎麼辦？

不到半個時辰，莊青河就回來了，桂蘭覺得不對勁，問道：「郎中呢？你有沒有去城裡啊？翠娘這個樣子，沒郎中可就要死了。」

莊青河回答。「路上遇到青山，剛從賭坊裡出來，說他會去請郎中。我看他也是著急了，再三問我翠娘是不是不行了，還讓大狗和二狗去小溝村叫花兒回來。」

桂蘭聽說莊青山去請郎中了，心裡鬆快，至少她不用貼錢了。

她看了躺在床上的翠娘一眼，閃過一絲念頭。「叫花兒回來？他怎麼想得出來？以為花兒真是嫁出去的啊？是收了銀子賣出去的。從小沒給過一頓飽飯，這會兒躺在床上要人照顧，倒是想起女兒了。肯定是沒錢了，想著花兒家裡還有錢，想讓花兒來付診金。」

「妳就別多話了，總歸比妳出錢的好。翠娘這個樣子，也不知道能不能熬過今天，讓花兒過來見她娘最後一面也好。」莊青河叫了一聲。「大狗跟二狗過來！」

兄弟兩個走上前，莊青河說道：「你們去趟小溝村，跟你姊說，你娘不行了，讓她回來看看。」

莊二狗聽見這句話，問莊青河。「大伯，我娘真的要死了嗎？」

莊青河眉頭緊皺。「看上去不好，去叫你阿姊過來見個面。」

莊二狗不過八歲，一聽見娘要死了，心裡驚慌萬分，眼淚立刻湧上來，一邊哭、一邊跟著莊大狗往外走。

莊大狗看見這個掛著眼淚跟鼻涕的弟弟，實在心煩，一路斥罵他，兄弟倆抄小路往小溝村跑去。

兄弟倆到時，莊蕾正在掃院子，心裡想著陳月娘和離的事要怎麼辦才好，卻見兩個弟弟從門外進來。
莊大狗到了門口，也不稱呼一聲姊，直接叫道：「喂，妳跟我們回去，娘快不行了！」
莊蕾心頭一顫，嘴裡卻說：「你不要咒娘。娘昨天還好好的，怎麼可能不行？」
莊二狗哭著往莊蕾走去。「是真的，昨天爹打娘了，現在娘躺在床上，都不能開口了。」說著就撲到莊蕾身上，要拖著莊蕾走。他的脾氣有些怯懦，隨了翠娘。
莊蕾猶豫著，她心底還有童年最恐怖的陰影，真不想回娘家面對自己的親爹。可倒下的到底是自己的娘，再怎麼樣，也要過去看一看。
她進屋拿了針灸包，跟張氏、陳月娘和陳熹交代一聲。「我回娘家一趟，我娘不行了，我去看看。」
「要不等三郎回來陪妳去？」陳熹說道：「昨日妳娘和妳姑媽那樣，恐怕對妳心裡有怨恨，可能會把妳騙過去打罵一頓，等三郎一起過去吧。」
莊蕾聽了，便想等一等，莊二狗哭喊著。「姊，我們出來的時候，娘已經快死了，大伯說讓妳去見最後一面。」
莊大狗說：「別管這個沒良心的，咱們先回去。」
莊蕾心想，陳照替陳熹去城裡抓藥，一時半刻不會回來。娘家出了這麼大的事，她爹真要打她，她跑還不行嗎？再說，不是還有大伯和大伯母在？
莊蕾往外走，張氏追出來，給她一袋碎銀。

「花兒，妳拿著，萬一要請郎中什麼的，妳爹肯定付不出來，先給郎中診金。要是抓藥缺錢，先跟妳大伯借，明日咱們再送過去。不管怎麼樣，那也是妳娘。」

莊蕾把銀子推給張氏，搖搖頭。「娘，我不打算出錢了。我那娘家，您知道的……」

張氏拉下了臉。「平日我怎麼教妳的？再怎麼樣，她是妳娘，咱們不為他們說一句好，只是為了問心無愧。上對得起天，下對得起地。」

問心無愧？她從來沒有虧欠過那一家人，只是因為血緣。莊蕾想張嘴辯解，卻又閉上，點了點頭。

「我知道了。」

張氏說道：「要是晚上需要住下陪妳娘，就讓大狗或二狗來報個信兒，我們就不等妳吃晚飯了。去吧。」

莊蕾應下，心想生孩子的時候萬般嫌棄女兒，躺在床上照顧了輪到女兒，財產跟好處都是兒子得的。從古到今，好像都是這樣……

第十五章 探母

莊蕾出門，跟了兩兄弟往娘家方向走。小黑竄出來跟在她身邊，一路跟隨。

幾年沒回過娘家，莊蕾有一絲陌生。這個地方是她的噩夢，真不想來。

她進了屋，莊青河正坐在矮凳上搓稻草繩，莊蕾叫了一聲。「大伯。」

莊青河是四十來歲的莊稼人，黑瘦老實，與莊蕾的爹完全不同。小時候莊蕾一直羨慕自己的堂姊，至少能有口飯吃，至少不用天天挨打。

屋子是祖輩傳下來的，兩家分別住東屋和西屋，合用一間客堂。

見她進來，莊青河放下手裡的稻草繩，陪著莊蕾一起進來，嘴裡說著今天一早的事。

房裡，桂蘭正陪在翠娘身邊，她是刀子嘴豆腐心，見莊蕾可憐，曾經私底下偷偷塞給她一、兩口吃食。

她看見莊蕾進來，把抱在手裡的莊小狗放下，站起來說：「已經一個時辰了，到現在還沒醒。」

她讓出床沿給莊蕾，嘴裡繼續叨叨。「妳爹下手從來沒個輕重，這次是往死裡打啊。」

莊蕾問：「我爹呢？」

她說著，坐在床沿上，看了臉上全是青紫的翠娘一下，伸手拿起翠娘的手開始把脈，脈息微弱，只能試試看了。莊青山真是畜生，不打死不甘休。

「去城裡請郎中，應該要回來了吧？」桂蘭說道。

莊蕾拿出金針，在太陽穴、印堂、迎香等幾個穴位下針。

隨著金針撚動，翠娘悠悠醒轉。

桂蘭沒想到，這個以前連話都不敢說的姪女，這會兒居然很是老道地幫人扎針，心想怪道這丫頭會被城裡的財主看中，真是幾年沒見，出挑得跟一朵花兒一樣。這般樣貌，比她在城裡燈會瞧見的大家姑娘還要標致。

莊蕾叫了聲。「娘。」

臉上瘀青和紅腫得如開了染坊鋪子的翠娘，微微睜開眼，眼睛通紅，艱難地開了口。

「花兒，娘不成了……以後妳要好好照顧弟弟們。」

原本莊蕾還在心疼她娘，她娘從沒有過過一天好日子。但聽見這話，要不是她娘已經這個樣子，她真想問問，她到底要做到什麼程度，才算是不欠他們？

翠娘叫了一聲。「大狗、二狗、小狗……」

莊蕾把地方讓給她的三個弟弟，見她娘充血的眼睛裡流出眼淚。「娘放不下你們……以後娘不在了，你爹若是照顧不了你們，就去找你們大姊，她會替我好好地照顧你們。」

翠娘說完，一雙眼睛睜著看莊蕾，等著莊蕾答應。她知道莊青山靠不住，只能求莊蕾了。昨日去陳家，她看陳家家底好，對莊蕾也好。幾個孩子如果能夠得到自己姊姊的照顧，她去了也能閉眼。

莊蕾抽了抽嘴角，看著接近彌留的翠娘。「大狗比我小兩歲，他能照顧兩個弟弟。到底都是莊家的子孫，長兄如父，長嫂如母，也該是他的責任。我一個女人家，拿什麼養活三個兒郎？」

翠娘睜開眼問：「難道……難道我最後的要求，妳也不答應？」

莊蕾搖了搖頭。「我不能答應。現在我還靠著陳家養，更何況您也看到了，如今陳家只靠婆婆一個人撐著，咱們家至少還有我爹。嫁出去的女兒是潑出去的水，這個我不能管。」

莊大狗惡狠狠地瞪著莊蕾，伸手推莊蕾一把。「誰要妳照顧？不要臉的東西，我娘不用妳來管。」

莊蕾倒退一步，對桂蘭說：「伯母，您先照看我娘，我幫她開個方子，興許還能救。」

桂蘭不知道莊蕾為何會了醫術，但她這幾年都沒有回來過，或許在陳家有什麼際遇也未可知。

莊蕾去了客堂，問莊青河。「大伯可有紙筆？我開個方子，盡快去城裡抓藥讓娘服下，或許還有救。」

莊青河從沒想過莊蕾會看病，道：「妳什麼時候會看病了？等等，妳爹馬上就帶著郎中回來。」

「來不及了，我先開方子，您幫我去城裡的壽安堂抓藥。」莊蕾說道。

莊青山能請到的，也是聞家的小輩。若是請聞家的小輩，還不如她直接開方子。

莊青河雖然懷疑，但依然出門，向鄰居借來筆墨。

莊蕾提起筆，開始寫急救的方子，才寫到一半，便聽見外面的小黑不要命地狂吠。

莊青山小跑進來，聽莊青河問：「郎中呢？」

莊青山沒理睬莊青河的問話，高聲喊著。「人在這裡！」

莊蕾發覺不對，看向莊青山，見他身後跟著三個家僕，兩男一女。

莊蕾只能怪自己還是太幼稚了，莊青山能如此喪盡天良，趁著自己娘子快不行了，不去請郎中，而是騙她過來，要賣給黃家。

莊蕾放下手頭的筆，站起來就要往外衝，被兩個男僕圍住。

她不過十四歲的年紀，還沒完全長開，冷著臉問：「黃家的？」

為首的是個四十來歲的婦人，心頭一震，突然明白家裡的大爺為什麼對這個小寡婦念念不忘了。小寡婦如此這個年紀便長得粉嫩俏麗，更別說再長大些的姿容，真是眼前這個上不了檯面的男人親生的？

因為莊蕾的氣場，婦人說話說得很快。「小娘子，妳爹已經將妳許給我家少爺做姨奶奶，請跟我們回去。」

莊蕾冷冷地看著她。「這位嬤嬤應該知道我嫁人了吧？一個女兒，怎麼能許兩家人？」

莊青山走過來說：「妳男人已經死了，妳應該回家裡改嫁。黃少爺不嫌棄妳是寡婦，別不識抬舉。」

莊蕾笑了一聲，坐下來繼續寫方子，對黃家的僕婦說：「嬤嬤，我見您也是個講道理的。自古以來，只有被夫家趕回娘家的寡婦，才能改嫁。雖然我丈夫已經亡故，但婆母從未想將我趕回娘家，那我就是陳家的媳婦，是莊家嫁出去的女兒。」

她蘸了蘸墨，繼續寫字。「如今你們與他做的這筆買賣，毫無道理。身為陳家的兒媳，我怎麼能跟你們走？」

莊青河聽見這話，一直告誡自己不要管莊青山這個敗家子的爛事，可事到臨頭，還是不得不管。

莊青河站起來，走到莊青山面前大罵道：「你這個畜生，你媳婦已經被你打得只剩一口氣，說去請郎中，卻找來黃家的人，你想幹什麼？」

「我家的事情，不用你摻和。」莊青山吼了一聲。

莊青河怒道：「桂蘭，出來！」

在裡面照看翠娘的桂蘭早聽見外面的爭吵聲，知道莊青山是個沒良心的混帳，可心腸黑到這般，讓她怎麼也想不到。

這會兒，自家男人叫她出去，看著躺在床上的人，她有些猶豫。翠娘這個樣子，怎麼離得了人呢？

「桂蘭快出來，他不需要我們幫忙。」

在自家男人的催促下，桂蘭對躺在床上的人說道：「翠娘，我出去看看。」

翠娘的身體雖然動彈不得，但耳朵沒壞，哪裡不知道外面的動靜？眼淚滑落，只怨自己命苦。

桂蘭走出門，看見來人好生凶悍，到底是鄉下婦人，沒見過什麼世面，走到莊青河的身邊，心底有些打顫。

莊青河跟她說：「妳進屋去。」

桂蘭看了已經寫完方子的莊蕾一眼。多好的姑娘，這是上輩子造了多少孽，才投胎生在翠娘的肚子裡。

莊蕾拿著方子，要交給莊青河，卻被那個婦人攔住。

莊蕾冷眼看她。「我娘被他快打死了，等著這個方子救命。」

婦人被她看得一哆嗦，有些膽怯，不由後退了一步。

莊蕾對莊青河說：「大伯，您拿著方子去城裡壽安堂找聞先生或者是聞少爺，就說是我開的方子，請他們按方抓藥。回來煎給我娘喝下，興許還有救。」

莊青山衝上前，表情扭曲地大笑。「妳會開什麼方子？不過是想讓人通風報信，沒用！」說著，將方子撕得粉碎。

莊蕾看見自己開的方子被撕碎，心頭立時湧上這些年受的委屈和憎恨，還有對她娘的悲哀，伸手給了莊青山一巴掌。

「莊青山，你還是不是人？那是替你生了六個孩子的女人，她已經快被你打死了，這是她唯一活命的機會！」

莊青山見這個以前蜷縮在角落裡的女兒打了他，還對他大喊大叫，也對她揮了一巴掌。

莊蕾閃過，他撲了空，又伸手要掐莊蕾的脖子，滿臉通紅地罵道：「反了天了，今天我就掐死妳這個沒良心的賤貨！」

一個黃家家僕過來拖開他。「她是我們少爺日思夜想的人兒，可不能被你打壞了。」

莊蕾被放開，打量周遭，打算一步一步往後退，躲進莊青河的房內，再從後院逃跑。

黃家家僕看穿她的意圖，喝道：「還囉嗦什麼？動手啊，把人抓回去！」

莊蕾肩上一沈，被婦人扣住，她到底只是十四歲的小姑娘，婦人健碩有力，讓她無法掙脫。更何況，三個人抓她一個，也很難逃開。

莊青山問黃家家僕。「剩下的銀子，我什麼時候能拿到？」

家僕冷笑一聲。「我們家大爺說了，過了今晚，等你家女兒成了我家大爺的姨奶奶，就給你銀子。你不是剛拿了五十兩嗎，這就著急了？」

「手頭緊，您多擔待些。」莊青山點頭哈腰。

莊蕾看向莊青河。「大伯，麻煩您跑一趟小溝村跟我婆母說，我不能給她盡孝了，讓她記得帶二郎去壽安堂重新開藥。」

莊青河趕緊點頭。

莊蕾雙手反捆，被婦人推著出了門，回過頭，目光冷冽地看向莊青山。

莊青山被她看得一個哆嗦，不敢說話了。

莊蕾上了黃家的馬車，腦子裡想著，為什麼書裡沒有提到她被黃家看上的這一段？到底哪裡出了岔子？現在跑不掉，那等一下要怎麼跑？

另外，那個黃家少爺看上去很風騷，會是那種有變態行為，一上來就會要了她的命的人嗎？如果遇見那樣的事，要怎麼自救？

一旁婦人粗重的呼吸聲引起了莊蕾的注意，聽見婦人勸解她的話。

「小娘子，妳這是去享福。別說在咱們縣裡，就算是在州府，黃家也是數一數二的富貴人家。妳去了黃家以後吃香的喝辣的，豈不是比待在這樣的家裡受罪強？想開些。」

莊蕾轉頭盯著婦人發紫的嘴唇，婦人不知道莊蕾為什麼盯著她，被她盯得有些發毛。

「小娘子，妳最好聽我一句勸，別有其他心思。」

「您伸手給我瞧瞧。」莊蕾對婦人說道。

婦人抬手，莊蕾一看手指，便問：「妳家中父母長輩，是不是有人因心衰而亡？」

婦人臉色變幻，又聽莊蕾說道：「是不是動不動就會大喘氣？咳嗽聲是什麼樣的？」

莊蕾見婦人的臉色越來越凝重，卻不說話，搖搖頭。「找聞先生看過嗎？妳這是已經開始發病了。從發病到去世，大約只有三年工夫。」

「小娘子，妳不是嚇我的吧？」婦人說道。

莊蕾仰頭。「家裡有沒有人得這個病，難道妳心裡沒個數？」

前世，莊蕾最擅長的就是心肺方面的疾病。婦人這是遺傳性疾病，有典型特徵。

「妳是說，找壽安堂的聞先生看看？」

「嗯，當然更好的辦法是我幫妳開方，妳再拿去讓聞先生加減一番。」

婦人猶豫著。「妳別想著逃跑。妳一個黃毛丫頭，會看什麼病？」

「我是要妳去找郎中，又不是要妳去找我家的人，跟逃跑有什麼關係？」莊蕾嗤笑一聲。「我不過是醫者父母心，發現妳病情嚴重，想救妳一命，妳卻狗咬呂洞賓。算了，信不信隨妳。」

莊蕾側過頭，閉目養神。

就莊蕾的年紀，婦人不相信她會看病，不過她爹和她姑媽確實是因為這個毛病走掉的，這一點完全被說中了，思緒不由翻滾起來。

第十六章　被綁

馬車快進城裡的時候，婦人問：「妳說的可是真的，我的性命已經不久了？」

「看怎麼治吧。這個病能不能治好，看郎中的本事，也看妳自己的命。已經發作了，妳總該去看看。」莊蕾深深吐出一口氣。「我娘的年紀比妳還小，今天是活不成了。」

婦人又問：「方才妳說，妳娘被妳爹打了？」

「起因就是妳家這位少爺。我娘要將我帶回家，賣給妳家少爺做妾，我婆母自然不肯。我娘沒能帶我回來，被我爹打得只剩一口氣。

「我爹叫兩個弟弟來找我，見我娘最後一面。我以為他會去請郎中，沒想到是去找你們來。方才我開的藥興許還能救我娘的命，沒想到我爹喪心病狂，把那張救命方子撕爛了。」

莊蕾說完這些話，嗚嗚痛哭起來。

原本還在擔憂自己病情的婦人，聽莊蕾這樣哭著，問道：「妳是在擔心妳娘？」

「擔心也沒用了，我不過是用金針幫她吊著一口氣。若半日之內，藥不能入口，大羅金仙難救。」

莊蕾仰頭，靠在車壁上。「我不想再嫁。要是遇到像我爹那樣的人，無非就是早點和晚點被打死的區別。」

這個世道，家暴是常態，像陳家這樣把姑娘當個人一樣愛護的，反而是少數。這話其實是在探聽一些虛實，比如初步判斷那個傳說中的紈袴是個什麼樣的人。

「妳放心，我們家少爺不凶，不會像妳爹那樣隨便打人。」

莊蕾聽了這個回答，心裡略寬。黃家少爺或許只是紈袴，但沒有到達為惡的地步。

馬車停下，莊蕾下車一看，這裡並非是黃家的高牆大院，而是一間位在西街的宅子。

莊蕾盤算著去壽安堂的路，卻瞧見有條狗繞到她腳邊，正是自家養的小黑狗。

黃家家僕發現小黑跟來，一腳踹過去，把小黑踢得嗚嗚亂叫。

莊蕾忙叫道：「別踢牠！」話還沒說完，婦人便將她推進了宅子裡。

院子裡青磚鋪地，對面是三間房，是本地最平常不過的民居。

有個和莊蕾差不多大的小丫鬟走過來。「游嬤嬤，莊姨娘來了？」

連姨娘都叫上了。莊蕾微不可見地抽了抽嘴角。

「來了。冬花，妳來替莊姨娘打扮打扮，大爺馬上就過來了。」

長著一張圓臉、鼻梁有些塌的姑娘道：「莊姨娘，請隨我來。」

莊蕾不隨她去也不成，游嬤嬤一直跟在她身後，更何況方才抓她的家僕就守在門口，即便她生在鄉下能爬樹，在這樣的防備之下，也沒辦法逃跑。

見莊蕾側頭打量這座院子，游嬤嬤乘機說：「小娘子別看院子小，我們少爺不會委屈了妳，且往屋裡看。」

她說著，帶莊蕾進了屋子。屋子裡，花花綠綠擺著好些擺設，看上去富麗堂皇，讓莊蕾質疑這是什麼品味？這就像前世她進行醫療援助的縣城裡的一些號稱什麼皇宮的KTV，看上去金碧輝煌，實際上透著一股濃濃的廉價塑膠風。

尤其是多寶槅上的幾個瓶瓶罐罐，都是些什麼垃圾貨？

游嬤嬤還恍若未聞地對著莊蕾說：「這些可都是大戶人家才用的好東西。」

莊蕾只顧著欣賞比電視劇道具還要假的擺設，差點笑出聲來，這就是黃家這種號稱有錢人家品味了？陳家家境殷實，雖然沒有置辦什麼好東西，但也不喜歡用仿冒品充臉面。

而她前世的記憶裡，百來年中醫世家的積累，但凡是中醫傳承，大多喜歡傳統文化，更何況她奶奶還是個書畫家，文藝細胞滿滿，家中藏品不少。耳濡目染之下，她對這些東西也算是頗有研究。

游嬤嬤見莊蕾看得目不轉睛，以為她已經開始動搖，畢竟那種人家出來的姑娘，窮苦慣了，有這種機會定然會心動。

「等姨娘生下小少爺，到時候接您進府，您能看到東海上來的珊瑚、南海過來的珍珠、崑崙山上採下的白玉，那才是真開了眼界。」

莊蕾抓住關鍵處問：「為什麼是生下小少爺？」以前她聽過傳聞，這位黃少爺女人不少，就是生不出孩子。

游嬤嬤笑了一聲，覺得有必要燃起莊蕾的希望之火。

「我家大爺是老爺嫡長子，成婚已經三年多，至今膝下無兒無女，納了這麼多個姨娘，也沒生下兒子。若是妳能替大爺生下兒子，可是能傳家立業的。」

莊蕾嘴角的笑意很明顯，游嬤嬤以為她的話已經讓莊蕾徹底動心，引莊蕾進了房間，指著放在桌上的一套水紅色羅裙和一旁的首飾。

「妳來看這羅裙和頭面。這些還算不得好的，要是成了小少爺的生母，得到的更多。」

關於衣服，不說上輩子，就是這輩子，自從她到了陳家後，張氏就多了一個可以打扮的女兒。

雖然鄉下姑娘平時還是一身布衣布衫，村前宅後跑來跑去方便，也不容易扯破，但張氏還是喜歡把自家姑娘打扮得跟城裡姑娘一樣。趁著陳月娘成親做嫁衣時，替她添了一身湖藍織錦緞襖裙，上頭一件收腰小襖，下身是軟緞繡花的裙子，套上瓔珞圈子。

那時候，大郎看著她，直說就跟畫裡走出來的一樣。

一想起大郎，莊蕾忍不住鼻酸。他總覺得自己身材矮小，配不上她，哪怕她再三跟他說，他是天底下最最好的人。

「來瞧瞧這根簪子。」游嬤嬤拿起一根鎏金簪子，往她的頭上比劃。

莊蕾伸手，接過簪子。陳月娘成婚時買了三套頭面，婆婆怕她心裡不舒服，也帶著她挑了三套，只說是手心手背都是肉。她有一套首飾是銀鎏金的，當年在州府的銀樓裡聽過夥計講過怎麼辨別銅鎏金和銀鎏金。

連支簪子都不肯用心，用銅鎏金的東西來糊弄她，真不知道炫什麼富？還是說，黃家其實已經是個花架子了？

莊蕾嘴角漾起笑。「真好看。」

游嬤嬤瞧見她甜甜的笑容，道：「我幫妳戴上。」

游嬤嬤拿起簪子，插到莊蕾的髮髻上，對冬花使眼色。

冬花接話。「姨娘，我幫您換衣衫？」

莊蕾點點頭，游嬤嬤心裡一笑，這窮人家的女兒，眼皮子就是淺，看見這點東西，就動心了。

游嬤嬤踏出門檻時，莊蕾說了句。「嬤嬤最好還是讓聞先生診治一番。」

游嬤嬤一腳跨出門檻、一腳還在房裡，回頭看著莊蕾，心裡更是緊張了。

莊蕾任由冬花幫她換上水紅色的裙衫。雖說料子一般，但是比起她身上的粗布衣衫要好很多。

莊蕾年紀還小，尚未完全長開，不過身段纖細窈窕，一身收腰襦裙，讓她穿出了楚楚動人之姿。加上恢復記憶之後，舉止亦有了前世書香門第養出來的氣韻，更是讓人見之難忘。

黃成業進來時，看到的就是杏臉桃腮的姑娘穿著一身水紅色衣衫坐在那裡等他。

身為一個資深紈袴，他善於從天然無雕飾的女人中找出姿色絕佳的，比如去年的廟會上，他一眼就從這個小姑娘不施脂粉的臉，看出了豔若桃李之色。

沒想到，一年不見，那日在船上驚鴻一瞥，他發現她改變良多，原本眼神膽小如小鹿，如今卻是清明朗潤。同樣一張臉，神采不同，便生出了完全不同的容色。

此刻，她落落大方地坐在那裡，帶著一絲意味不明的淺笑看著他，說一句容色傾城也不為過，且竟然還有一股憑著一己之力養大他爹，並且為黃家打下如今家業基礎的黃老太太身上不怒自威的氣勢。

他那流裡流氣的表情，在她這般姿容面前，就顯得不合適。黃成業突然覺得不上不下，手一下子不知道該怎麼放。

黃成業站定，整理了自己的思緒，繼續維持本來的表情。有點尷尬，但可以忽略不計。

他嘿嘿一笑。「花兒，是吧？」

黃家有錢，但誰的錢也不是大風颳來的。黃家的基業是靠著黃老太太從一間布料鋪子開始經營，才有了如今號稱半城的家業。

黃家從來不是會仗勢欺人的人家，靠著一個信字立足商場。否則，去年廟會的時候，他就會動手強搶了。等陳然出了事，才花銀子將她買來，也算是講規矩了。

莊蕾是第三次見到黃成業，這小子身體消瘦、顴骨潮紅，身上穿著一件綠色的綢緞衫子，眼下青黑一片，配上這個身材，就跟街上耍猴戲的猴子似的。這種模樣，哪怕是大戶人家的嫡子，恐怕也難有機會繼承家業吧？

黃成業道：「花兒，自從那天在河邊見了妳之後，我是日思夜想，沒有睡好一場覺。」

冬花端著酒菜進來，笑著說：「少爺和姨娘用些酒菜。」

黃成業的手一揮。「還不去準備熱水，等會兒伺候爺和你們新姨娘。」

冬花看看莊蕾，說了一句。「少爺，姨娘還沒用過東西呢。游嬤嬤特地關照的，讓少爺不要餓壞了姨娘。」

冬花說完，退了出去，順帶關上房門。

莊蕾還在沈浸在思緒之中，黃成業走過來，雙手壓住她的肩膀，低頭說：「花兒，來，讓爺親親。」

他的嘴巴一張開，一股濃郁的味道撲面而來。

莊蕾側過臉，用手捂住了鼻子，甕聲甕氣道：「不著急吧？我先問你幾件事可行？」

之前黃成業聽說她不肯過來，還想著要多費些唇舌才能把她弄到手，沒想到她居然乖乖換了裙衫等著他。雖然心猿意馬，卻也願意等等，畢竟人比花嬌，在她面前，家裡那幾個都不夠看了，忙點頭。

「妳問吧。」

「既然你是日思夜想，為何到昨日才去莊家買我？」

被莊蕾這麼一問，黃成業臉上的流氣去了一大半，露出近乎憨實的笑容。

「花兒，妳是嫌棄我去得太晚？這不是還要安排嗎？總不能匆匆忙忙，把妳這樣的嬌人兒隨便往哪個角落裡一塞吧？」

莊蕾看他這般模樣，對他有了新的評價。「安排？」

黃成業臉上堆滿了笑容。「是啊，納個妾也不是那麼容易的，總要幫妳找房子，讓妳住得舒服些才行。」

莊蕾笑呵呵地說：「納妾？明明是置外室。對你一個少爺來說，準備一座院子要這麼久？」手指敲擊在桌面上，發出了有節奏的聲音。

黃成業以為莊蕾想住進黃府，便哄著她。「以後我會想辦法把妳迎進府裡，不過妳先得幫我生個孩子才行。」

又是生孩子？莊蕾聽見他跟游嬤嬤說出一樣的話。

黃成業搓了搓手，走到莊蕾面前，叫了一聲。「心肝兒……」

莊蕾被他這一聲叫得頭皮發麻。「想要生孩子是吧？想要繼承家業是吧？」

「可不是？」黃成業嘿嘿一笑，就要過來摟她。

莊蕾看著他浮腫的眼瞼，哼笑出聲。「方才那位游嬤嬤說，別看這座院子地方不大，用的都是好東西？」

黃成業沒想到莊蕾會問這種話，想來她是被他的身家所吸引，不由驕傲。「那是自然，我用的東西，哪裡會差？」

莊蕾冷笑一聲，隨手拿起擺在桌上的花瓶。「這種貨色，讓我當酸菜罈子，我都嫌棄。我還當黃家是什麼好人家，原來不過是用些假貨來冒充有錢人罷了。」

她將花瓶塞在黃成業手裡，說道：「這種玩意兒，一錢銀子我可以買十個。」又從頭上拔下簪子。「銅鎏金的簪子，做工還不怎麼樣，還一口一個好東西。」

接著，她哼笑一聲，上上下下打量黃成業。「真當我瞎眼，好糊弄是吧？一屋子的假貨，連你這個少爺也是個假少爺。」

「胡說八道，爺是黃家的嫡子，以後整個黃家都是我的！」黃成業本來就泛紅的臉，現在更是脹得通紅。

「你的？」莊蕾似乎是聽到了什麼好笑的事情，笑了一聲。「一個永遠生不出孩子的少爺，也想繼承家業？你在作什麼大頭夢？」

黃成業一驚。「妳胡說什麼，誰說我生不出孩子了？」

第十七章 秘密

黃成業一把抓住莊蕾的手腕，莊蕾一下子就甩開了。與她這個整日在村子裡跑來跑去，練就一身好筋骨的人來說，他就是一隻弱雞。

莊蕾心裡略定，退後一步。看來他的人可以抓住她，但上床總不能靠別人吧？

「你太早近女色，身體還沒長成就破了童子身，而且過於頻繁，已經壞了根本，你自己不知道？」

黃成業的臉色如豬肝般通紅。「誰說我壞了根本？妳自己來看看，我硬氣得很！」

莊蕾抓住黃成業的手腕，黃成業內心不由一蕩。

莊蕾搭他的脈道：「雖是陽強易舉，卻是不能長久，倉促結束。你不知道你跟別人比，時間短太多嗎？而你的元陽太多如同空殼的種子，你說要怎麼生根，怎麼發芽？」

這番話讓黃成業的額頭開始冒汗，算命的半仙都沒她說得那麼準，不過還是強硬地梗著脖子辯解。

「等下妳試了就知道！」

莊蕾掀起眼皮子看他。「帶藥了？」

這句話一出來，讓黃成業打了個寒顫。

「腎陰足，則全身之陰充沛，整個人精神氣爽，做什麼都有勁。腎陰衰，則全身之陰皆衰，腰膝痠軟，眩暈耳鳴，口唇裡熱氣污濁。腎陰亡，則全身之陰皆亡。陰亡，命也沒了。

「黃少爺，按照你現在的情形，若打算吃藥，今天晚上倒是可以如願，不過最後會是元陽耗盡而亡。你要不要賭？」

「小娘兒們，妳騙我呢？」黃成業被莊蕾說得挺慌，但依然一把扣住了她的手腕。

莊蕾側過頭，笑看著他，壓低了聲音道：「我是看你可憐，年紀輕輕就命不長久，本來底子不錯，被硬生生弄到這般田地。自己有腦子就想想，這個屋子裡號稱是有錢的擺設，號稱是好貨的首飾，是誰在糊弄你？還有誰給你吃的藥？我一個初來乍到的都知道不對勁，你活了這麼多年，腦子不會長在豬身上了吧？」

黃成業臉色變幻，不由鬆開手。

莊蕾輕手輕腳地走到門後，貼在門上。

黃成業見狀，也跟著過去。

莊蕾將手指壓在嘴上，示意黃成業停住，小聲問：「你猜門口偷聽的人是誰？」

她說著，猛然拉開門，冬花跌了進來。

摔倒的冬花立即俐落地爬起身，跪著問：「少爺，您好了嗎？要不要奴婢端熱水來？」

莊蕾笑出聲，這個姑娘真是反應敏捷，求生欲很強。

黃成業轉頭看莊蕾，又打量眼前的冬花，回道：「不用。妳怎麼在門外？」

冬花扭捏地抬頭。「少爺說要熱水，奴婢就在門外等著，好及時伺候少爺。」

好有條理的回答！莊蕾從剛才黃成業的遲鈍反應就知道了，這個瘦猴似的貨色，一點也不靈巧，簡直跟哈士奇一樣蠢笨。當然他目前這個容貌，跟萌就沾不上邊了。

她只好幫他問。「那用得著貼住門嗎？你們少爺事畢，不會告訴妳？」

黃成業猛然點頭。「對啊，妳為什麼要貼著門？」

冬花扭了扭身體。「奴婢長得不如其他姊姊好看，也不如其他姊姊會說話，只有對少爺的一片忠心，想要好好伺候少爺。」

莊蕾走到桌邊，拿起那支銅鎏金簪子，對黃成業說：「把你的手伸出來。」

黃成業不知道她要做什麼，伸出他的雞爪子，正反面地看著。

莊蕾用簪尖劃他的手背，黃成業壓根兒沒有想到她會這樣，痛得大聲驚叫，把守在外面的兩個家僕引進來。

「妳做什麼?!」

莊蕾笑著坐下，將簪子塞在黃成業手裡。「好好看看這簪尖的特別之處。劃破一點皮，你就這麼叫了。要是這根簪子戳進你的胸口呢？這可是你們家游嬤嬤特地挑給我的。」

黃成業的心已經怦怦怦快跳出胸口了，看莊蕾坐下，諷刺地對冬花說：「冬花姑娘可真忠心。」

「奴婢自然要對少爺忠心。」冬花的眼神閃爍。

「哦？」莊蕾看了看桌上的小菜，拿起一只碗，每道各挾了一些放進碗裡。「冬花姑娘真辛苦。來，喝點酒，吃口菜。」

「不不，姨娘和少爺吃就成。」冬花的臉色瞬間變了。

莊蕾起身，拍了拍黃成業的肩膀。「要不，你餵她吃？」

黃成業看冬花一眼，嫌棄道：「爺可沒這個興致，我餵妳吃還行，她就不用了。再說了，妳看看我的手，能餵嗎？」

莊蕾被他的反應氣笑了。「誰要你有這個興致？剛才她提醒你，一定要讓我吃菜，是不是裡面有點什麼？不如藉機試試她是不是對你真的忠心不二。」

「裡面有東西？」黃成業一臉茫然地看著莊蕾。

莊蕾真的被他快蠢哭。「你幾歲了？」

「雙十年華正青春！」黃成業回答。

莊蕾指了指他的腦袋。「你的腦子恐怕就停留在兩歲吧？」

黃成業被她這麼一說，想辯解兩句，卻看見冬花爬起來想逃出去，這才反應過來，叫道：「攔住她！」

兩個闖進來的家僕正在納悶兩人的關係，和自家少爺手上的傷勢，不知道該進還是該退。聽見自家少爺發話，立刻將冬花拿下。

莊蕾看了看這兩個家僕，這兩個人才是忠心於黃成業的吧？

看見家僕將冬花押過來，莊蕾淡淡地笑著，問黃成業。「還不餵給她吃？」

黃成業歪頭看莊蕾，想要發火，被她杏眼一橫，不敢再出聲，放開了手。方才手背上不過是冒了一點點血珠，這會兒已經不流血了。

他走過去，讓家僕撬開冬花的嘴，把菜塞進她嘴裡。

冬花被強塞了吃食，轉頭就吐出來。

莊蕾拿起酒壺，走到冬花面前。「吃不吃？」

冬花用吃人的眼神看著她，莊蕾轉了轉手腕，伸手就是一巴掌。

清脆的聲音，讓兩個家僕愣了一下。這個看上去嬌嬌軟軟的小姑娘，居然那麼凶悍？

莊蕾道：「不吃是吧？心裡有鬼是吧？扳開她的嘴！」

兩個家僕轉頭看黃成業，莊蕾也瞥向他。

黃成業被三雙眼睛盯著，寒毛豎起，最終迫於莊蕾那吃人的眼神，道：「動手！」

冬花的嘴巴被扳開，莊蕾把酒往她嘴裡倒。「這麼一點酒，應該醉不倒妳吧？」

冬花嗆得岔了氣，咳嗽好幾聲。「少爺，您不能聽這個妖精的話，奴婢是太太配給您的人啊。」

莊蕾帶著笑容，挑起眉。「太太配給你們少爺的？」

「妳這個賤人想挑撥離間嗎？我們少爺雖然不是太太親生的，卻比親生的還要親。」
「挑撥離間？我一個陌生人，剛來就能挑撥離間？那也得給我挑撥離間的把柄啊。」莊蕾笑了一聲，坐下來，胳膊擱在桌上，另一隻手玩著簪子。「比如，為什麼游嬤嬤要特地挑出這根不值錢的破簪子給我戴？妳倒是說說看？」
冬花嘴硬。「那妳去問游嬤嬤啊。」
莊蕾起身，拿了簪子慢慢走過去，蹲下看著被捆住雙手的冬花，用簪尖劃過她的下巴，血珠子冒出來，冬花痛得叫出聲。
莊蕾呵呵笑著。「當然要去問游嬤嬤，不過我也想知道妳怎麼說。」
她收起簪子，瞥見呆在一旁的黃成業愣愣地看著她。
黃成業實在被莊蕾的凶悍嚇到了，看著冬花下巴和他手上的血痕，渾身起了雞皮疙瘩。眼前這個姑娘好看是好看，可也太狠了吧？忽然想起一句話：請神容易送神難！
莊蕾居高臨下，冷笑著問冬花。「妳說說，這簪子怎麼就這麼鋒利呢？」
即便被簪子劃破下巴，這點疼痛也沒能趕走冬花的瞌睡蟲，支撐不住，漸漸閉上了眼睛，往地上倒去，把黃成業嚇得後退一步。
莊蕾拿著簪子，用尖利的一頭對著黃成業，黃成業立時打了個哆嗦。
「把你那顆寶貝藥丸拿出來。」

黃成業顫抖著聲音道：「把妳手裡的簪子放下，好好說話。」

莊蕾冷著臉。「叫你拿出來，聽見沒有？我來告訴你，這個丫鬟沒有招出來的話。」

黃成業從懷裡掏出那顆藥丸，放在桌上。

莊蕾指了指桌邊的凳子，示意他。「坐下。」

黃成業還想說話，兩個家僕趕緊上前，想奪下莊蕾手裡的簪子。

莊蕾將簪子啪地放在桌上，挑眉問：「你坐不坐？」

前世她也帶過研究生，學生大多怕她這個老師，一個眼神就能壓得那些小夥子該幹麼就幹麼去，何況是黃成業這種貨色。

黃成業扭扭捏捏地坐下，屁股只沾了凳子的一半，坐相規規矩矩，雙手還擺在腿上。

莊蕾見狀，差點笑場。這還是遂縣排名第一的紈袴呢，也太弱了吧？

她看向兩個家僕。「你們都出去，我跟你們爺商量商量。」

兩個人猶豫一下，退了出去。

莊蕾把藥丸、桌上的酒菜和簪子依次排好，抬頭看向黃成業。「我幫你捋一捋今天可能會發生的事情。仔細聽著，不懂就問，知道嗎？」

黃成業點了點頭。

莊蕾說：「先讓我看看舌苔。」

黃成業伸出舌頭，莊蕾一看，這都成什麼樣了？他只要隨便一搞，就能把自己搞死啊！

莊蕾拿起那顆藥丸，放在鼻子前聞了聞，能辨別出幾種草藥的味道，但沒有把握說出全部的方子。不過這種藥物，藥效無非就是那些。

「你的身體已經接近枯竭，但因為陰虛火旺，所以每天依然不停想行房。可是內裡已經虧空太大，每次都是草草了事，所以才尋這種藥來。對嗎？」

黃成業一副莊蕾說得都對的表情，莊蕾繼續道：「一吃這種藥，你那裡會充血，就能堅持比較久，是不是？你用過幾回了？」

「用得不多，也就三、五回吧？」

「三、五回，你會是這個德行？」莊蕾哼道：「說老實話，否則你等死算了。」

黃成業本就潮紅的臉上再次泛紅。「三、五天一回。」

莊蕾聽了，上上下下打量他。「你沒死，大概是你們黃家的老祖宗多做善事的結果。你知不知道，吃這個藥就是逼你的身體把內裡最後的精元都掏空？」

黃成業露出了不知所措的表情。

莊蕾笑著說：「你再用下去，可能產生兩種情況：止不住，瀉不停。就是精盡人亡，或者長時間不倒。等到倒的時候，你也就廢了。」

冷汗一滴滴的從額頭上冒出來，黃成業還嘴硬。「我怎麼知道妳不是在騙我？」

莊蕾睇起眼睛看他。「你們家最近是不是有什麼大事發生？比如家裡某個厲害人物快不行了？」

黃成業聽見這話，抖了一下。「妳怎麼知道？」

「這個人是不是對你很好？一直幫著你？是不是想要留很多東西給你？」莊蕾看過那麼多的小說。既然是穿書，大致也就那麼幾個套路。

這下，黃成業徹底低下了頭，莊蕾哼笑一聲。「這個人還真是瞎了眼，才要幫你這個蠢貨。方才你進來，如果按照某些人的算計，你和我吃下這些酒菜，你再吃下藥丸，我定然失貞於你。等我們昏睡後，有人拿這支簪子戳進你的胸口，再用這根簪子戳進我的胸口。加上你吃了這個藥會出現什麼情形，你可知道？那個場面會是什麼模樣？」

黃成業撓撓頭。「啊？」

莊蕾撫額，這就像替一個學渣補課似的，無論說多少遍，他就是似懂非懂。

「身為陳家的小寡婦，我不肯離開陳家，不肯失貞於你，為了保住自己的貞潔，用簪子刺死你，也了結了自己，是不是合情合理？而你這樣不光彩地死去，你爹恨不能不讓你葬進你們黃家的祖墳，這樣就有人能取代你，得了全部的利，而且還名正言順。」

在莊蕾看來，這就好似大結局的收網時刻，簡直是多管齊下，想置黃成業於死地。

她看著黃成業慘白的臉，額頭上的冷汗已經滴落，雙唇顫抖，便笑了笑。

「黃家在遂縣是什麼樣的人家？修橋鋪路，積善行德，怎麼就出了你這麼個蠢貨？」

「這不是真的！」黃成業一直搖頭，張嘴叫出聲，不願相信。

莊蕾敲著桌面問他。「難道是我要陷害你？藥是我的？簪子是我的？酒菜也是我的？」

黃成業對上莊蕾如同看白癡的眼神，嚥了嚥口水。「她不會這麼做。」

「會與不會是你需要知道的，與我無關。」莊蕾挑起眉。「我們等一會兒，大概就會有人順藤摸瓜過來了。」

黃成業的腿發抖了。「什麼順藤摸瓜？」

「就是來看看這副殘局，替你收屍。你信不信？」

莊蕾剛剛說完，聽見小黑在院外狂吠的聲音，還有又急又重的拍門聲。

黃成業還在揪著自己的頭髮，尚未從自己的震驚中回神。

莊蕾走出門，看向兩個家僕。「快去開門。」

其中一個猶豫一下，便快步往門口走去了。

第十八章　首富

門一打開，陳照大吼一聲。「嫂子！」

陳家三叔跟在後面，陳照衝進來，看見莊蕾好好的，這才站定了腳步。

「嫂子，妳沒事吧？」

莊蕾搖了搖頭。「我沒事，是我娘家大伯去找你們的嗎？」

陳照連忙點頭。「嗯！我和二哥一起出來的，先去了壽安堂，莊家伯伯看見壽安堂裡有個婆子，正是抓妳的那個，幸虧壽安堂人多，把那個婆子制住。二哥問了兩句，就讓我和三叔快點過來。」

「二郎呢？」莊蕾問道。

陳照回答。「跟著聞先生去找縣太爺了。」

三叔上前一步。「花兒，妳真不要緊吧？」

「沒事，是黃家少爺叫我來替他家人看病的。」莊蕾說道。

三叔皺眉。「花兒，妳什麼時候會看病了？」

「跟聞先生學了兩手，還挺有天分的。」莊蕾扯了兩句，過去輕聲對三叔說：「您也知道，他們是為什麼來抓我的，與其被人說三道四，不如就說替人看病。反正，以後我就跟著聞先生學醫了。」

三叔聽她這麼說，立刻點頭。「還是妳機靈，就這麼說。既然沒事，就跟我們走吧。先去壽安堂，二郎都快急死了。」

「不急，黃員外他們很快便會找過來。」莊蕾轉頭，看著從裡面走出來的黃成業。

黃成業聽見這話，彎腰對著莊蕾說：「小姑奶奶，求求妳快走吧。萬一被我爹知道，我就死定了。」

莊蕾笑了一聲。「這個時候知道怕了？你不是連命都不要的人嗎，怎麼怕你爹了？」

現在黃成業也沒心思看美人了，只希望她快點走。「要是妳不走，我就完了，拜託妳快走吧。」

莊蕾看著這個憨貨，簡直哭笑不得，走過去輕聲解釋。

「我走了，你的命就沒了。我一走，這邊的事情大事化小，小事化了，所有罪責都是因為你混帳，跑出來胡鬧，幸虧沒有釀成大禍。你家裡的事，不會有人查下去，要害死你的人沒受到懲戒，你早晚還得死。你的命如天亮前的一段紅燭，馬上就要滅了。」

黃成業張大了嘴，愣愣看著莊蕾，半晌才回神。「怎麼可能？」

「你腦袋裡裝的是豆花嗎？」莊蕾笑出聲。

黃成業心慌意亂，眼睛不時瞟著外面。

莊蕾說：「別看了。你告訴我，家裡是誰快不行了？這兩天，你原本打算做什麼？」

「我奶奶生了重病，我爹把我關進院子裡，不讓我出來。」黃成業低著頭回答。

「誰放你出來的？你一個人搞不出這麼大的陣仗吧？」

「我娘心疼……」黃成業說到一半，改了口。「是後娘說，我奶奶最想看到的，是我給她一個曾孫子，既然我喜歡妳，就幫我置外室。要是能讓妳懷上，帶回家，奶奶的病便能好一半。」

「所以你就逃出來了？這個院子是她替你置辦的？」

「是。」

「這個丫鬟是她身邊的人，那游嬤嬤呢？」

黃成業站在莊蕾身邊，莊蕾比他矮了一個頭，但他就是不由自主地答話。「也是後娘身邊的人，是她的管事嬤嬤。」

「你自己都被這個後娘迷惑得瞎了眼，不要說你爹這個日日跟後娘在一起的男人了。」莊蕾問他。「把你奶奶的病說給我聽聽。」

黃成業顛三倒四說了一通，完全沒有說清楚。

莊蕾想想，也就算了，他壓根兒不懂，能巴望他說什麼？

她想了一下，道：「等下你爹來了，不管我怎麼說，你就咬定是來找我替你奶奶看病的，說你後娘搞錯了，以為你垂涎我，所以才過來。既然是她做的，就讓她承擔。其他的，你一概不要認。」

黃成業倒是起了疑惑。「妳會看病？」

「我不會嗎？」

黃成業想起她給自己把脈說的那些話，哪裡還敢說她不會？忙道：「會是會，但妳太年輕了，我爹不會信啊。」

莊蕾笑了一聲。「會有人讓他相信的。比如縣令夫人難產，就是我救回來的，還有壽安堂的聞先生可以證明。」

兩人正說著，門外傳來嘈雜的聲音，幾個家丁衝進房裡。

一群人跟進來，有聞先生、聞海宇、朱縣令，還有一個不認識的、留著鬍鬚的中年男子，陣仗還真不小。

最後是陳熹，莊蕾看見陳熹扶著門框，在門口彎著腰猛烈咳嗽。

陳照趕緊把陳熹扶進來，莊蕾快步過去問：「二郎，你怎麼樣？」

「嫂子，妳沒事吧？」陳熹沒回答莊蕾，反而問她如何，抬起頭，眼裡滿滿都是擔憂。

莊蕾心中一動，這孩子的心腸真好，搖了搖頭。「沒事。」

陳熹這才鬆了口氣。「那就好。」但目光依然沒有離開莊蕾身上的衣衫。

另一邊，中年男子聲如洪鐘，對著黃成業大喝一聲。「逆子！」

這男子正是遂縣的首富黃員外。

黃成業聽見這聲喝罵，雙腿發軟，跪在地上。

黃員外過去，一腳踹在黃成業身上。「你這個畜生，今日我定然要打死你，免得你為禍鄉里！」

黃成業被踹了兩腳，才呼天搶地地叫起來。「爹，我是擔心奶奶的病，聽說莊大娘子醫術高明，所以來請她看病的。」

黃員外聽見這話，罵道：「你有這個孝心，要把人騙到這裡來？」

許是被逼急了，黃成業急中生智，撒謊道：「我……我怕她沒有真材實料，所以想讓她先替我把把脈。」

朱縣令望向莊蕾，莊蕾說：「他確實要我幫他祖母看病。」

誰都知道，今天的事肯定不是黃成業請莊蕾過來給他祖母看病，兩個人都在撒謊。按理來說，黃成業撒謊還合情合理，莊蕾為什麼要替他遮掩？

朱縣令見莊蕾一身水紅色衣裙，看病之說完全站不住腳。不過一個姑娘家被人擄過來，要是這樣回去，肯定會壞了她的名聲。替黃老太太看病的理由，雖然堵不住悠悠之口，到底也算是一個說詞。

再看黃家那個混帳對莊蕾俯首貼耳，心知莊蕾沒吃什麼虧，朱縣令便笑了笑。「既然是誤會，縣衙裡還有事，我就先告辭了。」

這下，聞先生被弄得有些下不了臺了，畢竟是他心急火燎地去請朱縣令，現在倒是成了誤會，臉色不太好看。

莊蕾屈身，對著朱縣令行了禮。「不過，黃少爺請人的方式也忒特別了些。今日我娘受傷，危在旦夕，黃少爺居然派了人去我家裡，那些人還說是從我父親手裡買了我，要我給黃少爺做小。」

莊蕾的話，又讓黃成業變了臉。兩人說好是請她來看病的，怎麼又扯出這些來？

朱縣令收回原本打算往外走的腳步，看向莊蕾。

莊蕾繼續說：「當時，我正在替我娘開藥方，他們打斷了我，將我抓回來。過來之後，那游嬤嬤和冬花逼我換上這些衣衫，說讓我伺候黃少爺，等為黃少爺生下兒子，就迎我進黃家當姨奶奶。」

黃員外聽見這話，氣得在黃成業臉上拍了一巴掌。

黃成業對著莊蕾叫道：「不是說看病的嗎？」

莊蕾瞥向他，眼神凜冽。

黃成業心頭一涼，不敢再多話了。

「黃家少爺出現後，才說是他的祖母身體不好，要我去看病。但冬花和游嬤嬤可都是明明白白地說，要我給你做小，是也不是？」

「可我真只是想讓妳幫我祖母看病！」黃成業說這些話的時候，因為心虛，又冒出滿頭汗，鹹澀的汗珠鑽進眼裡，疼得他直眨眼。

莊蕾又說：「黃少爺口口聲聲說看病，我卻不知道今日之事，到底是何緣故？聞爺爺，我出來時，我娘被我爹打得性命垂危，又被黃家人這般胡攪蠻纏耽擱這麼久，不知道現在怎麼樣了？我先寫個方子，讓聞少爺幫我抓付藥，我得回去看看我娘。」

莊蕾說著便坐下，示意黃成業磨墨。

黃成業磨了墨，在場的人看著莊蕾飛快地開方子。

黃員外看著莊蕾的一手好字和方子，頓時一愣，不由看了看黃成業，再聽聞先生說：「那妳快隨阿宇去藥堂抓藥，阿宇送送莊大娘子。」

莊蕾謝過，對著眾人福身，快步往外走。看見臉色蒼白、喘著粗氣的陳熹，對陳照說道：「三郎，你先和三叔帶二郎回去。」

陳熹叫了一聲。「嫂子，你帶上三郎，我跟三叔回去就行。」

莊蕾點頭。「好。」

莊蕾一走，留下的人面面相覷。

黃員外為了打破僵局，又一腳踹到黃成業身上。「逆子，還不快說到底是怎麼回事？」

黃成業跪在地上，腦子裡只記得莊蕾交代過的話，哆哆嗦嗦地開始講。

「爹，兒子真的不知道！您知道奶奶最疼我了，聽說朱大人的夫人是莊大娘子醫好的，我就想著請她來替奶奶看看。」

朱縣令走了，聞先生也不想摻和黃家的事，道：「看起來貴府有些家務事。既然莊大娘子已經沒事，在下便告辭了。」說著就離開了。

房裡只剩下黃成業和黃員外，以及黃家的下人們。

黃員外本就對這個元配娘子生的兒子看不順眼，當初他娶元配時，黃家生意剛剛開始有起色，元配正是她娘生意夥伴的女兒，姿色不好是一回事，跟他整日鬧騰，生下孩子之後，兩人互相不搭理，沒三年就去世了。

黃員外母子每日忙著生意，幸虧他的繼室吳氏很是賢慧，真真把黃成業當成親生兒子來疼。有時候寵過頭了，黃員外難免說她兩句，她總是笑著說：「我與他沒有血脈親緣，若是不好好疼他，以後疏遠了可怎麼好？他是咱們的嫡長子，無論如何，咱們都要靠著他養老送終，供奉香火的不是？」

可是，黃成業像極了他親娘，就是個不明白事理的。吳氏花費了多少心思在他身上，也沒有用，還整日把黃成業擋在身後，生怕他打壞了兒子。

但聽聽這個混帳方才說的是什麼話？在外人面前口口聲聲把罪責往最疼愛他的吳氏身上推，真是養不熟的白眼狼。

所以，長子是來討債的，老二才是來報恩的。今兒又惹出這麼一個大麻煩，把縣令都招來了。

黃成業本就身體不好，方才又受了那麼大的驚嚇，早已面如金紙，再挨了他爹這麼一腳，此刻實在支持不住了，倒在地上，雙眼緊閉，汗出如漿，樣子甚是可怕。

黃員外見狀，這才發覺不對勁，立刻叫喊。「快請聞先生回來！」

聞先生剛剛走出這間宅子，就被後面跑得上氣不接下氣的小廝叫住。

「聞先生，救救我家大少爺！」

聞先生一驚，轉身跟著小廝進去，見黃員外跪在地上抱著黃成業叫道：「大郎，大郎，你醒醒！」

聞先生探了黃成業的鼻息，再把脈，讓家僕將黃成業抱上床榻，幫他解開衣襟，拿出隨身的金針開始扎針，又轉頭吩咐小廝。「快去我的藥堂要還魂丹來。」

小廝飛快往外跑，聞先生撚動金針，黃員外很是心焦地看著，家中老母身染重病，這會兒這個混帳又來這般嚇他。

看著解開衣衫的黃成業，黃員外這才發現，自己的兒子已經消瘦到這般地步，這個混帳怎麼會這樣了？

「聞先生，犬子如何？」

聞先生抬頭看他一眼，搖了搖頭。「令郎素日裡做些什麼，員外可知道？」

黃員外不知聞先生的話是何意，答道：「平日我忙於生意，這孩子的親娘去得早，這些年都是內子在管教。內子對他寵愛勝過老二，所以他無法無天，有些浪蕩。」

「令郎的底子之虛，已經超過了令堂。」

「啊?!」黃員外完全沒想到，這個整日在外面鬼混的兒子會病成這樣。

聞先生說：「他的陰津已枯，如同一顆從芯子裡發爛的梨子。再不好好調養，三、五個月以後，神仙也難救了。」

平時黃員外不關心這個兒子，這個兒子只會為他帶來煩惱，不像老二那樣懂事，他恨起來就打一頓，打完了也不聞不問，孰料今天聽到的居然是這樣的結果。

看著躺在床上、牙關緊閉的黃成業，黃員外感慨萬千，生出了慈父之心，對這個恨不能打殺的兒子，又有了幾分憐惜。

他對聞先生彎下腰。「請聞先生救救犬子。」

「難了。一個好好的孩子，身體怎麼會弄成這樣？」

這時，小廝從壽安堂取還魂丹過來，聞先生撬開黃成業的嘴，餵他吃下還魂丹。

黃成業睜開了眼睛，黃員外一看他這個樣子，心頭的恨鐵不成鋼之意去了大半，溫和地說：「大郎，不要擔心，聞先生會想辦法幫你治的。」

方才黃成業已經聽到聞先生說他這個病難治，結論跟莊蕾一致，眼淚一下子湧出來，嚎啕大哭。

「爹，您救救我，一定要救救我！我不想死啊！」

黃員外看自己兒子哭得撕心裂肺，哪怕是見慣大場面的人，這會兒也有點六神無主。只能彎腰跟聞先生說道：「聞先生，那您說這孩子怎麼辦？」

「他房裡有多少人？」聞先生問黃員外。

黃員外皺著眉頭。「連丫鬟跟婆子，怎麼著也有……」

「我是問，他的女人一共有幾個？」

黃員外愣住了，他從來沒關心過這個，看向黃成業。

黃成業說：「七個！」

這句話讓黃員外氣不打一處來。小小年紀，房裡已經有七個人了，不是找死嗎？

第十九章　義絕

聞先生聽了，瞥見桌上有一顆藥丸，拿起來放在鼻子底下聞了聞，看向黃成業。

「黃少爺，這是返春丸？」

黃成業恨不得一巴掌拍在自己臉上，方才怎麼沒記得收這東西，見聞先生一下子就認了出來，也只能承認。

「是。」

聞先生問他。「你小小年紀，吃了多少這東西？」

黃成業不敢說出口。剛才他還敢跟莊蕾說，這會兒他爹在身邊，生怕他爹聽見後，會氣得掐死他。

聞先生看向黃員外，黃員外問：「聞先生，這是何物？」

「這東西還跟一段宮廷舊案有關，它可是送了前朝儲君的命。」聞先生解釋道。

「據聞……廢太子死得不光彩。對外雖說是暴斃，其實是精下不止而亡。」

「黃員外見多識廣，讓廢太子出事的，正是這個返春丸。」聞先生說：「不過，這個東西光吃一次兩次沒什麼問題，能到廢太子那般的，定是日積月累之功。所以我想問問令郎吃了多久，竟能到廢太子一般的地步？」

聽聞兒子吃這種禁藥，黃員外原本對兒子有滿心的心疼，這會兒全沒了，又是一頓罵。

「混帳，快說啊！你怎麼得來這東西的？吃了多久，又吃了多少？」

黃成業咬牙，大叫一聲。「你讓我死了算了，那就如你們的願，家業全部給老二了！」

黃員外聽他這番言語，更何況還是在外人面前說的，冷著臉罵道：「混帳，胡說什麼？」

「我胡說？你們處心積慮地要弄死我。我要錢給錢，要女人給女人，我愛怎麼玩怎麼玩，沒人真正地管過我……」

黃員外氣得發抖，指著他說：「你從小沒了親娘，瓊娘是怎麼對你的，你不知道？現在自己糟蹋自己，到了如今這個地步，還這樣說，你有沒有良心？你這樣沒良心的混帳，不如打死算了。」

聞先生拉住黃員外，勸道：「黃員外，且消消氣。」

黃成業撐起了身體。「爹，如果不是今日這根簪子，如果沒有裡裡外外這些東西，如果不是這酒菜裡有蒙汗藥，我就是死了，也會以為那是天下最好的後娘，是我自己混帳，是我自己活該，是我自己死有餘辜。

「爹，我錯了，是我任性，是我放浪，可您想過，真的全是我不好嗎？你自己看看這間屋子，你看看這裡的東西，到底寵我什麼了？」

「你簡直不可救藥。」

「我是不可救藥。您去問問游嬤嬤，您去問問冬花，看看她們幹了什麼，打算幹什麼？」黃成業眼淚滑下來，伸手擦掉。

聞先生看向黃員外。「黃員外，我還是先給黃少爺開藥方，過兩日再來府上，替老太太把脈。」

黃員外也不想讓家醜外揚，道：「那請聞先生開藥方吧。」

聞先生開了方子，囑咐道：「黃少爺院子裡的人，務必打發乾淨，一年之內不可再親近女色。先調養身體，保住性命。」

這種豪門大戶，裡面彎彎繞繞太多。其實聞先生也略有耳聞，只是身為一個郎中，他也不想去抓隻跳蚤，往自己頭上放。

今日為了莊蕾的事，他惹了一身腥臊，只能搖搖頭，也不知道那個小丫頭如何了？

與此同時，莊蕾也知道，此刻再去莊家，她娘定然沒救了，但心裡還抱著一絲希望。聞海宇親自送莊蕾和莊青河回來，莊蕾下車，見娘家門口已經圍滿人群，渺茫的希望也破滅了。

果然，她娘已經從屋裡轉到客堂，躺在門板上，圍觀的鄰居議論不休。

莊蕾穿著一身不合時宜的水紅色裙衫，和陳照跟在莊青河身後走進來，看見自家外婆坐在那裡哭，舅舅老實巴交地蹲著，不知在同莊青山說什麼，舅媽站在一旁跟鄰居聊天。

莊蕾未出嫁前，若非是大事，很少上親戚家的門。尤其是她六歲開始，每天等待她的，就是一個個的紗錠。與其讓她跟著出門，還不如讓她在家紡紗賺錢。

既然極少走動，她對於外家的人就只是認識而已，談不上什麼感情。

其實她曾經很納悶，為什麼她娘被打成這樣，也不回家搬個救兵，娘家人為什麼不來替她說個話？雖然如陳月娘那樣，有時候嫁了個混帳，就算娘家人來說了也沒用，但至少有人在意她。

「這可怎麼辦啊？翠娘這麼一去，留下三個孩子。」鄰居說道。

舅媽正要說什麼，又聽那鄰居說：「花兒回來了，怎麼穿了這種衣衫，不是剛剛死了男人嗎？」

莊蕾跟在莊青河後面，一步一步的走進去。

看見莊蕾進來，莊青山衝過來問莊青河。「你怎麼把她領回來了？誰讓你這麼做的？她是我的女兒，不是你的女兒！」

莊青河一把揪住莊青山的衣領，罵道：「你這畜生，自己的女兒賣一回還不夠，還要賣第二回？你是不是人?!」

「她是我生的，我養的，我賣不得？你算什麼東西？」

莊蕾將手裡的藥砸向莊青山，罵道：「我替娘配的藥，娘吃不上了！」

莊青山還要衝過來罵她，被莊青河攔住。

紙包碎裂，藥掉了一地，莊蕾走過去看躺在門板上的親娘一眼，滿臉青紫，難道她的舅舅和外婆都看不到嗎？人真的被打死了，他們就不心疼？

莊蕾後退一步，跪下對她娘磕頭。「娘，原本我想把藥送來，盼望您能活命。現在看來，您去了也好，以後在那裡，就沒了這樣的拳打腳踢。」

莊蕾的外婆過來扶住莊蕾。「花兒，妳娘已經死了，以後妳三個弟弟就成了沒娘的孩子。妳年紀最大，妳爹這個脾氣是指望不了了，以後這個家還要靠妳多照顧。」

莊蕾站起來，甩開她外婆的手。「您說什麼呢？這可是您的女兒，您不心疼？」

「再心疼，日子總要過下去不是？」外婆說道：「妳娘也不希望她走了以後，三個孩子沒人照顧。」

「為什麼要我照顧？」莊蕾問道。

「妳這孩子怎麼說話的，他們跟妳是同一個肚子裡爬出來的同胞兄弟，難道不該由妳照顧？」舅媽走過來，幫著外婆說話。

莊蕾已然明白，自家女兒死了，或者是大姑子死了，對她們來說，都無關緊要。她們真是一家人。躺在門板上的娘，當初無論是把她賣給養瘦馬的人，還是給陳家做媳婦，她娘其實都不那麼關心，關心的不過是能不能多一兩銀子。

而此刻自己的外婆和舅媽擔心的就是三個孩子以後會不會連累他們，所以他們要抓住她，只要她答應下來，以後出什麼事情，就把三個孩子往她這裡趕。

一旁的尤莊氏還在說風涼話。「我說了吧，這個閨女算是白養了。」

莊蕾側過去，橫尤莊氏一眼，再看舅媽。「舅媽，我娘是怎麼死的？是被他打死的！身為娘家人，你們可為她說過一句話？現在卻要我照顧三個弟弟。

「您看看我身上的衣衫，我剛剛死了男人，他就要把我賣給人做妾。要不是大伯去報信，要不是我婆家和聞先生搭救，我的祭日就跟我娘是同一天了。我的命是陳家人救的，妳還讓我接替我娘來照顧這個家？

「再說了，我一個十多歲的姑娘家，靠著夫家養活，如今公爹和大郎都去了，家裡還有個生病的小叔，我哪裡還能照顧他們？」

「他們是妳親弟弟，妳怎麼能不管？」外婆指著她問。

莊蕾笑了笑。「外婆，我上過您家的門嗎？我娘被打的時候，您為她說過半句話嗎？到了今天，她死在門板上，你們有沒有為她心疼過？」

「妳要我怎麼辦？妳家還有弟弟，打死了妳爹，妳娘也活不過來啊。」外婆對莊蕾說。

莊蕾點點頭。「娘像您，真的像極了您。生下女兒塞在馬桶裡悶死，因為是賠錢貨。但凡有好處就向著兒子，從來沒有替女兒想一想。前幾日我男人剛剛過世，也沒見您上門。以前咱們就沒什麼來往，以後也不用來往了。」

莊蕾的外婆氣得發抖，指著她的背說：「妳這沒良心的東西。」

莊蕾回過頭，看向莊青山，又看了看眼睛裡冒出火來的莊大狗。

「我要是還對這個家心軟，會害了陳家，害了我自己。也別跟我說什麼良心不良心，從此我與娘家的路就斷了，不用來往。」

幸虧她恢復了前世的記憶，要是以前的她，定然被他們拿捏。

莊蕾不顧身後的咒罵，走出門，對莊青河說了一聲。「大伯，多謝。」

莊青河想說什麼，最終還是沒有說出口。「花兒，活著都不容易，自己好好過日子。」

尤莊氏對著莊青河大叫一聲。「哥，你放她走了，這幾個孩子誰管？」

莊青河大吼一聲。「妳還幫他？這間客堂，明天就砌一堵牆，我跟他分得乾淨，以後不用來往了！他的事情，妳也不用來跟我說。」

他說完，走進自家屋裡，砰的關上了門。

莊蕾走到外頭的馬車上，聞海宇等著她。

路上，莊蕾忍不住心酸，默默地擦著眼淚。對這個娘家，她沒有感情，對她娘亦是心情複雜。如果她不恢復記憶，以她的性子，興許一輩子就深陷在這個泥潭裡了。

書裡曾經描寫，在男主角回來之前，陳家只剩下她一個人，娘家日日打著要來幫她的旗號混吃騙喝，拿陳家的東西。陳家家族的人則是看中家裡的瓦房和田產，逼著她替陳然守節，要過繼孩子給她。

她日日在惶恐不安中度過，生怕下一刻就被陳家族中的人趕出去，或再被她爹娘賣掉。

這時，男主角回來了，一聲「姊」就是她的救贖。

莊蕾暗自嘲笑自己，恢復了記憶，處理事情依舊拖泥帶水，真是……

陳照素來沒有帶帕子的習慣，掏了半晌，也沒掏出個東西來。

「大娘子。」聞海宇遞上一塊汗巾。

莊蕾本想接過，但轉念一想，汗巾這種東西比較私密，不能亂接，遂用袖子擦了擦雙頰的淚水。

「多謝了，我沒事。」娘家的事情到此為止，以後她再也不會有半分憐憫之心了。

聞海宇見她沒接過他的汗巾，吶吶地說：「那就好。」

他說著，將汗巾塞進自己懷裡，也不知怎麼勸解莊蕾。

陳照本就笨嘴笨舌，三人一路沈默。

直到車子停下來，聽見外面有人喊道：「花兒！」

莊蕾撩開車簾，發現張氏提著燈籠站在村口。

她從車上跳下來，叫了一聲。「娘！」惶惶不安的心在見到張氏時，終於落了下來。

張氏抱住她，拍著她的背，莊蕾撲在張氏的肩膀上哭著，張氏一直安慰她。「好孩子，不傷心了，咱們回家去。」

「娘，聞少爺送我回來的。」莊蕾擦了眼淚提醒。

張氏看向馬車。「聞少爺，去我家喝口水再走吧？」

今天聞海宇見到陳熹後，就一直幫忙到處奔波，現在當真是口渴異常，笑了笑。「那就叨擾了。」

張氏引著聞海宇進了家門，把莊蕾拉到一旁商量。

「天也晚了，方才我不過做了炒茄子和茭白筍，幫二郎和月娘燉了碗蛋。妳看還要弄點其他的菜嗎？咱們留聞少爺吃晚飯。」

「好，您先去招呼聞少爺，我看看有什麼就做什麼，匆忙之間沒有什麼好菜，也是正常。」莊蕾點頭，自己進了廚房。

陳照端了水出來，聞海宇和車夫喝過要離開，被張氏攔下。

「聞少爺，吃過晚飯再走吧。」

「您別客氣。」聞海宇推辭。

張氏說道：「哪能讓您空著肚子走？還是留下吃一口。」說著，人已經堵在門口。

聞少爺見識過張氏送雞蛋的熱情，只得留下。

張氏陪著聞海宇聊天，雖然她見識不廣，卻溫柔淳樸，今日又發生這麼一件事，讓她不得不考慮是不是該搬進城，問了好些問題。

「聞少爺，聽花兒說，聞先生想收她當弟子。沒見過女子做郎中的，我有些擔心。」

「嬸兒，您不用擔心。我爺爺很喜歡莊大娘子，她比我有天分多了，這次還跟我爺爺一起去幫縣令夫人接生。若不是有她，恐怕縣令夫人命都沒了。」

「啊？接生？」張氏聽說莊蕾一個姑娘家去接生，臉色有些變幻，一邊想著，她還那麼小，去看那種難產的場面，以後要是嫁人，還敢生孩子嗎？一邊想著，這孩子膽子真大。

「是啊！我爺爺說，很多女人的病，因為不能觸診，他很有可能判斷不準，耽擱了病情，若是有女郎中就好了。」聞海宇說道。

張氏聽了，點點頭，這才安心了些。

莊蕾看看廚房，家裡還真沒什麼菜。一截冬瓜，櫥裡只有半碗炒好的肉糜，就做蛋炒飯加上蝦皮冬瓜湯算了。

莊蕾先燒了蝦皮冬瓜湯，再去炒飯。她挖了一勺豬油起鍋，打了六顆雞蛋進去滑散，倒入炒好的肉糜繼續翻炒，然後放米飯，用醬油調味，撒上蔥花。湯也同時好了。

因為她動作很快，張氏和聞海宇沒聊兩句，熱氣騰騰的湯和飯就上桌了。

莊蕾笑著說：「家裡沒什麼東西，只能隨意吃些。」又招呼聞家的車夫一起坐下吃。許是今日真的來來往往忙壞了，這會兒餓極，聞海宇竟然覺得這麼簡單的蛋炒飯格外好吃，一碗見底。

莊蕾接過，再盛了一碗。

等聞海宇吃完，莊蕾想再幫他添，他才抬起頭，不好意思地說：「不用了，晚飯家裡只吃五分飽，這飯太好吃了，才忍不住吃了個飽。」

莊蕾自問，只是一碗蛋炒飯，能有多好吃？但大碗已經空了，卻是事實。若說餓了，她做的冬瓜湯和蛋炒飯沒了，張氏做的菜卻沒怎麼動。

陳照抬起頭說：「我家嫂子做的飯真的好吃，以前侯府廚子都沒她做的好吃。」

莊蕾想起，她在書裡是負責男主角的胃，所以這是天生的技能？

好吧，是女主角的福利。

第二十章 卒中

送走聞海宇，莊蕾和張氏進來，瞧見陳月娘臉色蒼白地站在房門口。

「花兒，妳沒事吧？」

莊蕾扶著她進屋。「我回來了，自然沒事，等下再跟妳細細地說一說，我先去收拾碗筷。妳好好歇著，把身體養好要緊。」

莊蕾出去幫張氏收拾碗筷，被張氏攔下來。「今兒受了驚嚇，妳也累了，先去坐坐。等我燒好了水，便擦洗了睡吧。」

「娘，您洗碗，我燒水。」莊蕾說道：「今天這件事，實在是我犯傻了。早就知道我爹的德行，當時應該等三郎和三叔一起回去。」

「有錢難買早知道。若說打了，實際上卻沒打，騙妳回去也就算了。可真的打死了，便能藉著見最後一面的名義來害妳，是怎麼都想不到的。」好人無論如何都無法去揣測惡人的心思。

婆媳兩人說著，進了灶間，莊蕾塞了一把柴進灶膛，把今日的經歷挑挑揀揀說了個大概，安張氏的心。

幸好張氏不是一個心思多的人，沒有那麼多的問題。

「聽說聞先生還請縣令過去救妳，可見是真心實意想收妳當徒弟。在鄉間，妳長得這般模樣，就算沒有今日的黃少爺，明天也會有其他人。是我之前大意了，那些沒媳婦的光棍，看見長得好些的寡婦便搶了去，關在家裡，等幾個月後有了孩子，寡婦想跑也不能跑了。」

莊蕾沒想到張氏這麼快就能想通，聽她繼續說：「花兒，後天咱們跟李家談完，把月娘的婚事了結了，我想著，把家裡的田地交給妳三叔來管，每年拿個兩成租子，夠一家老小吃就好。咱們買間宅子搬進城，妳也方便跟著聞先生學醫。聞先生有名氣，既然當了他的徒弟，想來不會再有人打妳的主意。」

聽完張氏的決定，原以為還要費一番口舌的莊蕾有些錯愕，但更多的是欣喜。

「娘，若能這樣是最好的。另外，三郎以前是侯府小廝，定然沒有進過學，也不識字。我想著，進了城，讓三郎去讀兩年書，不求考秀才，但求以後能算個帳。等月娘身體好了，能操持了，咱們也弄個小本買賣，以後一家子有個營生可做。您看呢？」

「有道理。」張氏點頭，又問：「那妳娘家的事怎麼辦？」

到了這個地步，張氏實在不知道該如何處理這件事了。若說親娘死了，不去弔喪，沒有這個道理；可真要去弔喪，又讓人心裡不舒服。

「娘，他把我騙過去，要賣了我，我怎麼可能再認這個爹？」莊蕾道：「若是給他們一點好臉色，又會變成甩不掉的牛皮糖，家裡有多少銀子夠他們折騰？以後不要再有任何來往了。再說了，今天發生這種事，村裡村外都傳遍了，也不怕別人有藉口來說我。」

張氏聽了，呼出一口氣。「既然拿定主意，那就這樣吧。」

莊蕾應下，叫陳照進來，替陳熹打水梳洗。奔波一整天，想來陳熹也累了，她還是得去瞧瞧他。

莊蕾敲了敲門，房裡傳來咳嗽聲。「是嫂子嗎？進來吧。」

莊蕾推開門，見陳熹坐在床沿上，便出聲問：「二郎，今日累著了，現在可好些？」

陳熹淺淺笑了一下。「方才回來時確實有些難受。睡了一覺，現在好多了。」

聽他這麼說，莊蕾還是不放心，過去拿起他的手搭脈，脈象平穩，又說：「側過去，讓我聽聽你的後背。」

陳熹轉過頭，莊蕾撩起他的衣衫，微冷的耳朵貼在他的背上。

陳熹立時渾身緊張，彆扭起來。男女七歲不同席，雖然知道自己的病得這樣醫治，感覺還是怪異得很。

莊蕾說：「你吸氣再吐氣，要深呼吸。」

陳熹安慰自己，這是在看病，不要想太多，依照莊蕾的要求深呼吸。

莊蕾聽了一會兒，身子才退開。陳熹飛快地拉上衣衫。

「二郎，你的身體比之前想像中的要好些了。明日我幫你用梅花針，針刺穴位排毒。」

「嫂子決定即可。」

莊蕾笑了笑。「我雖不能打包票治癒你，不過把握又多了幾分。」

陳熹點點頭。「嫂子，黃家少爺不可能是請妳過去看病的，但方才他對妳俯首貼耳，到底是何緣故？」

這時，敲門聲響起，莊蕾去開門，陳照端著兌好熱水的臉盆進來。

陳熹道：「三郎，你先去擦洗吧，我有話跟嫂子說。」

陳照應下，便出去了。

等陳照走遠，莊蕾坐下道：「今天十分凶險，給了我教訓，人心之險惡……」

她一句一句說出這些遭遇，當時覺得還好，現在回想起來卻是後怕。若非老天保佑，黃成業是那麼個蠢貨，今日哪裡能這麼好過？

陳熹看見莊蕾微微顫抖，才知道這個一直鼓勵他的小嫂子有多害怕。他站了起來，將手放在莊蕾的頭頂，輕輕撫摸她的頭髮。

「嫂子，不要太自責，只能說妳心軟。心軟不是什麼壞處，對嗎？」

莊蕾吸了吸鼻子，點點頭。「當時我為什麼就沒有等三郎回來再去呢？」

「若是妳等了三郎，錯過挽救妳娘的時機，妳會不會後悔？既然橫豎都會後悔，還多想已經過去的事情幹什麼？」

莊蕾抬頭，發現這個身形單薄的少年在鼓勵她。

許是莊蕾的眼光落在他的肩膀上，看到那隻比雞爪好不了多少的手，原本陳熹只是想給莊蕾一點點安慰，才發覺這樣很是不妥，便收起自己的手。

莊蕾並未感覺出異樣，她來到陳家之後，陳然寵愛她，與她又有夫妻名分，時常揉揉她的頭，她已經習慣了。

而跟陳燾相處時，兩人是姊弟的樣子。陳燾很是調皮，那時候的她則是完全沒脾氣。陳月娘還沒出嫁時，有時數落陳燾，陳燾便走到她身邊，牽著她的袖子叫一聲。「姊，妳看大姊啊！」她便當個和事佬，勸陳月娘兩句。

等陳月娘消了氣，陳燾就抱著她的胳膊，對陳月娘耀武揚威一番，再惹陳月娘生氣。

所以，莊蕾絲毫不覺得，陳熹的手搭在她的頭上和肩膀上有什麼不對的。

「我想和黃家搭上線。」莊蕾道：「所以利用黃成業留了這條路。」

陳熹有些不解。「搭上黃家幹什麼？」

「我要徹底擺脫我爹，否則我的娘家以後會一直吸我們的血。我想讓黃成業幫忙。」

「他？」

莊蕾沈著臉，覺得也許是時候了，說道：「二郎，我懷疑，侯府與爹和大郎哥哥的死有關係。」

陳熹咬牙問：「嫂子從哪裡看出來的？」

「大郎哥哥和爹身上都有不同尋常的瘀青。之前我想著，是不是自己多心了？但今日的遭遇，親爹尚且可以這樣對親生女兒。加上你身上的毒，我想我的懷疑應該不會錯。」

「爹和大哥身上有傷痕？是什麼樣的？」

莊蕾在自己的腳上比劃一下。「都是在腳踝那裡。按理說，爹和大郎的水性都不錯，光是一個人就能救下月娘，怎麼會兩個人都淹死呢？」

陳熹深吸一口氣。「那應該就是了。安南侯這個人謹慎小心，但行事毒辣。」

「現在咱們還弱小，李春生和我爹都是他可以利用之人，如果我們繼續住在這裡，出了事情，恐怕沒人會關心。聞先生有名氣，黃家有家財；雖然縣令官位不大，不過好歹是個官，他或許會顧忌一二。現在不要講報仇，只求活下來，能為我們所用的關係，都要善用。」

「嫂子考慮深遠，朱縣令可不是普通人。」陳熹笑了一聲。「他伯父是禮部侍郎，他乃少年進士出身，留館的庶吉士，他夫人是蘇相的嫡女。」

莊蕾不清楚庶吉士是什麼，畢竟她看小說不會留意所有官名，知道個大概，曉得這個時代的進士很難考就是了。

陳熹解釋道：「三年開科，留館的就那麼幾個。按理說，三年期滿，散館入翰林，有個厲害的岳家，以後前途無限了。偏生朱博簡寫了一篇文章，得罪了今上，還沒散館，就被遣出京，來遂縣當個小小的縣令。」

莊蕾瞪大了眼，怎樣都沒想到，她已經和這麼厲害的人物有了往來。

「所以？」

「所以妳走這條路，絕對走得通。」陳熹笑著說道：「朱博簡總歸是出自名門，妳入了他的眼，想來那人也會有所顧忌。」

莊蕾笑了一聲，揉揉陳熹的頭。去京城的陳燾不講理還幼稚，陳熹的思路卻是已經猶如成人了。

「阿燾被養在這個家裡，風雨都是大郎哥哥和阿爹擋的，不知去了那裡能不能習慣？」陳熹聽了，臉色微變，心裡有些悶悶的。自從來了陳家，雖然沒有錦衣玉食，整個人卻舒心了，不用勾心鬥角，只需要安穩過日子就好。

他原以為自己才是莊蕾的小叔，這個時候聽她念叨陳燾，才想起他與她相處時日尚短，陳燾才是跟她相處多年的人。

陳熹收起自己略酸的心情，說：「嫂子不要擔心。他到底是那人的親兒子，掉包都是為了他；害大哥和阿爹，也是為了他，肯定不會對他不好。」

莊蕾看著陳熹，他細微的表情盡入她眼底，不由微微勾起唇角。

「我不擔心，我還是把心思放在你身上。只要你的身體好了，娘以後的日子就有盼頭，咱們一家就能好好地過日子。」

陳熹淺笑。「我對嫂子有信心，嫂子定能治好我。」

莊蕾重重點頭。「再過些日子，我一定治好你。」

陳熹還想跟莊蕾說兩句，卻聽見張氏大叫了聲。「哎呀！」

莊蕾趕緊推開門走出去。「怎麼了？」

張氏嘆了口氣。「原想著晚上發個麵，明天蒸饅頭吃，結果麵放多了。」

莊蕾明白，張氏以為大郎和公公還在，兩人都要幹農活，吃得多。如今就陳照一個人會吃，陳熹那點食量就更別提了。

「沒關係，饅頭一日三餐都能吃的。」莊蕾狀似輕鬆地說道，卻見張氏揉著麵的手背上，沾了一滴淚。

第二日，晨曦微露，莊蕾起床做早飯，糯米中加了山藥、紅棗、花生還有枸杞熬粥，再把饅頭蒸上。

張氏在井邊洗衣衫；莊蕾做完早飯，就在院子裡餵雞，婆媳倆都是每天最早起來的。

張氏笑著說：「花兒，多睡一會兒。妳還是個孩子，以後不用這麼早起。」

「嗯，我知道。我睡得早，就起得早。」

話是這麼說，但張氏心裡明白，莊蕾是怕她孤單，才跟著她一塊兒早起。

馬車行駛的聲音打破清晨的寧靜，莊蕾轉頭，發現聞海宇來了，這也太早了吧？

聞海宇下車，對正在院子裡餵雞的莊蕾叫道：「大娘子，爺爺讓我來接妳一起去黃家，替黃老太太看病。」

張氏看見聞海宇，忙迎出來。「聞少爺可吃過早飯了？要是沒有，進來吃兩口？」

莊蕾覺得，張氏好像太熱情了，這樣是不是不太好？

偏生聞海宇居然答應下來，笑著說：「一大早被人敲門叫醒，還真沒吃呢。」跟張氏進了門。

莊蕾見狀，索性也招呼車夫下車吃飯。幸好今兒多做了些饅頭，肯定夠吃。

這會兒，陳熹起床了，有些氣喘地走出來，看見聞海宇，笑了笑。「聞少爺。」

「陳兄弟不必跟我客氣，以後叫我海宇就好。」聞海宇樂呵呵的笑，讓陳熹愣了一下，咳了一聲。「那就叫海宇兄。」

張氏從廚房裡拿出饅頭，還有莊蕾炒的一盤辣醬。莊蕾端著涼拌豆芽和小蔥炒蛋，見陳熹正剝開饅頭，夾了辣醬，立時一把搶過，塞進嘴裡咬了一口。

「你能吃辣的？」

陳熹聞著辣醬的味道，嘴巴裡的口水多了起來，卻被莊蕾搶走，看著她把饅頭塞進自己的菱角小嘴裡吃著，很是不甘心。

「嫂子！」

「夾豆芽和小蔥炒蛋。」莊蕾橫他一眼。

陳熹只能默默地剝起另一顆饅頭，夾了一筷子豆芽，再夾小蔥炒蛋，咬了一口。那幽怨的小眼神，讓莊蕾感覺出這還是一個十二歲的半大孩子，不禁笑出聲來。

聞海宇也笑。「陳兄弟不要著急，等你身體好了，就能不忌口。今日這粥也是你嫂子按照你的體質做的，健脾養肝。」

莊蕾吃完，對張氏說：「娘，我幫月娘做了益母草湯，裡面加了蛋，等下讓月娘吃。」

她說完，這才摘下頭上的白花，跟著聞海宇出門。

兩人上了車，莊蕾道：「聞少爺，以後您別親自來接了。」

「爺爺說，妳一個姑娘家，還是有人陪著好，免得妳婆母擔心。」聞海宇笑道。

莊蕾問：「今兒怎麼這麼早出診？」

「不算早了。昨兒下半夜，他們就來敲門，說老太太半邊身體不能動了。」

「卒中？」

「是。老太太有消渴症，開了藥也不見好，這會子還有卒中，可不就是要了命？」消渴症指的是糖尿病，容易併發卒中，也就是中風。

莊蕾問道：「現在如何了？」

「人已經清醒，也能活動，不過看起來不樂觀。」

「行，先去看看再說。」

第二十一章 飲食

聞海宇是個勤奮好學的孩子，只要跟他談起藥材和病患，永遠不會缺少話題。

兩人提到了黃成業，這廝把自己的身體徹底搞壞了，對郎中來說就是挑戰。

「老太太發病，也跟這個混帳有關。昨日從小院子回去後，不知怎的，黃少爺的病就傳到老太太耳裡。吃過晚飯，老太太過問起來，應該是受了刺激，後半夜就出現了症狀。」

兩人一路探討，時間自然過得飛快，一會兒就到了黃家門前，有管事迎接他們進去。

若非莊蕾恢復了前世記憶，這會兒恐怕是劉姥姥進大觀園。進了門，迂迴曲折，宛若迷宮，要不是跟著走，鐵定會迷路，這才是真正的富貴人家。

到了後院門口，管事把他們交給了一個老嬤嬤，老嬤嬤帶著他們進去。院子裡，兩棵比人還高的牡丹是最不容忽視的存在，百年的牡丹少見，這兩棵都是牡丹祖宗了。

撩開門簾，裡面鋪著青磚的地面，清一色楠木家什。

莊蕾不禁想著，黃成業在這樣的環境長大，難道真貨和假貨都分不清？簡直不可思議。

進了正廳，見黃員外正陪著聞先生說話，莊蕾屈身行禮。「聞爺爺。」又向黃員外行禮。

聞先生站起身。「丫頭來了。」

莊蕾跟著聞先生一起轉進一旁的屋子，屋裡的陳設不必敘述，都是極好的，但裡面的空氣卻很差，藥味和其他味道混在一起。這是古代建築的通病，房間暗而不通風，年紀大的人長年臥病在床，對身體更加不利。

有個白髮老太太躺在床上，可能是突然消瘦，臉上的皮肉鬆鬆垮垮垂下，臉色很是暗沈。

坐在繡墩上的婦人瞧見他們，站起來，柔柔弱弱地往後退了一步，滿臉焦急憂心，用溫軟聲音叫道：「老爺，老太太到現在還閉著眼，也沒吃過東西，這可怎麼辦？」

莊蕾看見她頭上拇指大的明珠顫顫巍巍地抖動，這個時代還沒有養殖珍珠，這種品相的東西價值連城，可見她就是黃成業的後娘吳氏了。

聞先生走上床踏板，黃老太太聽見腳步聲，睜開了眼。

「阿志……」

「老太太，我幫妳找了個女郎中看病。」聞先生說道。

黃老太太輕聲笑了下。「不用找其他郎中了，我信得過你。這個毛病治不好是命，你也別太往心裡去。」

「我知道妳信我，ㄚ頭也不是外人，算是我的小徒兒，很有見識。」聞先生說道。

莊蕾從話語裡聽出來，黃老太太很是信任聞先生的醫術。恐怕是因為這次發生了這樣的事，導致黃員外或者其他人有了其他想法。

聞老爺招手，莊蕾走過去，坐在黃老太太的床沿。

黃老太太睜開眼睛，打量著莊蕾。「阿志，哪來這般標致的姑娘？」

莊蕾的手搭在黃老太太的手腕上，黃老太太渾濁的眼睛盯著莊蕾白嫩的手，再順著往上看，端詳許久。

莊蕾不知道為什麼黃老太太會看這麼久，剛剛收起手，黃老太太便呵呵一笑。

「阿志，你收了這麼好看的女娃娃當徒弟，還把醫術教給她，是要讓她做孫媳婦吧？」

莊蕾被她這麼一說，本就是個小姑娘，臉上立時熱了起來，低下頭去。

聞先生笑著替她解圍。「都一把年紀了，還喜歡打趣小姑娘。」

黃老太太卻是瞇著眼睛，橫看豎看，片刻之後才說：「難得啊！小臉模樣好看是其一，眉長而清秀，目清神聚，齒齊如玉，都是主富貴之相。」

莊蕾笑笑。「借老太太吉言。」轉頭對聞先生說：「我幫老太太觸診，迴避一下？」

「好。」聞先生點頭。「叫妳來，就是要好好替她上下查看一番。」

吳氏走過來道：「我陪著吧？」

莊蕾無所謂，畢竟是女人，但黃老太太卻睜開眼，從齒縫裡擠出一句話。「出去。」

黃員外看了看吳氏。「走吧，一起出去。」

吳氏拿起手帕，貼著眼角擦了擦，跟在黃員外後頭離開。

莊蕾心想，原來黃老太太不喜歡這個女人，但黃員外喜歡？婆媳不合這種事情，公說公有理，婆說婆有理，哪裡說得清楚？

等人都出去後，兩個老嬤嬤關了門，莊蕾轉頭看向黃老太太。

「老太太躺好，讓我幫您看看身上。」

黃老太太躺上床，等人都出去之後，莊蕾瞧了她身上，再翻她的眼底。

黃老太太似乎對於自己的病症不是特別關心，反而對莊蕾真的起了興趣。「丫頭，老婆子不是胡說，妳這個面相，我從未在窮苦人身上見過。」

莊蕾低著頭，房裡也沒有別人，便淡淡笑了聲。「從小爹娘不疼我，十來歲就被送到了現在的家，當了童養媳。家裡的人對我好，我年年盼著，等長大了，就能給大郎哥哥當媳婦。誰承想，大郎哥哥和公爹為救小姑丟了性命。我是個薄命之人。」

黃老太太自認這些年識人很準，被這麼一說，方才那些話倒像是笑話，而且明顯戳中了小姑娘的傷心之處，便吶吶地說：「丫頭，老婆子不該說那些。」

莊蕾淺笑一下。「老太太言重了，我只是覺得這話不說也罷。」

黃老太太坐起來，伸手把她的手抓在手裡，拍了拍。「小丫頭，就憑妳小小年紀便這麼能替人在人前留面子，人後提醒，這般細膩體貼的心思，定會是人中龍鳳。妳現在的日子會過去的，過去了就好了。」

「多謝老太太，我會好好堅持下去，您也會很快好起來的。我先出去跟聞爺爺商量您的病症，請略微等等。」莊蕾笑著說道。

黃老太太點了點頭。「好。」

等莊蕾出去，一旁的嬤嬤開口對黃老太太說：「老太太，這位就是昨日太太想讓人幫大爺買來做妾的莊大娘子。」

「就是那個小寡婦？」黃老太太抬頭。

嬤嬤說道：「可不是？昨兒大少爺還一口一個說是替您找來看病的。您忘記了？」

「幸虧遇見了這個姑娘，否則那場鬧劇可怎麼收拾？」黃老太太說道：「我要好好謝謝這姑娘，先不說長盛糊塗，被那女人矇騙得嚴嚴實實。就是成業那個蠢貨，之前也是水潑不進，勸他的話，反倒說我這個祖母偏心，不疼愛他。」

「老太太別生氣，好歹昨日大少爺已經明白過來了。您的身體若是不見好，大少爺明白過來了，又有什麼用？唯有您好了，您撐著大少爺，大少爺才有機會收了心，以後有家業、有孩子，您才能放心，浪子回頭金不換嘛。」

黃老太太嘆氣。「希望吧。當初他娘去得早，我又忙著生意的事情，就讓吳氏來管他。原以為吳氏是個賢慧人，孰料藏了這麼一副心腸。等我發現，父子倆都已經被她迷了心竅，掙下這麼大的家業有什麼用？」

中醫治療糖尿病，莊蕾還是有許多經驗。前世她爺爺有一堆老朋友得了糖尿病，來找她爺爺治療的不少，不過大多沒有這樣嚴重。黃老太太的腳有併發症，而且還有卒中。

莊蕾走出來，聞先生問她。「如何？」

「腳上和眼底都出現了病變。」若是有前世的西藥就好辦多了，現在只能靠中藥控制。

「看她的情形也是。」聞先生點頭。「這個病症多發於富貴人家。我新開的方子用了月餘，雖有好轉，卻不見痊癒。」

莊蕾過去瞧他的方子，有生山藥、生黃花、知母、搗細的生雞內金等物。

她聽著聞先生這個方子的辯證之法，這方子已經非常高明，卻沒能好好控制住病情。按照前世，他爺爺的很多病患經過治療後，可減少胰島素的注射，甚至還有人徹底好了。當然，對於這個病症來說，能痊癒的還是只有一、兩個，思路與聞先生所言是差不多的。

可以確認醫生是良醫，而且藥方對症，為什麼會這樣，至少應該能控制啊？

莊蕾問出來，聞先生笑了一聲。「老夫也是一籌莫展。」

莊蕾想了很久，一個二十來歲的少婦婷婷嫋嫋地走過來。巴掌大的小臉、尖尖的下巴，倒是很有前世網紅的姿容，手裡端著一個托盤，盤子裡放著幾塊糕點，正是黃家大奶奶。

她進來後，對著黃員外行了個禮。「公公，娘說祖母今日沒有吃過東西，所以我做了祖母平日愛吃的糕點，希望能讓開祖母開胃。」

莊蕾走過去，看著盤子裡的點心。「這些是什麼樣的糕點？」

黃家大奶奶盈盈一笑。「今兒做的是綠豆糕，好消化。」

莊蕾從盤子裡拿起一塊綠豆糕，掰了一小塊塞進嘴裡，細細品嚐一下，剩下的放在碟子裡，壓根兒就沒有興趣吃。

黃家大奶奶想討好黃老太太，這會兒卻被一個村姑打扮的女子嫌棄，橫了莊蕾一眼，撩起簾子要往房裡走，卻聽見她說：「癥結找到了，正是這吃食！」

聞先生驚訝道：「吃食？我已經讓黃老太太禁了辛辣跟發物，也要求飲食清淡。」

「清淡飲食？」

「是啊，少吃紅燒、醬燒之類的重口味菜色，吃好消化的東西。」

莊蕾點了點頭，看向黃家大奶奶。「您是大奶奶吧？這個點心的食材是什麼？」

「先把綠豆煮了，去除綠豆皮……」

莊蕾笑著聽她說完，對聞先生道：「聞爺爺，這塊綠豆糕用了豬油、糖、綠豆粉加糯米粉，重油重糖，每天吃這麼一小塊，老太太的病越發嚴重也就不稀奇了。且去叫管老太太一日三餐的人過來，好好說說老太太每日吃些什麼吧。」

黃家大奶奶立時心慌起來。「只說需要飲食清淡，又沒說不能吃甜食。」

莊蕾從她手裡接過盤子。「你們家老太太還真是不能吃甜食，這是要命的毒藥。」

「我沒有要害祖母！」黃家大奶奶喊道。

「這個與我無關。我想說的是，老太太的吃食導致她的病越發嚴重。甜食對她來說，才是致命的。飯跟麵進了她的身體，也會變成糖……」莊蕾試著用比較容易懂的話來解釋。她說出了一個概念，聞家祖孫就有一連串的新問題，莊蕾一邊說明、一邊還要想著這些詞語是不是太過於超前。

一會兒後，一個負責老太太吃食的圓臉丫鬟過來了，莊蕾問：「這些天老太太吃了哪些東西，妳一一說來。」

「您懷疑奴婢下毒？」

「沒有。妳家老太太的脈象不是中毒，是因為得了這種病之後，需要嚴格控制飲食。」莊蕾說道。

丫鬟聽了，臉色放鬆下來，扳著手指頭數著這些天黃老太太的吃食，簡直跟相聲報菜名一樣。

莊蕾聽見五彩粥、三不沾這一類的菜，就停下來細細地問。

三不沾這種點心，莊蕾沒聽見還好，聽見了簡直要嚇一跳，原來是用豬油、蛋黃、白糖做的，這是一個糖尿病病人能吃的嗎？

其他的東西，像是桂花羹、桃花酥等等，簡直跟三不沾都是沾親帶故，全是高脂肪、高糖的吃食，得了糖尿病還吃這些，豈不是嫌命長嗎？

聞先生雖沒有明說黃老太太不能吃甜食，但清淡飲食本就要少油鹽，好消化，便問：「這就是你們的清淡飲食？」

「老太太愛吃！」丫鬟理直氣壯。

莊蕾看向聞先生。「已經明白癥結了。以後藥照您開的方子吃，老太太的每日飯食，則照我的清單來。」

接著，莊蕾開始提筆寫醫囑。黃員外見她的字渾圓流暢，竟不比他見過的老夫子差，而且與聞先生之間的對答，說是師徒，但聞先生分明沒有絲毫教導之意，而是探討之心。

黃員外對吳氏說：「妳好好來聽聽，看怎麼讓人準備飯食。」

「老爺說得是。我自以為平時已經是千萬小心，不敢在老太太的吃食上有半分差池，沒想到還是做得不好，難辭其咎。」吳氏拿出帕子，一臉愧疚地擦著眼淚。

黃員外一看自家娘子委委屈屈的模樣，立刻心軟起來。「妳也不懂不是？只要以後注意就行，老太太斷然不會怪妳。」

吳氏抬頭看莊蕾。「只要是莊大娘子說的，我一定照辦。」

莊蕾繼續寫著，等她擱下筆，才好好打量眼前的婆媳倆。兩人都是錐子臉、水蛇腰，只是老的那個表情更柔軟，更看上去人畜無害，小的那個臉上還有些不憤。

黃成業真是像極了黃員外，都喜歡這樣的小白花。

不過，剛才聽老太太說起她的面相，可見老太太在意這些。如此帶著狐媚相的臉，總歸不會是福氣之相，這兩個人怎麼會變成兒媳和長孫媳呢？

但黃家的家事不歸她管，等聞先生重新開好方子，兩人便告辭了。

第二十二章　開解

晚上，莊蕾取了梅花針，用酒泡過之後，讓陳熹坐下，替他施針。

梅花針鋒利，淺淺一刺尺澤穴，陳熹便微微皺眉。

莊蕾抬頭問：「疼？」

「還好。」陳熹回答。

莊蕾在穴位上擠出一滴血。與西方古代的放血療法不同，中醫的三棱針放血，基本上只需放一、兩滴，激發人體的免疫反應。

接著，莊蕾蹲下身，在陳熹的小腿上找出豐隆穴，刺進去，正打算擠血出來，聽見頭頂傳來的聲音。

「嫂子，妳會離開這個家嗎？」

莊蕾仰頭，看著陳熹微皺的眉，不知道這孩子是何意。

「我沒想過這件事。對我來說，現在排第一的是你的病，你好了，咱們這個家才好。還有大郎哥哥和阿爹的死因，最好能查出來。」

「查出來了呢？」

「有本事就報仇雪恨，沒本事就好好過日子。」

陳熹看著莊蕾，笑了一聲。「我還以為妳要說血債血償呢。」

「要清楚自己幾斤幾兩，與其雞蛋碰石頭，倒不如增強實力，等成了石頭再去碰。」

「嫂子想得很開。」

「人不能糾結於某些事，會鑽牛角尖。」

「嫂子，除了照顧咱們家，妳還想做什麼？」

「治病救人，著書立說，把我的經驗傳授出去，讓更多病人有機會活下來。」莊蕾站起身。「二郎想過，如果身體好了，想做什麼嗎？」

陳熹聽莊蕾說的這些話，就沒有一句是考慮未來歸宿的。

「我？」

「對啊。」莊蕾想起前世的媽媽，哪怕她表示出對醫學的熱愛，媽媽還是害怕她因為家族的引導，錯過了內心真正喜歡的事，常鼓勵她去嘗試新的東西。她不知道說了多少遍，自己就是喜歡學醫。

陳熹苦笑了一下。「我自幼便以為自己是侯府世子，未來要繼承侯府，所以拚命讀書，想當國之棟梁。沒想到，最後其實是個笑話。」

「那你喜歡讀書嗎？如果有機會當官，你想幹什麼？」

「我沒想過。以前我只知道要當一個稱職的世子，後來病成那樣，又遇到這種事，要是哪天早上眼睛睜不開，也就罷了。我回來，只是想在最後的日子裡，不要活在別人的閒言碎語之中。直到見到了娘，知道了爹和大哥，認識了妳，才想好好活下去。」
莊蕾拍著他的肩膀。「不到下一刻，咱們總是不知道會發生什麼事，所以對待人生要寬泛。你所謂的笑話，我完全不認同，你做得很好，被調包不是你的錯，我們不能為了別人的錯誤來懲罰自己，對不？」
陳熹綻開笑顏，雖然臉色還是暗沈，但這個笑卻讓他有了少年特有的璀璨風采。
莊蕾也笑，坐在他的床沿。「如今能給你時間去想真正要的是什麼，你想成為什麼樣的人，這一點比侯府自由多了。」
「自己想？」
莊蕾點頭，笑彎一雙大眼。「比如我就想做一個醫者，解決病人的痛苦。做自己喜歡的事情，最能得到滿足。從現在起，到你身體恢復，還有很長的一段時日，你可以慢慢想。」
陳熹點頭。「我會慢慢想的。對了，嫂子，我想跟妳商量一下阿姊的事。」
「李家太齷齪了，月娘性子又軟，若是拖太久，我怕月娘心裡多想，出了毛病。明天不管怎麼樣，哪怕李家不肯還嫁妝，哪怕只肯給休書，能讓月娘回家就好。」莊蕾說出自己的打算。
陳熹沈吟一下。「嫂子，妳豁不豁得出去？」
莊蕾點頭。

隔日，莊蕾要陪張氏去李家談陳月娘和離的事。

吃早飯時，陳月娘把心中的憂慮表露在臉上，哪怕莊蕾安慰她，依舊哭喪著一張臉。

莊蕾拍了拍她的手背，安慰道：「放心，咱們一定能談成的。」

陳月娘皺眉，搖著頭。「花兒，妳不知道這一家子有多難纏。若實在談不攏，拿到休書也行。」

眼見陳月娘的眼淚要落下來，莊蕾抽出帕子幫她擦了。「我知道。妳安心在家，我陪著娘過去，等我們的好消息。」

陳月娘含著眼淚，對莊蕾和張氏點頭。

莊蕾起身進屋，拿出一個大布兜子，揹在身上，跟張氏和二叔公一起去李家村。

二叔公說人不用多，先禮後兵。要是李家不講道理，陳家的族人也不是吃素的，到時候叫人過去就好。

李家村裡，雖然大部分的村民眼睛雪亮，但也有人出來說，陳家仗著有幾個錢，看不起親家，整日摻和李家小夫妻的日子，才鬧成這樣的。

如今聽聞李春生為了二十畝地的事跑去陳家吵，還把陳月娘推倒在地，害她落了胎，便不願再幫李家說話了。

而且，江玉蘭就住在村裡，李春生三不五時宿在她那邊，天亮時再大搖大擺地出來，早已被人嚼爛了舌根。

如此一來，李家長輩也不肯出面替李春生撐腰。李家的老族長說了，簽和離書時，他可以做個見證，其他的事不要叫他過去。

李婆子沒了辦法，只能找出嫁的幾個女兒來撐場面。

李婆子生了五個女兒後，磕頭求了幾年送子觀音，才生下李春生，又生下第六個女兒。偏偏李春生兒時體弱多病，他娘去問卦，卦象說她命裡無子，是觀音大士見她心誠，才賜下這個兒子的。因此，她對鬼神之說很是相信。

今日的事，六個女兒也不是個個都願意幫忙，只有兩個女婿跟四個女兒過來。

家裡多了六個人，看上去頗有氣勢，此刻正嘰嘰喳喳討論不休，總之就是要讓陳家低頭，只能給休書，不能和離。

兩個女婿在旁邊聽著，把前因後果弄清楚後，有些後悔跟過來了。

三女婿把自家媳婦拉過去，悄悄說：「妳別多話，我現在才知道大姊夫和五妹夫他們為什麼不過來。摻和這種事，以後要被別人戳脊梁骨的。」

李家三女兒聽勸，住了嘴，站在一旁。

鄉下的村子裡，幾十年都不會有一戶鬧和離的，誰家不是能忍則忍，能過則過，和離自然成了一件了不得的大事，夠大家嚼舌根嚼上大半年了。

因此，陳家的人一到，吸引了好些人圍觀。想起那一日小姑娘撲在自己男人身上聲聲叫著哥，都覺得真是可憐，年紀輕輕就沒了男人。

今日莊蕾一身白衣，頭上戴著白花，頭髮梳得乾乾淨淨，一張小臉嫩嘟嘟的，一雙杏眼更是水潤，俏生生的站在張氏背後，臉上不帶一絲笑意，氣質端正，讓人生不出想調戲一把的邪念，只覺得很是惋惜。

莊蕾進了李家的屋子，除了李春生一家三口之外，就只有幾個女兒女婿過來，也沒有長輩，更沒有讓陳家人坐下的地方。

陳家二叔公見狀，也不介意，開口對李老頭說：「咱們小溝村陳家和你們李家本是近鄰，兩個村子也常互相嫁娶，前前後後都沾親帶故。你們兩家的婚事，是上一代結下的緣分，沒想到最後卻送了他們爺兒倆的命，如今留下了孤兒寡母。」

李春生的二姊一聽，不知道是不是覺得自己能說會道，立時回嘴。「陳家叔公，聽您這話說的，小倆口吵架是常有的事，一只碗不響，兩只碗自然就響叮噹了。您看哪家夫妻起口角，親家公每次都上門的？若是他們不來，也不會送命，又不是我家小弟推他們下河的。」

二叔公也知道李家人不講理，看著李春生的二姊道：「把自己的娘子推進河裡，難道不是要害死人？如果不是故意要害死陳然父子，李家六郎看見人在河裡上不來，是不是應該喊人幫忙，跑回家算什麼？」

「說我們家殺人，那去官府告狀，讓衙門來抓人啊！」李春生的另外一個姊姊說話了。真是一母同胞的親姊弟，都是這副德行。

張氏轉頭對二叔公說：「二叔，咱們不多說了。如今月娘肚裡的孩子沒了，兩家之間又隔著兩條人命，親家斷然是做不得了。今兒拿了和離書，等下叫人抬嫁妝回去，以後抬頭低頭，不用再打一聲招呼。」

「和離？想得美！」李春生嗤道。

李婆子有恃無恐。「你們想要和離書，就得聽咱們的。你們賣了那二十畝地，那咱們家吃什麼？好歹是親家一場，想和離也行，拿二十畝地過來就成。」

張氏氣得渾身發抖，李春生卻笑得開心。「不然，我連休書都不會給。」

莊蕾站出來。「誰給你這麼大的臉？不僅要嫁妝，還要人家的田地！」

圍觀的人嗡嗡議論起來，見過不要臉的，沒見過李家人這麼不要臉的。

張氏氣壞了。「你們家是不要臉不要皮了？」

「是又怎麼樣？」李春生呵呵一笑，還轉頭對李婆子使了個得意的眼神。

莊蕾見狀，拖不動張氏，便去扶氣得翹起鬍鬚的二叔公。「娘，二叔公，跟這種人家沒什麼好講的，咱們走。」

張氏咬著牙，眼睛裡包著淚，抖著手。「你們是不是人？」

「娘，跟畜生有什麼好說的？走吧。」莊蕾拿出帕子，幫張氏擦眼淚。

李春生臉上一副得逞的笑容，這個世上就是誰凶誰占便宜，光憑她們兩個，還想跟他們鬥，不知道是不是睡覺把頭睡扁了？

李婆子更是得意得很，站在門口道：「什麼時候拿地契過來，什麼時候給和離書！」

莊蕾拉著張氏出了門，圍觀的人都替她們嘆息。到底是沒了個可以支撐家業的男人，才任由人欺負。

張氏抹著眼淚，走到李家旁的小路上，甩開了莊蕾的手。

「花兒，妳這是做什麼？我得回去跟他們理論。我是你們的娘，再怎麼樣，也要撐起這個家。」

誰承想，她剛往前走了兩步，卻不見自家兒媳婦跟過來，回頭一看便愣住了。

莊蕾從自己帶來布兜裡掏出白布條，往腦袋上一紮，再拿出兩根蠟燭、三根棒香，用火摺子一點，插在路邊，往地上一跪，拿出紙錢點燃，拿腔作勢地哭了起來。

「哎呀，我的官人，我的夫啊，你死得那麼慘，留下我活在這個世上，被人欺負……」

剛剛還在納悶陳家婆媳這般好欺負的村民，這才發現不對勁，小寡婦居然對著李家點香哭起男人來，這是什麼路數？這件事看起來不那麼簡單了。

早上出門時，張氏不知莊蕾為什麼揹了個大布兜子，這會兒看她這樣，才知道是放了這些東西。眼見方才在李家看熱鬧的人全圍過來，她一個小姑娘家這般潑婦做派，不是讓人笑話？以後還要不要做人了？

「花兒，妳起來，咱們回去。」張氏命令道。陳月娘是親閨女，她心疼，但莊蕾是她當女兒一樣養的兒媳婦，她也心疼，不能讓莊蕾把自己的名聲搞臭了。

莊蕾依然跪著，仰頭看張氏。

「我不起來，昨天晚上我還夢見大郎哥哥，說他擔心月娘。我就是要問問大郎哥哥，既然他擔心月娘，既然知道他是被畜生害死的，為什麼不變成厲鬼來捉了畜生去？這樣就不用和離書了，也不用休書，月娘拍拍屁股便能改嫁了。」

李春生衝過來，大吼道：「小賤人，妳說什麼？」

莊蕾側過頭看他一眼，又去看李婆子，心想陳熹的主意果然奏效了。

第二十三章　攻心

昨晚，陳熹告訴莊蕾，他跟陳月娘仔細聊過李家的每一個人，有些小事倒是可以利用一二，問她豁不豁得出去？

她的回答是：「我有什麼豁不出去的？惡人自有惡人磨。但要磨得對才行，磨不對就是白搭。」

陳熹說，昨日她出診，他在家和陳月娘聊了一個上午，聽聞李婆子一連生了五個女兒之後，信了鬼神之說，每個月的初一、十五都會去求神拜佛，才生下李春生這個兒子。四歲那年，李春生得了一場急病，喝了郎中開的藥之後，高燒不退，渾身抽搐。眼看唯一的兒子就要不行了，李婆子便去找神婆幫忙。

神婆告訴她，要用別人來替這個孩子擋災，李婆子便拿出了自家五姑娘的生辰八字。

說來也怪，神婆作法之後，李春生的病就好了。不過五姑娘卻緊接著生起跟李春生一樣的病，身子一直陰陰虛虛的沒好過，所以李婆子對鬼神更是信到了骨子裡。

陳熹對莊蕾說：「嫂子，咱們就用鬼神來嚇她。」

莊蕾收回思緒，對著李婆子不陰不陽地冷笑，再看向李春生。

「我在罵我男人，叫我照顧月娘，卻不來抓害死他的畜生，讓我們這般被人欺負。」

這話一出，李婆子立即白了臉。

莊蕾說完，又繼續拍著大腿哭。「我的夫啊！你就這樣看著我們娘兒幾個被欺負嗎？你在地下能安生嗎……」

李春生紅著臉，揚起手要打莊蕾，卻見陳照從人群中走出來，擋在莊蕾面前，身邊還有三叔和幾個小溝村的陳家叔伯。

這麼一來，哪怕李家有女婿在，陳家人也不怕了。

三叔對李春生說：「想打人？」

前幾天李春生在小溝村吃了大虧，心裡到底有些害怕，躑躇著不敢上前。

莊蕾站起身，從陳照身後走出來，個子雖然不高，氣勢卻十足。

「李春生，今天我來這裡，要是你真敢欺負咱們孤兒寡母，我就敢碰死在你家門口。你信不信？陳然哥哥沒變成厲鬼，我就變成厲鬼，把你們一家子全捉走，要死一起死！光腳的不怕穿鞋的，我一個沒了男人的小寡婦怕你？大不了死了，下去找我男人！」

李婆子見狀，走過來道：「六郎，過來，咱們商量商量。」

莊蕾轉身，繼續跪下燒紙錢，哭道：「哥啊，要是你不來管，我就鬧得你不安生……」

李婆子聽見了，還沒跟李春生說完話，便指著莊蕾。「妳一個小姑娘家，用這種下作手段，要不要臉？」

「比你們家不要臉？」莊蕾問道：「你們家幹的缺德事還少嗎？只要月娘的事情沒解

決，早上日出，晚上日入，我一日兩次來這裡燒紙，哭我家那個死鬼男人。陽間解決不了的事，我鬧騰得他在陰間也不安寧。我鬧騰我男人，干妳什麼事？」

「妳在我家門前哭，沒人這樣的！」

「那我鬧了又如何？賤命一條，怕誰來著？妳等著，我等下就把我男人的牌位抱來。」

李婆子看著莊蕾那一副破罐子破摔、什麼事情都幹得出來的潑辣樣子，萬一真拿了陳家矮子的牌位來，可怎麼辦？

莊蕾看著李婆子臉上一陣紅、一陣白，繼續又哭又嚎。

張氏看著一邊燒紙、一邊抹眼淚的莊蕾，不知自家嬌嬌弱弱的媳婦，怎麼就使出了這般的潑婦招數？就是她這個年紀的女人，也沒辦法這麼豁得出去。再看看莊蕾那個不管不顧、唱作念打俱佳的樣子，這……這算什麼事啊？

莊蕾這般行徑，看熱鬧的人才感覺這場戲精采起來，圍觀的人越來越多。

「這個小寡婦還真是毒，一日兩次，可不就是選日出跟日入的時刻，可見她是打聽過了，真想把她家那個死鬼叫出來。」

「真有這種事？」另外一個聲音問。

「日出將出，是孤魂野鬼躲白天陽氣的時候；日入將入，是孤魂野鬼要出來閒逛的時候。她選在這個地方燒紙錢給她的男人，不過這麼多的香燭，也可以招來沒錢的窮鬼。所謂有錢能使鬼推磨，這麼一來，鬼拿了她的錢，就要替她辦事了。」

「這麼靈驗？」

「就是這麼靈驗。我娘家村裡有人生孩子難產死了，娘家人不高興，就過來燒了兩次紙錢，據說剛好請了個厲鬼，把那家人弄得三年之內死了兩個。」

「啊？這也太嚇人了！」

「可不是嗎？這種事情，寧可信其有，不可信其無。聽說附近有個女人在正午時分吊死在前面的大槐樹上，每隔三、五年就會有人在同樣的地方上吊。這種事情，不好說啊。」

莊蕾低頭燒著紙錢，想起昨天陳熹說的另一件事。

「阿姊說，李春生小時候體弱，家裡不許他去墳地。長到十六歲，才讓他去掃墓。」

莊蕾有些不確定，萬一李婆子不怕呢，難道她真要在日出日落時鬧騰？這不是鬧著玩的。別的不說，她怎麼能讓她的大郎哥哥靈魂不安？

陳熹笑了一聲。「要是這個辦法沒用，咱們再用別的辦法，只要妳不怕丟人就行。」

她才不怕丟人，臉算什麼東西，不要就不要了。

張氏從來沒經歷過這樣的情形，二叔公也被莊蕾的樣子弄得不知所措，雖然他覺得李家欺人太甚，但陳然的媳婦也太無賴了吧？以前看她柔柔弱弱的，怎麼現在跟個潑皮似的？

「小娘子，妳這是打算幹什麼？」有人問。

莊蕾冷笑著，瞥了李家人一眼。「只要他們家答應和離，歸還我小姑的嫁妝，我立刻就走。否則我天天哭、天天鬧，直到我那死鬼男人把李春生叫到地下去聊聊，便不用和離書了。反正我一個沒兒沒女的寡婦，多的是時間，有的是工夫。不就是耗嗎？我耗得起！」

李婆子的臉色一陣青、一陣白，表情扭曲，咬了咬牙，對李春生說：「給她和離書。」

李春生叫道：「那田地呢？」

李婆子大吼一聲。「不要了，快去寫！」

莊蕾起身，對李婆子說：「光有和離書可不行，嫁妝也要抬走。否則，妳休想讓我們走。」

「還給妳，不要臉的小潑婦。」李婆子罵道。

莊蕾對人群裡的陳照點點頭，從布兜裡拿出一張紅帖。「走吧！咱們去拿和離書。」

莊蕾帶著張氏和二叔公，再次去了李家，站在李家門口道：「請你們家的族老出來，今兒把事情了結了。」

「不要臉的小娼婦，以後下面爛得……」李婆子罵出的難聽話，簡直不堪入耳。

莊蕾冷著臉看她。「要我爛，也要有機會爛。倒是你們家這個，整日出去鬼混，會不會爛？別到時候爛了沒得治，斷了根！」

莊蕾接住這些髒話，還對罵過去，讓張氏皺眉，過去拉住莊蕾的手，搖了搖頭。自從大郎死了之後，自家兒媳婦性情大變，能撐起這個家是好的，可是她卻一點都不為自己打算，如今出了這等凶惡之名，以後難道真要孤獨終老？

被張氏牽著，莊蕾便暫時不說話了。
李婆子儘管罵，卻瞧見莊蕾眼神裡透露出的狠辣，心裡發毛。
李家的老族長一到，李春生寫好和離書，按了指印，李家和陳家二叔公也按上指印。
莊蕾把和離書收進懷裡，從大布兜裡拿出一張紅帖。
「這是當初的嫁妝單子。月娘的嫁妝，村前村後大家都見過了。今兒請在場的長輩們做個見證，咱們陳家拿回自家的東西，不要他們李家一根毛。」
她說完，看向張氏。「娘，我來唸單子，這些東西都是您經手的，您來找。咱們的東西都拿走；他們的東西，咱們一點也不要。」
張氏立時應了。
莊蕾開始唸道：「樟木箱兩只。」
張氏要進去找，李婆子攔在了門口。「誰敢動我家裡的東西？」
莊蕾挑起嘴角，冷笑一聲。「放不放，隨妳。」
李婆子被莊蕾冰冷的目光嚇得心頭一凜，看著莊蕾身後的五個陳家大漢，呸了一口，暗罵了一聲。
但在鬼神面前，哪怕是李春生父子反對，李婆子還是堅持要送莊蕾走。
莊蕾不明白為什麼有人會為了信仰做出極端的事，哪怕她恢復記憶，承認前世的存在，卻也不過是敬鬼神，自認只要做得正、行得端，若還有天災人禍，就是老天不公，比如自家公公和大郎橫死，就是宿命。

李婆子叫了李春生和女兒女婿進去幫忙搬東西，李春生不高興地說：「幹麼怕那個小賤人，難道真會招來那個矮子？」

「呸呸，別胡說！」李婆子瞪著他。「你打算被那種東西纏上？送都送不走。」

莊蕾叫一樣，他們整理一樣出來。自然也有叫了壓根兒拿不出來的，例如首飾，衣料也少了大半，說是做衣衫做掉了。莊蕾不介意，有什麼拿什麼就行了。

莊蕾看著，被抬出來的俱是大件家什，金銀細軟大多已經沒了蹤影，笑了一聲。「十兩銀子的聘禮，我們家回了百兩嫁過來，當初開箱的時候，可是都看得真真切切。一百兩，夠一家子花用兩、三年了吧？現在就說一句全沒了？」

莊蕾繼續唸，唸到蘆葦席一條，陳照憨實，走到李婆子面前。「蘆葦席呢？」

李婆子沒想到莊蕾連晾曬棉被的蘆葦席都要捲走，接著是木桶、木盆、水缸、碗筷。當初陳大官人替陳月娘準備了十桌碗筷，每一只碗底都刻了字。陳照一一看下來，絕不放走一只。

如此一來，李家便空蕩蕩了，李婆子看著猶如被強盜掠奪之後的慘境，扁著嘴擦眼淚。

莊蕾卻對著她伸手。「摘下妳頭上的銀簪子跟耳朵上的金耳環，那也是月娘的嫁妝。」

「小賤人，妳欺人太甚！」李春生大罵道。

莊蕾呵呵笑著。「我還沒叫你去找那個相好的，把首飾拿回來呢。也沒向你姊姊要回駝毛被，更沒向你妹妹討鼠皮襖子，還想怎麼樣？按著這張嫁妝單子算一算，少了的首飾加上壓箱底的銀子和布料，差不多二百兩吧！要不，打個欠條？」

「作夢！」李春生大吼。「你們陳月娘不吃飯的啊？」

「二十畝地的收成不夠她吃？月娘上門一趟，我婆婆往她的籃子裡塞魚、塞肉、塞雞蛋，你們沒吃過？反正你們家就是厚臉皮，一家子吃月娘的、用月娘的，還要打她。」莊蕾冷哼著瞪向李婆子。「快點，摘下來。」

李婆子見識到莊蕾的無賴行徑，抹著眼淚拔下簪子，摘了耳環，不情願地交給莊蕾。

莊蕾收在手裡，道：「一年時間，這麼多的嫁妝，就剩下這些家什了，李春生，你敗家的本事不小。算了，跟你們這種人家能了斷乾淨就行，從此咱們兩家老死不相往來。沒了陳家，以後錢省著點用，要飯別上陳家的門來要，我們是不會給的。」

這話氣得李家人恨不能衝上來打她，可已經到了這個時候，還能怎麼辦？

一條船裝得滿滿當當，載陳家人回了小溝村。

路上，張氏免不了埋怨莊蕾幾句。「我知道妳是為了月娘，咱們跟他們商量就行了，真的少了些錢財，少了這一船家什又怎麼樣，哪裡比得上妳的名聲重要？一個姑娘家名聲壞了，以後怎麼辦？我跟妳說的，妳怎麼不聽呢？妳一心一意想為大郎守節，可妳才幾歲？」

莊蕾知道張氏絮絮叨叨的埋怨，每一句話都是為她好，安靜聽著就是。

「為大郎守節好啊！大郎媳婦，妳要真想為大郎守節，咱們家可就能出貞潔烈婦了，等妳守滿年頭，家裡可以幫妳請旌表、立牌坊的。」二叔公聽張氏說了一堆，只抓住守節這個關鍵，捋著鬍鬚說好。

張氏皺著眉頭。「二叔，牌坊這個東西，咱們家不要。丫頭年紀還小，以後有合適的人家，還是要嫁的。我是在說她胡鬧，別撿了芝麻，丟了西瓜才是。」

「孩子有這個心，妳怎麼能攔著她呢？大郎媳婦，妳真要替大郎守住了，這可是千秋萬世都被人稱頌的。」二叔公渾濁的眼睛放著光看莊蕾，村口要是有這麼一座牌坊，是整個陳家的榮光。

莊蕾淡淡一笑。「二叔公，身為家裡的長嫂，我得護著弟弟妹妹和娘一同撐起陳家，我想的只有這些。什麼時候說什麼話、做什麼事，我只能說，人的每一步都有可能變化，千秋萬世稱頌的事情，我沒想過。」

二叔公原以為莊蕾是下定決心為大郎守節，想鼓勵一下，沒想到她這般回他，一時間有些不高興，悶著頭往前，走到了村口。

陳熹已經站在那裡等，見到他們忙過來，走到二叔公面前，彎腰行禮叫了一聲。「二叔公，辛苦您了。」

看著知禮又懂進退的陳熹，二叔公的心情總算好了點，不再跟莊蕾計較了。

第二十四章　毆打

原本李家的家什都破舊了，見陳月娘帶了家什過來，自然就扔了。陳家人走後，李家幾乎被搬了個空。

李春生看著堂中一片狼藉，李婆子嚎啕起來，李春生大罵。「哭什麼哭，不是妳讓他們搬的嗎？」

李婆子哭叫著。「我還不是心疼你？要是你有個三長兩短，咱們這個家該怎麼辦？我不能讓你出事。」

「妳整天怕這些沒有影的東西，現在變成這樣，妳說要怎麼辦？」

母子倆吵了起來，李婆子坐在客堂間的竹椅子裡，一邊念叨、一邊哭，幾個姊姊紛紛指責李春生沒良心。

李春生被罵得心頭火起，衝出了門，還沒散去的人看著他往江玉蘭家的方向走。

今日他家都被人搬空了，想著平日江玉蘭總說要跟著他，現在他和離了，她要是樂意，把兩個孩子或是送人，或是過繼給她先頭男人的兄弟，只要不帶拖油瓶過來，他娶了她也沒什麼不好。

他走到門口，卻見木門緊閉，大白天的去哪兒了？便去隔壁的王婆子家瞧瞧。平時他來這裡，若兩個孩子沒睡下，江玉蘭會把孩子託給隔壁的王婆子看顧。

王婆子果然正抱著小的，帶著大的哄著，見他過來，站起來問：「六郎，你出來了？玉蘭呢？」

李春生一愣，什麼叫他出來了？他壓根兒沒有去江玉蘭那裡，轉頭就走，去了江玉蘭家的後面。

那裡有扇窗，他悄悄地站在窗後，剛剛搆到窗框，就聽見江玉蘭咯咯的笑聲。

「啊呀，好哥哥別鬧，我正打算幫哥兒斷奶呢。你這般混鬧，我怎麼讓他斷？」

「妳給他斷，別讓我斷啊。」一個男人的聲音叫著。「玉蘭，妳這一身皮肉，要生生令人失了魂。」

「我才不信你這鬼話，整日說要娶我回去做正頭娘子，但你敢跟家裡那個婆娘提？」

「要收拾家裡那個，哪有那麼簡單？總要讓我慢慢來。妳這樣逼我，我怎麼辦？」

「是你說要娶我，我也知道元配夫妻哪能這麼說散就散？好哥哥，我只盼著你能多來，看看我就成，剛才那話不過是打趣的，你別往心裡去，跟嫂子好好過日子。」

「玉蘭，這世間有幾個像妳這樣明白事理的女人？」

話落，江玉蘭家破舊的床榻開始不堪折騰地咯吱響。

剛剛李春生在家裡受了那麼大的氣，這會兒過來，是想找江玉蘭說兩句，沒想到竟然聽到江玉蘭跟野男人說著那些和他重複過的話。虧他做了那麼多事情，虧他以為江玉蘭已經跟別的男人斷了來往。如今看來，都是騙他的。

李春生如同被點燃的火藥，大吼一聲。「賤人！」從屋後衝到前面，把門拍得震天響。天底下出去胡來的男人好似一個師父教出來的，男人提起褲子就罵道：「妳這小婊子，口口聲聲說要嫁我，我也不嫌棄妳有兩個拖油瓶，那外面是個什麼東西？」

江玉蘭言語閃爍，不敢回答，低著頭。

李春生積攢了一肚子怒氣，使勁踹著門大喊：「江玉蘭，妳給我開門！」門忽然被打開了，男人拿著一件外衫，膀大腰圓，肚子上到胸口是黑乎乎的一片毛，看上去跟隻黑熊似的，大喝一聲。

「幹什麼呢？找死啊！」他說著，抬起腿，就一腳踹了出去。

李春生被他踹翻在地，江玉蘭頭髮還凌亂著，從裡面衝出來，要扶地上的李春生。她的手剛沾上李春生，就被李春生甩開了。

「滾開！妳說，這是誰？」

站著的那個男人，也看向江玉蘭。「他是誰？」

「你做什麼呢？他是我男人的姪兒。」江玉蘭見那像黑熊一樣的男人發了這般的脾氣，怕李春生吃虧，想糊弄過去。

李春生在家裡被寵壞了，加上心頭正發火，伸出手，一巴掌打在江玉蘭的臉上。

「不要臉的賤貨！我是妳姪兒？是脫了褲子，躺在一起的姪兒？」

看見江玉蘭被打，那個男人走過來，一把揪起李春生的衣襟。「是個男人就跟我打，打一個女人做什麼？」

他說著，左右開弓甩了李春生兩記耳光，再把李春生壓倒在地，揮下缽盂大的拳頭。剛剛在李家看了一場大戲的鄰居，真要感嘆今天是好戲連臺，這會兒又站在小寡婦家的門口看戲。那男人是隔壁村的馮屠子，身材魁梧、一身橫肉，李春生被他打得哭爹叫娘。

江玉蘭不敢過來再扶李春生，馮屠子走到李春生面前，在李春生頭上吐了一口吐沫，罵了一聲。「只敢打女人的孬種！」

他說完，踏著大步要走，江玉蘭追上去，卻被他甩開。

「以後妳要是缺了吃食，想到我那裡要點葷腥來吃，沒什麼不可以的，但不用拿對我真心來哄我。」

李春生趴在地上，渾身骨頭如斷了似的，疼痛難忍，偏生還要聽馮屠子的一番話，忽然明白，江玉蘭恐怕不只對一個人說過這樣的話。

他想爬起來，一用力，屁股那裡卻鑽心地疼。

一旁的人發現不對勁，連忙去喊李家夫妻了。

李家老夫妻還在家裡跟兩個尚未離開的女兒，一邊哭、一邊念叨兒子不孝，如今這個家都不成樣子了。

一年前陳月娘嫁過來，他們見她那兩船的嫁妝樣樣都是好貨，索性把家裡的破家什送人的送人，扔掉的扔掉。

孰料莊蕾這麼厲害，居然把所有東西全捲走，這日子還怎麼過？重新置辦這些家什要花多少錢？況且陳月娘跑了，李春生總要再娶，往後的日子可怎麼辦？

「春生他爹，快來啊！你家春生被人打得爬不起來了！」

老夫妻倆聽見這話，立時站起來奔出去。趕到江玉蘭家，見李春生倒在地上，正要扶起，他卻疼得哇哇大叫，叫人抬門板來，將他安置在門板上，才抬了回家。

他們請郎中過來看，原來是屁股上的骨頭折了，問要怎麼辦？

郎中只說了一句。「躺在床上，三、四個月就好了。」

這話一出，李婆子想起早上莊蕾拿著香燭在路口燒紙的樣子，這般賭咒，果然立時應了，心嚇得怦怦跳。

「我就說吧！還讓她早晚來哭拜。要真是那樣，六郎恐怕連命都沒有了。」

陳家那裡，莊蕾剛進院子，陳月娘便急匆匆地迎出來，頭上還紮著頭巾。

張氏看見了，立時訓斥。「快進去。妳還沒出小月子，好好歇著。」

莊蕾知道陳月娘著急，伸手扶她進屋，從懷裡拿出那張還帶著她體溫的紙。「妳看，是和離書。」

「他們居然肯給？」陳月娘捂著嘴，眼淚吧嗒吧嗒掉下來。這一張紙對她來說，是可以脫離煉獄的希望。

莊蕾笑著說：「還有，妳的嫁妝雖然沒有全拿回來，但好歹把能抬的全抬回來了。這下放心了吧？」

陳月娘點著頭，嗚嗚的哭，莊蕾安慰她。「妳別難受了，以後就跟這家人沒了牽扯，好好過日子，好不好？」

「花兒。」陳月娘抱住莊蕾。「還好有妳。」

張氏走進來，陳月娘又過去摟住她。「娘。」

「月娘，以後妳可要對花兒更好些，今日是花兒豁出了臉，才幫妳把和離書要回來的。」張氏把在李家發生的事情說了一遍。

陳月娘聽完，對莊蕾是滿心的感激與愧疚。「花兒，都是我連累了妳。」

「這不過是個計策，能解決事情就好。說什麼連累不連累？咱們都是一家人不是？這還是二郎昨夜幫我出的主意。」

張氏聽了，皺著眉頭道：「你們兩個孩子，有這個打算，怎麼不跟我先說一聲？」

「娘，我跟您說了，您捨得我這麼做嗎？」莊蕾抬頭問她。

張氏語塞，她自然沒辦法答應。

莊蕾說：「今兒麻煩了二叔公和三叔他們，我去做飯，留他們吃頓酒。要不娘去前村看看馮屠子那裡是否有肉，有的話，咱們做個紅燒肉？」

「行，我這就去。」張氏連忙跑出門。

莊蕾踏出陳月娘的房間時，看見陳熹在院子裡幫搬家什的叔伯們倒茶，雖然臉色不好，但是嘴角帶笑，溫文爾雅，極有氣質。

三叔扛著箱子上來，莊蕾說：「三叔，把咱們嬸子請來，給我搭把手。」又吩咐陳照去殺雞。

三叔道：「妳嬸子回娘家了，沒辦法過來。」

陳熹懂莊蕾的意思，道：「咱們家最大的心病解決了，今日叔伯們幫了大忙，留下來吃個飯，喝口酒。」說著便去打水，拿了手巾，招呼他們洗臉擦手。

村裡的人，大多連縣城都沒有出過，別說京城了，總覺得城裡人大多看不上鄉下人，更不要提從京城來的陳熹，畢竟他之前在京城侯府裡當了很多年的公子。

剛開始，幾個叔伯還不太自在，擦完臉，只隨口敷衍兩句，卻發現陳熹不懂客氣，懂的還多，不知不覺就聊開了。

莊蕾見狀，回了廚房，先把家裡的醬蘿蔔切片，炸了一碟子花生米，拌了松花蛋豆腐，先端出去。

「二郎，還乾坐著做什麼？快招呼叔伯們，可以先喝起酒來。」

陳照殺了雞拿來，莊蕾下了鍋，雞雜則切了配上青椒炒。缸裡還養著一條鯿魚，莊蕾讓陳照殺了，又去打蛋，打算再做個鍋塌豆腐。

陳照殺好魚，鍋塌豆腐也好了，莊蕾便讓他端出去，她繼續炒雞雜。菜一道接一道出鍋，沒人燒火，她獨自管著灶頭，有些忙亂。

張氏怎麼還沒回來？出去的時間不短了。

莊蕾把白斬雞切塊，碼在盤子裡，熬了紅油，調了醬汁倒進去，轉頭喊進來的陳照。

「三郎，你去村口看看，娘怎麼還沒回來？不就是去前村馮屠子家裡買肉嗎，哪裡用得著這麼久。」

陳照應下，出門去了。

陳照不過走了幾步路，就看見張氏快步回來，手裡卻是空的。

張氏進了廚房，莊蕾看她沒拿肉回來，問道：「娘，肉都賣完了？」

「昨日馮屠子沒宰豬，所以沒肉。」

莊蕾想了想，道：「沒關係。」說著便去裡間，從架子上拿下兩根臘腸，放在鍋上蒸。

「一喝酒，話就多了，我慢慢做就好。既然沒有豬肉，娘怎麼去了這麼久？」

「我過去時，馮屠子兩口子正吵得不可開交，還跟李家那個畜生有關。」張氏說道。

「為什麼？」莊蕾調著麵糊。

「昨兒馮屠子沒殺豬，今早不賣肉，便找了個藉口說去城裡逛逛喝茶，其實是去了李家村的寡婦家。」

「去找江玉蘭？」

「對，咱們不是去李家村拿和離書嗎？馮屠子就在跟江玉蘭鬼混。我們一走，李家那個畜生就去找江玉蘭了……」

張氏把聽來的事告訴莊蕾。「這不，李春生摔斷臀骨，李婆子鬧上門，馮家娘子知道了，氣得不得了，吵著要去找江玉蘭算帳。」

「李春生摔斷了臀骨？」莊蕾把麵疙瘩撥進雞湯，讓張氏添柴，切了把小青菘放進去。

「可不是，說是要在床上躺幾個月。」

「活該！」莊蕾罵一聲，端起疙瘩湯，讓張氏送出去，心裡卻想著書裡的情節。

陳月娘生孩子時，李家老倆口要求保大人，所以這是一個轉折？李春生因為這件事，要死了？

第二十五章　拜師

客堂間裡，陳熹陪著叔公和叔伯們東拉西扯地聊著。

因陳熹客氣又有禮貌，大家跟他說起陳大官人和陳然的過去，陳熹從他們的嘴裡認識了自己的哥哥和阿爹。

阿爹仗義疏財，村裡有人家蓋房子、娶媳婦，請他幫忙，他總是早早過去，最晚回來。大哥雖然矮小了些，卻憨厚老實，待人接物最是客氣不過。

陳熹聽了，心頭泛起難言的悲傷。當初若是沒有遇見安南侯，他跟著爹娘，一家子定然和和美美地日子，哪裡會如現在這樣天人永隔？

雞湯麵疙瘩的香氣拉回陳熹的沈思，三叔說：「嫂子，妳家的飯菜為什麼特別香？」

張氏笑了笑。「大約是俗話說的隔壁灶頭格外香吧。」

「哪有？味道完全不一樣。我們家裡就是煮熟了能吃而已，你們家的是真好吃。」

陳熹同意三叔的話，莊蕾做的飯菜，連侯府的廚子都比不上。明明是家常菜色，怎麼味道就那麼好呢？

「二郎，還要一碗嗎？」莊蕾看陳熹很快吃下一碗麵疙瘩。

陳熹將碗舉起來給莊蕾，莊蕾替他再盛了一碗，臉上掛著溫暖的笑意。

飯後，送走了幫忙的人，看著一屋子家什，張氏拍了拍那張榆木的八仙桌，腦子裡浮現當初陳大官人見到一棵上好榆木的興奮模樣，帶大郎拖著板車，爺兒倆把那棵榆木拉回來。

這些家什都是一年一年積攢下來的，陳月娘出嫁前兩年，他們請了木匠師傅，又把大大小小的白坯用具刷上紅漆，一件一件都透著爹娘的拳拳愛意。

張氏想起大郎憨實的臉，看見好東西，總說：「給妹妹留著。」

莊蕾走出來，看見張氏一個人在那裡抹眼淚，便問：「娘，怎麼了？」

張氏哭出聲。「我想起妳爹和妳哥了……當年他們為了打這些家什，攢了多少年木料？就想給月娘好的。如今……」

陳月娘站在門邊，也跟著抹眼淚。

莊蕾搖搖頭。「我看，這些東西都不要了。人總要想著以後，要是你們吃飯的時候看見桌子又哭，那還得了？」

「不要了？」

「嫁到李家有多少的傷心事，倒不如把這些東西全賣了。」

陳熹過來道：「阿娘，我也這麼想。想念阿爹和大哥，有家裡的東西就夠了，這些東西是大姊在李家受委屈的證明，不如就不要了。」

「花那麼大的力氣去討回來的東西，就這樣不要了？」張氏心頭難受。

莊蕾點頭。「對。咱們去了城裡，也帶不了那麼多東西，與其放著積灰，倒不如賣給隔壁鄰居。不過自然是要先從李家拿回來的，這些東西都是我們家的，憑什麼給他們？

「如今東西一拿回來，李家就空了，就算不肯退還咱們家的嫁妝銀子，光是重新置辦這些家什，也要耗費不少，照樣可以掏空他們的家底，重新過上以前的窮苦日子。」

陳熹說：「我倒覺得，不管收多少錢，賣總歸是賣，收不了幾個錢不說，也沒有一點情分。不如把這些東西分給要好的親眷，比如三叔他們。阿娘覺得呢？」

之前陳家都是陳大官人拿主意，如今他一走，要張氏拿主意，也挺為難她。如今椿椿件件的事，自家兒媳婦和自家兒子都比她有主張。

「就依著你們。」

「阿娘，那我和您好好合計合計，哪些給哪家，別為了點東西，鬧得親戚間不開心。」

如此一來，娘兒幾個合計好，三叔得了那張八仙桌，立時把自家板桌扔了。二叔公過來拿了兩只樟木箱。甲長也來湊熱鬧，要了一個抽屜臺。

李家村跟小溝村就隔著那麼點路，沒兩天，李婆子便聽說張氏把要回的嫁妝全送人了。

李婆子不禁恨陳家惡毒，明知道他們家已經把舊的地種上桑樹，就來把種米的地收回去；明知道他們家把舊家什扔了，用了陳月娘的嫁妝，就來要回嫁妝。要了回去，也不當一回事，轉頭全送人了，不就是要跟他們家過不去嗎？

她想去陳家鬧，但想起莊蕾那個小賤人什麼都幹得出來的樣子，看看躺在床上的李春生，只能歇了那個心思。

陳大官人和陳然已經走了七七四十九日，請了道士跟和尚唸過經，就算是出了七。莊蕾和張氏依舊素服，但摘下了頭上的白花。家裡辦十來桌席面，請了張氏的娘家人和陳家的本家親戚。

張氏把陳熹和陳照正式介紹到人前，也跟親眷們說了，莊蕾拜了壽安堂的聞先生為師，以後要當個女郎中。

這件事，大家各有話說，有人覺得一個小寡婦拋頭露臉不好，但也有人覺得正因為是小寡婦，不用伺候男人、生養孩子，當個郎中倒也不錯。

親眷裡總有一些心存妒忌的，畢竟陳家沒出事之前，過得多好。如今家裡剩兩個寡婦，還有一個被和離回來的女兒，以及身體病弱如紙糊燈籠一樣的兒子，只能靠著認乾兒子來撐起家門，也不由為他們嘆息。

閒人不過說個閒話，主要是莊蕾已經下定了決心。

等喪事辦得妥貼了，一家子搬進城裡。

壽安堂隔壁的宅子不小，房屋朝南，正屋與壽安堂合用一堵牆。正房有三間，中間一個廳，張氏住東側，西側讓莊蕾和陳月娘一起住。正房東邊還有一間耳房，剛好把雜七雜八的東西放進去。

東西各有廂房，廚房在東廂房的南側。因西邊沿街吵鬧，東廂房正好是個兩開間，背靠後面的小河，很是幽靜，陳熹和陳照便住那裡。

西側的廂房也是兩開間，因著沿街，本就做了門面，還留了櫃檯，可以直接當鋪子。靠著南面就是宅子正門，外面是弄堂。

陳家人剛搬來的幾日，聞海宇有空就過來轉轉，若是有缺的，便叫人快快補上，讓張氏不知道怎麼感謝才好。

等他們安頓下來，打聽了聞家的情況，張氏帶著莊蕾去街上買了幾塊布料和糕餅點心，上門向聞先生道謝，順帶聊兩句拜師的事。拜師不是小事情，正兒八經學手藝，認下的師父就是長輩，地位跟爹沒區別。

莊蕾和張氏拎著禮物，敲了聞家的門，一個和莊蕾差不多大的姑娘笑著迎接她們。「陳家太太和莊大娘子來了？老太太和太太都等著了。」

莊蕾和張氏跟著那姑娘穿過垂花門，進了院子，到後頭正廳，裡面有個穿著綢緞衫子的圓臉太太和一個三十多歲的婦人在說話。

看見婆媳倆進來，聞太太站起來相迎。「這就是陳家太太吧？」

「見過聞老太太，聞太太。」張氏屈身，莊蕾也上前行禮。

聞老太太道：「老爺說找了個天分極高的徒兒。今兒一見，果然靈秀。」從袖裡拿出一只紅色錦緞的小荷包塞給莊蕾。「買點糖果吃。」

莊蕾推辭不了，收了下來，行禮道謝，卻感覺出聞老太太的冷淡。

聞太太問了些家常的事，聽到莊蕾出身莊戶人家，也沒正經讀過書，眼神之間的熱絡也淡了下來。

此時，聞家祖孫進來了，一見莊蕾，聞海宇便笑著說：「大娘子來了？爺爺說秋蟹肥了，帶我去買些回來，等妳過來吃。」

聞先生吩咐聞太太。「妳去看看，廚房裡可準備好了？若是好了，咱們就去正堂祭拜祖師爺。」

聞太太應是，退了出去。

莊蕾張開了嘴，有些訝異，今兒就拜師？

聞先生看她這般表情，問道：「怎麼，不樂意？」

「我還以為要挑日子呢！」

「老夫以為妳跟阿宇說今日上門，就是要來拜師的，都準備好了。」聞先生笑著回答。

聞海宇說：「爺爺，若是莊大娘子拜入您門下，我豈不是要叫她小師姑了？」

莊蕾啞然，聞先生看了聞海宇一眼，轉頭對莊蕾道：「海宇說得也對，妳一直叫我一聲聞爺爺，不如繼續這麼叫？」

「自然是好。」莊蕾笑了笑。

聞海宇歡欣地說：「這樣才好！我就叫妳一聲小……師妹！」這一聲小師妹，他叫得不是很自然，有些牽強，有些尷尬。

這時，聞太太來說東西備好了，聞先生便帶莊蕾去正堂。

藥王爺畫像在上，桌上擺著果品糕點，燃著香燭。聞先生先祭拜完，莊蕾跟著祭拜，就算禮成了。

莊蕾和莊氏留在聞家吃飯，聞海宇的爹在外面收藥材，聞海宇的姊姊已經出嫁，聞海宇下面還有一個弟弟。一張八仙桌上，聞先生單獨坐了一面；另外三側，兩對婆媳各坐一邊，聞家兄弟坐一起。

聞先生和聞海宇對她很是熱情，聞老太太和聞太太就勉強應付了。莊蕾也不在乎，她們是做不了主的。

既然拜過師了，莊蕾便開始坐堂生涯。

郎中這個行當越老越吃香，其實有些沒天分的老徒弟是一輩子都帶不出來的，但只要臉上有皺紋了，上門求醫的人總歸多些。

聞先生總是讓她和聞海宇先幫病人搭脈，見她開了方子之後，便請病患直接去抓藥。

這樣的舉動，令那些排隊排了一上午的病患和家屬怒火中燒。

有位仁兄一拍桌子，指著聞先生罵道：「聞先生，您這是什麼意思？要是讓一個小丫頭片子看，咱們需要天沒亮就從家裡趕過來嗎？我們那裡的郎中哪個不比她強？您讓她看了，自己連看都不看，直接抓藥，您把咱們的命當什麼了？」

聞先生對他搖了搖頭，道：「坐。」替那位仁兄搭脈，搭完脈，直接抄了莊蕾的方子，遞給他。「三日之後，你來複診。要是這個方子無效，老夫退還診金和藥錢。」

「聞先生，您就是這樣對病人的？拿著小丫頭開的方子來糊弄我們？」那位仁兄的家人還是不依不饒。「咱們走，別在這裡看病了，壽安堂已經不是以前的壽安堂了。」

被這兩人一鬧，排隊的人嗡嗡議論起來。

莊蕾站了起來。「聞爺爺，看來大家還是希望由您親自診治。我先回家吃飯，吃過飯，再去幫黃老太太複診。」

聞先生揮了揮手。「去吧！」

除了自己坐堂，莊蕾還擔心張氏，搬到城裡卻無所事事的話，會不習慣。對於一個寡婦來說，空虛真的很可怕。

莊蕾想著，她要幫張氏和陳月娘找些事情做，不為賺多少錢，而是讓她們有事忙，才不會胡思亂想。

她踏進家門，還在琢磨要做點什麼小生意，便聽見陳熹的聲音。

「這是天字。剛才說人是一撇一捺，大是人字上加……」

她走過去看，發現陳熹正指著桌上的紙教陳月娘和陳照，這是在認字？

陳熹看見莊蕾進來，叫了一聲。「嫂子。」

「娘呢？」

張氏從廚房裡出來，端著一盤南瓜餅。「花兒回來了？快一起吃飯。」

莊蕾坐下來，拿了一塊南瓜餅放進嘴裡，甜甜的味道在唇齒間化開，忽然想起愛吃三不沾這種高糖高油點心的黃老太太。

「娘，還有南瓜嗎？」

「有啊。一個南瓜那麼大，哪能一下子吃得完。」

「阿娘，等下多做些，我去看黃老太太，也帶一點給她。不過黃老太太只能吃蒸的，您再炸幾個，送去壽安堂？」莊蕾提議。

張氏一聽見有事情可做，立刻站起來。「那我先去蒸南瓜，等吃完飯，南瓜也蒸好了，便能做餅。」

張氏進去蒸南瓜，莊蕾側頭問陳熹。「二郎怎麼想到要教三郎和月娘認字？」

陳熹淺淺一笑。這些日子，他臉上的黑氣已經開始褪去，容貌很是周正，看得出來以後長大了，會是個俊秀的小夥子。

「我想著，三郎總是要識字的，但這個年紀才去學館開蒙，怕是年紀太大，不如我替他開蒙。如此再去學兩年，不求考秀才，以後能識字，算算帳本也好。剛好阿姊也想學，我就一併教了。」

「嗯，這倒是好事，月娘和三郎確實需要識字。」莊蕾點頭。「你好好教他們，過兩日我有空了，咱們打聽打聽附近有沒有好些的書院，你也需要去上學。」

「我不急。」陳熹說道：「我從侯府帶來很多書，慢慢看也行。」

「晚上等我回來，跟你好好聊聊，也許能給你一些建議。」莊蕾自認，上輩子她也算是會讀書的。

「好。」

對於莊蕾說的話，陳熹覺得有些奇怪，但又沒那麼奇怪。有些事情太神秘、太稀奇，他也沒辦法說清楚是什麼。不過她對他好、對陳家好，那就行了。

吃過飯，莊蕾去泡了些甜菊葉的水。前世她知道的甜菊是外來品種，但大津到底是書裡的世界，居然自古就有甜菊。甜菊甜度極高，熱量又低，適合糖尿病人食用。

莊蕾拿出蒸好的南瓜，混了一些糯米粉，包上加入甜菊水的豆沙餡，做成南瓜餅。再放在粽葉上，擱進鍋裡蒸熟，用食盒裝起來，便去黃家看黃老太太了。

第二十六章　安置

自從控制飲食後，聞先生開的藥方起了作用，黃老太太的下肢水腫已經好很多，身上的病輕了，整個人就有精神了。

她午睡起來，此刻正坐著聽自家女孩們說笑。

黃成業也在裡面，看起來倒像賈寶玉混在一堆妹妹裡的模樣，但這貨是個紈袴，感覺很是無趣，整個人都快發黴了。

他看見莊蕾進來，眼神幽怨，極為不滿，想想未來還得進廟裡當一年的和尚，心裡就更不爽了。

莊蕾福身行禮。「見過老太太。」

不知什麼緣故，今日黃老太太的心情格外暢快。「花兒來了？」

「老太太這兩日可好？」莊蕾走上前，將手裡的食盒遞給一個嬤嬤。「這是我做的南瓜餅，還溫著呢。」

嬤嬤打開食盒，拿出裡面的碟子，一枚枚南瓜餅交錯疊著，橙黃的樣子與黃老太太愛吃的三不沾顏色接近。

黃老太太用筷子挾起一個，塞進嘴裡。餡料加了甜菊葉的水，味道自然是甜的，加上南瓜本身的香甜，還有底下粽葉的清香，極為美味。

許是這些日子吃得清淡，南瓜餅又小，黃老太太一下子吃了三塊。

「老太太，再多吃，您的身體可受不住。」莊蕾忙阻止她挾第四塊。

黃老太太嗜甜，吃了幾塊還沒過癮，這會兒被莊蕾阻止，還有些不開心，也沒讓身邊的外孫女跟孫女們吃一口。

只有黃成業樂呵呵地走過來。「我也嚐嚐。」伸手拿了一塊塞進嘴裡，邊吃邊叫道：「好吃！好吃！這味道怎麼這麼好？」

莊蕾無言了，這對祖孫用得著這般誇張嗎？一塊普通的南瓜餅，值得他們大驚小怪？不過，這幾日她算是琢磨出來了，她好似對做菜真有特殊的天賦，大約是穿書的福利吧？畢竟她在書裡的角色，是為男主角下廚房的人。所以，無論什麼菜色，稍微琢磨，就能做出最好的火候和口感。

見幾個姑娘看向這裡，莊蕾笑著說：「老太太若是喜歡，明日我再換個點心？」

「好啊。」黃老太太高興地笑開了花。「妳寫的那些禁忌，弄得我每日吃飯都沒了滋味。可今日妳的餅為什麼是甜的？我怎麼就能吃？」

「南瓜本就對消渴症有好處，餡料沒有用糖，裡面放了一味甜的藥材，所以嚐起來就甜了，卻不傷您的身體。另外加了一點點糯米粉，可以偶爾吃的。」莊蕾解釋。「我沒有限制那麼多，其實您能吃的東西還不少呢。」

莊蕾讓人拿了繡墩，坐在黃老太太跟前，墊了腕枕替她搭脈。「伸出舌頭給我瞧瞧。」莊蕾看過黃老太太的舌頭，黃老太太又讓人撩起裙襬，給莊蕾看腿，上面的瘀斑和水腫已經開始消退了。

「您看，您已經好很多呢。」

「小丫頭，可這樣吃就苦死我了。」

「還好吧？有很多能吃的呀。苦到您說的這種程度，我是不信的。」莊蕾笑看一臉痛苦的黃老太太，沒想到隨即就收到她身邊兩個嬤嬤來自靈魂的抱怨目光。

莊蕾愣住了，有那麼誇張嗎？

「要不，我幫您做一個月的晚飯，您叫人來學？用一個月的菜單輪流翻新，想來花樣也夠了吧？」

「這怎麼好意思？還要讓妳幫我做飯。」

「有什麼不好意思的？我正好琢磨琢磨您這種病怎麼配合飲食調養。從明天開始可行？」莊蕾問道。

黃老太太點頭。「好！好！妳幫我配配菜，看看我能吃什麼。」

莊蕾這才站起來，對黃成業說：「大少爺，你也過來，我幫你搭脈。」

黃成業伸出手。「我說莊花兒，妳也能替我弄點什麼吃的嗎？妳要求我吃的東西，鹽只能放一點點，菜多半只能吃素的。奶奶還能吃魚蝦雞，我呢？連這些都禁了大半，素的連豆腐乾都不能吃，寡淡得沒有滋味了，這是要我死啊？」

莊蕾笑了一聲。「你的毛病一定要注意飲食，若想好起來，樣樣都得管住，所以我才建議你去廟裡住一陣子。」

「那妳也幫我做飯吧？」

「大郎，莊大娘子還要跟著聞先生行醫，哪有那麼多工夫？」黃老太太橫他一眼。

黃成業過來，從桌上拿了南瓜餅，分給姊妹們吃。

黃老太太看著被孫子拿走的南瓜餅，說道：「丫頭們也嚐嚐。」

幾個姑娘聽見老太太這麼說，才敢拿起來。初初一口覺得沒什麼，畢竟她們不似黃老太太這樣，已經吃了好些日子的清淡吃食。但咀嚼之下，餅的清淡味道中帶著香甜，竟然出奇的美味。

「黃大少爺，你的方子需要調整一下，借你的筆墨一用。」莊蕾站起來，對黃老太太福身。「老太太，大少爺的身體好轉不少，但我還要私下囑咐他兩句。」

黃老太太一想，自家孫子的病情算是難言之隱，不好讓在場的姑娘們知道，揮了揮手。

「去吧。」

莊蕾跟著黃成業進了他的書房。這傢伙的書房就是用來擺設的，裡面什麼都沒有。

莊蕾在黃成業的書桌後坐下。「跟著你祖母倒也不錯。小時候沒有被好好管教，大了有這個機會挺好的。」

黃成業是怕了她了，別看莊蕾是一個小姑娘，凶狠起來真的嚇死人，彎腰道：「小姑奶奶，妳已經把我害成這樣了，還想要怎麼樣？」

「我害你？明明是我救了你好吧？如果不是我找出你祖母病症的癥結，讓她身體好轉，才有心思來管你。你不住你祖母這裡，還有命在？」莊蕾反問他。

黃成業無話可說，莊蕾看他悶在那裡，道：「幫我做件事？」

黃成業看著她的笑臉，想起那天她拿著簪子劃開他手背的樣子，心裡一凜，搖了搖頭。

搖頭？

莊蕾挑起眉。「都不問問是什麼事就拒絕？待在寺廟裡的日子可長可短，你確定自己能回來？另外，你的苦楚還想不想解決了？不想做個正常的男人，生幾個自己的孩子？」

「這個毛病，聞先生會幫我看。」黃成業回道。

莊蕾笑了一聲。「哦？那就算了，我幫你調整方子吧。」

黃成業看著她磨墨，飛快地開方子，突然想起，聞先生不會每次都來，自從莊蕾搬來城裡後，最近都是她過來，萬一她在方子裡動手腳怎麼辦？

「妳先說來聽聽，要我做什麼？」黃成業決定還是問一聲。

莊蕾嘆了口氣。「我那親爹還欠你五十兩銀子吧？」

「嗯。怎麼，妳要替他還？」

「作夢！」莊蕾罵道：「我要你逼著他還錢！」

「他還不出來，難道不會來找妳，妳替自己找麻煩啊？」黃成業看不透莊蕾的心思。她那個畜生爹，賣了她兩次，還活活打死媳婦，她難道不想躲得遠遠的？

「就是想請你幫我了結這件事。你逼著他還錢，若還不出來就……」

聽完莊蕾的計劃，黃成業的眼睛瞪得老大。「常言說最毒婦人心，果然如此。」

「我這還叫毒？」莊蕾反問他。「你打算好好孝順你後娘？」

「那能一樣嗎？我家的是後娘，妳這個是親爹！」

「親爹？你親爹會賣掉你兩次？」

黃成業笑了笑。「五十兩銀子，夠買三、五個壯丁了，買妳爹那個肩不能挑、手不能提，還會吃會賭的王八羔子？不划算。前陣子淮河發大水，西邊逃難來了多少人？只要給口飯吃就賣身，可比妳爹好用多了。更何況妳爹有三個兒子，沒辦法專心幹活不說，還得有人看著兩個小的。」

莊蕾瞪他。「大狗大了，可以照顧自己；二狗的性子隨了我娘，膽小怕事沒主見；小狗還小，看不出來。不過兩個小的跟著我爹，只怕以後也會被教壞。你想個辦法幫他們找出路，託付給正經人家。」

黃成業皺眉。「莊花兒，妳這是做什麼？他們什麼時候把妳當成人看，妳還為兩個小的打算？」

「按你這麼說，你對我有過不良企圖，我還幫你治什麼病？醫者仁心，一碼歸一碼。」

莊蕾看著黃成業。「你的雄風能否再振和持久，就看你能不能把這件事辦好了。」

「也包我一個月的晚飯？先等我明天吃過，覺得好吃就幫妳。若不好吃，咱們再談。」

「行啊。」莊蕾挑眉。「敢跟我討價還價？」

這種目光讓黃成業感到一陣寒意，有些懷疑自己是不是做錯了什麼。

「行了行了，我去辦，妳放心。」

莊蕾交代完，去向黃老太太告辭。

黃老太太叫人拿了三十兩銀子過來，再指了指身旁的嬤嬤。

「十兩是診金，二十兩就算是一個月的學費和買菜的錢。以後這位嬤嬤會每天過去跟妳學學做菜。」

莊蕾再次被土豪的金錢觀震驚了，一下子又給這麼多。

「哪裡要這麼多？就算幫您做一年，也用不著這麼多。」莊蕾忙推辭，她又不是做什麼山珍海味。再說了，黃老太太這病也不能吃山珍海味的。

「拿著，跟我客氣什麼？」黃老太太呵呵笑著。「我的身體好起來，成業的身體也能有起色，那是千金買不回的。」

莊蕾回了壽安堂，那些病患見到她，生怕還會被她搭脈，目光十分警惕。

莊蕾輕笑一聲，搖了搖頭。前世她的門診號碼牌被黃牛炒到一個賣幾千元，網路掛號秒殺，這會兒居然被人如此嫌棄。

她走過去，叫了聲。「聞爺爺，我回來了。」

聞先生站起來。「今兒就看到這裡了，明日趕早。」

「聞先生，求您幫我家娘子看看。我趕了幾十里路過來，住客棧也需要錢的。我家沒多少田產，家裡還有兩個孩子等著，真的拖不起啊。」一個中年漢子拉住聞先生的手臂。

聞先生苦笑。「這位兄弟，你也要想想，老夫快七十了，一個早上看到現在，只離開一會兒去吃兩口飯，連茶水都顧不上喝。我還要去調製膏方，若幫你看了，後面還有這麼多人，多加你一個，那別人呢？這麼多人，到天黑也看不完，你說怎麼辦？」

「那如何是好？」那人急得眼眶都紅了。

「要不，你讓這丫頭看，她幫你開好藥，你就能回去了。」聞先生說道。

「我們是慕名而來的。」

「因為你們慕名而來，所以老夫也不會砸自己的招牌。小丫頭看不了的病，她也不會亂開方子。老夫進去休息了，你們想讓小丫頭看的就讓她看，她決定不了的，自然會來問老夫。要是不樂意，明日趕早。」

聞先生要進去，那些病人和家人還在猶豫。這兩天變冷了，最近來看病的人特別多，陳年舊疾都冒出來了。

莊蕾叫住了聞先生。「聞爺爺，我把黃家的診金拿給您。」

聞先生轉過頭問：「給了多少？」

「十兩，另外二十兩是讓我以後每日幫老太太做藥膳的。」莊蕾走過去，從包袱裡拿出十兩診金。

聞先生說：「五兩交給櫃檯，五兩妳自己拿著。幫老太太做藥膳的錢，就是妳的了。」

聽聞黃家給的診金有十兩，把那些病人嚇了一大跳。

聞先生轉過頭。「方才不是都不想讓丫頭看病嗎？老夫讓她替我去看黃家老太太，這不是回來了？黃老太太才不嫌棄小丫頭年紀小，就你們擔心她沒本事。她要是沒本事，我為什麼不讓親孫子單獨替你們開方，要她去做？」

病人們頓時說不出話來。

第二十七章　坐堂

剛才向聞先生求助的男子看著莊蕾，一個小姑娘家，實在讓人不放心。可他身後的女人望著負手走進去的聞先生，開了口。

「咱們拖不起了，就讓這姑娘替我看吧。」她說著，打了一個嗝。

男子咬了咬牙。「姑娘，妳幫我家娘子看看。」

莊蕾點頭坐下，見那女子又打了一個嗝，便道：「大嫂，手伸出來，我幫妳把脈。」

婦人的舌苔淡紅、光剝，這樣打嗝反胃一個多月了，總是不見好，一口一口氣湧上來。

莊蕾笑著道：「先跟我進來，我幫妳施針，然後再開方子。看妳這樣，我都難受。」

莊蕾引著婦人進了布簾之後的內室，手指在她的頸部下方找到天突穴，用金針強刺，短留針。

金針拔出後，莊蕾道：「行了，給妳開方子去。」

婦人將信將疑，一眨眼工夫，不過用一根金針刺了一個穴位，像螞蟻咬了一下，這就算是針灸過了？

莊蕾再問她。「大嫂，妳冬天是不是手腳冰涼？」

「對，我身上沒有熱氣。」

「大便溏薄？」見婦人不解，莊蕾便換了說詞。「是不是容易拉稀？」

「對對對。妳怎麼跟算命仙似的，全都知道？」婦人很驚訝。

「妳是胃虛呃逆，症狀就是這些，並不難治。我幫妳加點補益身體的藥進去，先吃半個月，半個月以後再來調整。」莊蕾說著，開起了方子。

「補藥啊？是不是很貴？」婦人看著莊蕾，有話想說又不敢說。

莊蕾停下寫方子的手。「不會太貴，但妳的身體虛寒，肯定要吃補氣溫中的藥。另外，每天早上切薑絲用紅糖煮水喝下，對妳的病有很大的好處，還能溫暖四肢，驅散體寒。」

「只要薑絲和紅糖嗎？」

「沒錯，妳的身體適合吃這個。」莊蕾笑了笑。「過了這麼久，妳還打嗝嗎？」

婦人反應過來，驚喜地叫道：「扎完針，就不打嗝了。」

排隊的人也看見了，剛才他們也有聽見婦人不停打嗝，如今竟然一下子就好了，覺得這小丫頭確實有點本事啊。

「下一個。」莊蕾叫道。

這是父子倆，兒子帶著爹來看病，莊蕾聽了病情和把脈，再問了兩句，站起來在老先生的頸部摸了兩下。

「這個病，我治不了，只能明天請聞爺爺幫您開方子了。我給您一張紙，您明天排第一個，辰時三刻過來，可好？」

原本父子倆很是失望，想著明天還要等很久，聽聞是辰時三刻過來，不用天不亮就等著，高興得連忙彎腰道謝。

莊蕾看著遠去的父子倆，為老先生惋惜。他的病疑似淋巴癌，沒有影像資料，就需要全身進行觀察，她不方便，也沒必要。這種病在前世都難以醫治，更不要說現在了，便簡單記下對這個病症的看法，留給聞先生看。

看後面還有二十來個病人，莊蕾站起來說：「各位大叔大嬸，爺爺奶奶，若是我能開方的，我就開了。若是我不能開方的，幫你們約好，明天請聞爺爺親自看，你們看行嗎？」

「小姑娘，妳開的方子有用嗎？」有人問。

莊蕾無奈地說：「我當然有把握。沒有把握的，我就轉給聞爺爺了。」

「那我到妳這裡取張紙，妳幫我排進去行不行？我還是讓聞先生看。」

「按理說是不行的，你們也看到了，他都這把年紀，今天還從辰時三刻開始坐堂，一直坐到申時初，沒喝水，也沒上茅房。

「我理解大家想找聞爺爺看的心情，畢竟他是名醫。可大家也要知道，大多數人的病沒那麼重，我幫他分擔，讓他輕鬆些，也能讓重病的人盡快得到醫治，這不是兩廂得利嗎？」

莊蕾說著，讓下一個病患過來。

「小姑娘，我們是重病，真要聞先生看。」

莊蕾抬頭看著他。「是不是重病，我能判斷。如果你非要聞爺爺看，那就等我把這群人看完，你排在今天需要給聞爺爺看的最後一個。」

「憑什麼我是最後一個？」

「若你不願意，可以明天早上再來排隊。本來今天看不上，明天就該重新來排隊了，最早的也得等今天這些篩選下來的人看完再看。你自己選。」

「那妳給我排進去。」

「你留在這裡等也沒意思。」莊蕾龍飛鳳舞地幫他寫了張條子。「明天我來了之後，你直接來找我，我幫你排在今天這些人的最後。」

那人無奈地拿了紙條，莊蕾看跟在他身後的老婆婆很是瘦弱，精神萎靡，神情倦怠，問道：「是夜不能寐嗎？」

老婆婆轉頭看向她。「妳怎麼知道？」

莊蕾指了指面前的位置。「要不，您坐下，我幫您搭脈？既然您明天才要找聞爺爺看，我今天先開個藥方給您，至少今晚能好過一些。」

男子見狀，要拉著老太太走，莊蕾笑了笑。「是我多事了。下一位！」

老婆婆卻不肯從位置上起來，猶豫地伸出了手。

莊蕾搭上她的手，再問了些問題，又聽她兒子說：「我們已經看過幾個郎中，是聽人介紹，才過來的。」

莊蕾提筆寫起方子。「今天先抓一帖藥，晚上煎了之後服下。若是有效，就不必請聞爺爺看了，這方子可以再吃半個月。若是沒有效果，明天我退你今日的診金和藥錢，你找聞爺爺再看，如何？」

男子聽了，只得將信將疑地去櫃檯抓藥。

莊蕾對老婆婆說：「婆婆坐好，我教您一招。」站起來走到老婆婆身後，用手指按住她的安眠穴，輕輕揉動。「這個穴位，您有空就按按。這種毛病會慢慢好的，得慢慢調養。」

老婆婆被她溫熱的手指按得很舒服，甚至有了些恍惚之意。

莊蕾停了下來。「今兒病人多，您就按我說的做。知道嗎？」

「小姑娘，妳說按哪裡？」後面也有其他病人問。

失眠是常見病症，想要知道的人不少，莊蕾便指著穴位解說給他們聽。

等男子抓完藥過來，莊蕾對老婆婆說：「回去以後，每日早上煮粥時加幾顆蓮子。吃核桃的時候，把核桃中間那層隔著肉的分心木留著，每天早晚泡水喝，對您的病也有好處。」

老婆婆忙點頭。小姑娘說話溫和，指點她的話聽上去都很有道理，又不用花錢，還對身體好。

如此一來，後面的病人不管真信還是假信，都不好意思說出不讓莊蕾看病的話來。想著還是看看，要是不行，下次再來找聞先生。

莊蕾看完二十個人，天色已經暗了下來。

聞先生從裡面出來。他歇了一會兒，想著要是莊蕾被那群病患鬧騰得無法應付，他就出來打圓場，沒想到她安安靜靜地把剩下的病人看完了。

莊蕾伸了伸腰，站起來，把幾張紙遞給聞先生。「聞爺爺，這幾個病患是您明天要看的。我已經先把病情記下來，您看一看。我是這樣想的，咱們把排隊的人分成兩隊，願意給我看的，就讓我看，不願意的就排您那裡；要是我看不了的，也轉去您那裡。」

聞先生翻看莊蕾寫的東西。「這幾個妳看不了？」

莊蕾低頭。「看是能看，只是不適合由我來看。人心不能太貪，總得一步一步來。」說完，便告辭回去了。

莊蕾回到家裡，張氏一見她進門，便說：「剛才月娘去看，說妳還沒看完病人，今天怎麼這麼晚？我還以為妳去了黃員外家就回來呢。」

莊蕾笑了笑。「也是巧了，我去交診金，發現聞爺爺忙了一天，還有好些病人沒看完，就留下來幫著看了。」

張氏驚訝，她以為莊蕾不過是個學徒，還跟在聞先生後面學，沒想到居然能自己看病人了。但見莊蕾的臉色有些不好，便不再多問。

一家子等著莊蕾吃晚飯，桌上的菜有些涼了。

張氏幫莊蕾舀了一碗湯，莊蕾這才開口。「娘，今天黃家給了十兩診金，一半給櫃檯，一半我拿了回來。」

張氏又是吃驚。這才來了幾天，進項已經不少，做郎中真的這麼賺錢？

莊蕾看見張氏的表情，忙解釋。「娘，您別想岔了，那是人家有錢不當錢。我一個下午看了這麼多人，大概只能拿個一、兩百文。

「另外，黃家給了二十兩銀子，請我幫黃家老太太和黃家大爺做一個月的晚餐，他們的人會過來學。我想著，一樣都是學，我們何不在鋪子那裡教，吸引街上來來往往的人？」

陳熹停下了筷子。「嫂子，我們該怎麼做？」

「大部分的病，是可以調養的，尤其是靠膳食調養。」莊蕾抬頭。「先吃飯。吃完，我再告訴你們我的打算。」

其實大家都閒得發慌，讀書認字雖然是好事，但沒有進項也不行吧？陳照還想著，要是不行的話，他就去街上看看有沒有什麼活可以幹。

一家人飛快吃完飯，莊蕾把一家人都帶到鋪子前。

「這裡砌一個單眼灶頭，一旁放爐子。那裡做案板……」莊蕾按照前世記憶中那些有格調的古鎮小鋪子說起來。

陳熹仔細聽著，還不時問莊蕾幾句。兩人商議之下，原本簡單的想法變得複雜起來。

「嫂子不用著急，明天妳在灶臺那裡教人，這裡咱們慢慢來，按照咱們的心意做。」

陳熹說著，用自己的步伐丈量了一下。「東西之間有四丈半，可以放灶頭。」

陳月娘興奮地說：「花兒，妳晚上教人家做藥膳，白天去隔壁坐堂，這裡豈不是空著了？這幾日我看下來，這條街熱鬧，有早上就過來等壽安堂開門的人，來往的人也多。咱們做個早飯和午飯來賣，簡單一點，就是粥和麵什麼的。妳覺得呢？」

莊蕾一聽，想起前世在海外交流時，在異國街頭見到小吃攤的親切，笑著點頭。

「月娘說得對，午飯可以準備一碗飯、一勺炒青菜、一顆滷蛋，加上一碗熱氣騰騰的燉湯。湯裡加一些滋補的藥材……」

一家人越說越興奮，討論到深夜，張氏催道：「你們不睡不要緊，二郎的身體可吃不消。快去洗洗睡了，明天再商量。」

莊蕾聽了，囑咐張氏明日準備些食材，好替黃家做菜，眾人便各自休息去了。

有了開鋪子的事，陳家人一下子忙開了。

莊蕾剛剛起床，就被陳熹抓個正著，陳月娘和陳照也過來商議。吃過早飯，就各領了活計去做。

辰時，莊蕾去了壽安堂，見昨日出診的聞海宇回來，忙叫了一聲。「師兄。」

莊蕾雖說拜了聞先生為師，卻不忍讓聞海宇當她的晚輩，更何況她的年紀叫聞先生一聲爺爺剛剛好。

聞海宇卻知道，莊蕾不過是藉著他爺爺的名氣行醫罷了。在爺爺嘴裡，莊蕾的本事要高於他老人家。所以，這一聲師兄，他受之有愧。

此時，門口的隊伍被分成兩排，一排早已蜿蜒到了街上，另外一排卻零零落落，只有兩、三個人。

莊蕾跟聞海宇說了昨日的事，聞海宇一聽，暗嘆這姑娘就是點子多。

辰時三刻，壽安堂開門，莊蕾去了自己的診臺前，聞海宇跟在聞先生身邊，替聞先生抄方子。

莊蕾只有幾個病人，隨手就看完了，坐在那裡想著，自家鋪子的牆壁上是不是可以掛一塊黑板？粉筆的話，用石膏做，那要怎麼調製顏色？這樣才顯得小資情調，而且黑板上也可以寫一些疾病的預防知識宣導。

「小娘子！小娘子！」一個聲音將莊蕾從店鋪裝修構想中拉回來，抬頭一看，正是昨日那位夜不能寐的老婆婆的兒子。

莊蕾看他滿臉喜氣，老婆婆跟在他後面，問道：「難道昨晚的藥沒有效果？不會吧？」

「有效果，有效果，我今日就是來買藥的，是我娘一定要過來謝謝妳。昨夜她睡了個好覺，剛剛才醒。」男子說道。

莊蕾露出笑容。「那就好。婆婆，妳回去之後，記得我說過的話，除了吃藥，還要按摩穴位……」

她的話還沒說完，老婆婆就接道：「喝核桃分心木泡的茶，吃蓮子粥。小姑娘真是好本事，我看了幾個老郎中都沒看好，才想找聞先生看，沒想到妳一帖藥就治好我了。」

莊蕾說：「您的病症很好判定，我開的方子也是聞爺爺教的，效果自然好。若是我判定不了的，就只能讓聞爺爺看了。」

聞先生聽到動靜，搖搖頭。「這丫頭很有天分，只要她判定病情，便是對症下藥。當然，丫頭年紀還小，有些病症可能判定不了。」

那位疑似得了淋巴癌的老人，他兒子拿著藥過來說：「是，昨天小娘子說她看不了，就讓我今日再來，讓聞先生看。」

老婆婆的兒子也領了藥。「是我昨日不好，請小娘子不要介意。若非小娘子好心，非要幫我娘開藥，昨兒我娘還要熬上一夜。」

「你們這樣說，弄得我都不好意思了。」莊蕾低下頭。

眾人見她這個年紀的小姑娘家羞紅了臉，越發覺得可親了。

第二十八章　青黴

眾人正在說話，外頭傳來一陣驚叫。「聞先生，救命！」

莊蕾反應快，立刻衝出去，瞧見一名中年男子抱著一個兩、三歲的小兒跑來。

見小兒兩目上視、面色青紫、頸項強直，她趕緊把脈救人。

聞先生出來問：「怎麼樣？」

中年男子跪下叫道：「聞先生，救救我家孫兒！」

「小兒急驚風。」莊蕾還在判斷是什麼腦炎引起的，抱起孩子進入內室，放在床上。

中年男子跟進來，看她抽出金針，先刺入人中、百會等穴位，再喊：「取通關散來！」

聞海宇立刻從櫃檯上取來通關散，莊蕾將通關散吹進孩子的鼻孔，又道：「拿水和抱龍丸。」接著，用勺子撬開孩子的嘴，灌下化開的抱龍丸。

孩子醒轉，莊蕾對中年男子道：「你陪著孩子，我去開方子讓人煎藥，等孩子吃完了再回去。」

原本中年男子急得沒了頭緒，這會兒見孩子清醒，才發現是個小姑娘替孩子看病。

莊蕾開了藥，吩咐鋪子裡的夥計。「先煎這帖藥給孩子服下。下午看看情況，沒事了再讓他們離開。」

莊蕾坐回診桌前，發現前面已經排著人了。

一個上午，她看掉了三十幾個病人，轉了三個給聞先生。

兩個人看病，自然比一個人快得多，今天聞先生這裡只收上午過來排隊的病人，中午便看完了。以前病人多，很多時候會忙到申時一刻，聞先生才能喘口氣。

聞先生伸了伸懶腰。「走，一起去吃飯。吃完飯，咱們去看看藥。」

莊蕾站起來時，想起待在內室休息的那對祖孫，便去瞧瞧。

小傢伙睡著了，莊蕾摸了摸他的額頭，高燒已經開始退了，這才開了方子，讓那個祖父去抓藥。「要是病情有反覆，記得一定要……」莊蕾叮囑完，才讓那對祖孫回去。

聞先生看著她的樣子，笑道：「妳是天生該吃這行飯的。」

「嗯！」這一點，莊蕾從不懷疑。

莊蕾和聞家祖孫一起吃過飯後，聞先生帶著她去了後面的藥房。天氣轉涼，要開始準備冬日進補的膏方，堂裡正在準備藥材。

出了藥房，聞先生帶莊蕾去園子裡，挖出一只水缸，打開上面的蓋子，用勺子舀起小半勺，嚐嚐味道。

莊蕾問：「這是什麼？」

「早年我出外遊歷時，曾經在蜀州的寺廟見過這個。那裡的大和尚日曬夜露，讓芥菜黴變，長出綠色的黴毛來，長達三、四寸，接著封缸十年，再取出來，可用於治療肺風痰喘和肺癆。不過，這也是碰運氣的，之前我就白費功夫，沒有任何效果。」聞先生說道。

莊蕾看著褐色的清澈汁水，出了聲。「陳芥菜滷？」

「妳見過？」聞先生十分吃驚，隨即便鎮定下來。根據這些日子的相處，這個小丫頭什麼沒見過？

豈止見過，陳芥菜滷簡直是莊蕾前世兒時對藥理感興趣的起源。前世的祖父曾經說過，很早就有人使用青黴素，像古埃及人便拿發黴的東西擦傷口。中國最有名的驗方，就是陳芥菜滷。

「是，教我醫術的人，提過陳芥菜滷的方子，也跟我解釋過陳芥菜滷的藥效緣何而起，更教了我如何改進這個方子的做法。」莊蕾說道，這是她前世兒時的第一個實驗。

「陳芥菜滷裡最有價值的東西，就是芥菜發黴時產生的青黴。而青黴這種東西，其實在腐爛的橘子中更加多見……」

聞老先生一聽，立時道：「走，咱們進去好好說說！」

莊蕾回憶起自己做實驗的過程，從黴菌培養到青黴素的提取，最後驗證是否有效。這個實驗是她對藥理研究的興趣來源，如同其他孩子觀察蝌蚪怎麼變青蛙一樣奇妙。

莊蕾從腐爛黴變開始跟聞先生聊，聞海宇聽得瞪大了眼睛，幾乎不眨眼。

聞先生問道：「所以，我們得先找到發黴的橘子？」

「不一定是橘子，其他東西長的黴，只要是青灰色的都可以。不過，黃青黴更好一些，以後我們也可以進行菌種篩選。」

聊了將近一個多時辰，莊蕾也開始根據自己實驗所需要的器具，尋找這個時代能找到的替代品。

列完替代品，一個半時辰已經過了，莊蕾忙說：「爺爺，我得回去幫黃老太太做飯了。這樣吧，師兄開始幫我整理需要的東西如何？以咱們現在看病的速度，每天早上看完病，下午便來搗鼓這個玩意兒？」

聞先生點頭。「也是。妳先回去吧，我再和阿宇琢磨琢磨。」這種發現，對於任何一個醫者來說，都是讓人無法遏制的喜悅。

莊蕾剛踏進家裡，便瞧見陳熹在桌前畫畫，走過去一看，是鋪子的雛型。

「嫂子，妳看，京城的鋪子通常……」

莊蕾聽陳熹講完，不得不說，她想要的鋪子，已經被他完全畫出來了。

黃家的嬤嬤已經在等，莊蕾帶她進了廚房。

張氏已經將鴿子、鱔魚和鱸魚準備好，先煮了燕麥飯。

莊蕾將鴿子切塊，說道：「這道湯品有補肝壯腎、益氣補血、清熱解毒、生津止渴的功效，對於妳家老太太和大爺都有助益。再加入淮山和玉竹……」

她燉了淮山玉竹鴿子湯，又說：「病人一直吃藥，嘴裡吃什麼都苦，盡可能選擇不要有太重藥味的藥材，像淮山就是極好的。」

燉湯之後，莊蕾開始片魚，因為黃成業腎陰虛，鱸魚可以補腎。這小子還不能吃鹹，用醋來提味的醋溜魚片就是比較好的選擇了。

「醋對消渴症亦有好處，妳家老太太也能吃兩口。」莊蕾說著，再做一道黃精炒黃鱔，鍋子裡少油，加了甜菊替代糖，紅燒的味道就像模像樣了，黃鱔也有益於控制血糖。

最後是清脆碧綠的蘿蔔苗和涼拌黑木耳，另外加上替黃成業特製的韭菜炒蜆子肉。

莊蕾裝了兩個食盒，交給那位嬤嬤。

今晚家裡也吃了燕麥飯，吃完飯，張氏招手讓莊蕾和陳月娘進屋。

到了屋裡，張氏取出一只小箱子打開，裡面整整齊齊排著一個個金元寶，拿出元寶，下面還有幾張銀票。

「我是個無有主張的婦人，這是妳們的爹一輩子攢下的家底，三十兩金子和六百兩的銀票。花兒心思細密，會盤算，以後由花兒來當家。」

「娘！」莊蕾抬頭。「還是以後讓二郎當家吧？」

「不用，二郎身體不好，少讓他操心。三郎憨實，卻不是個能拿大主意的。妳能拜聞先生為師，又能結識縣令和黃老太太，這些都是本事。妳爹說想得多、心思正的人，總是能成事的。妳現在就是這樣，由妳來當家，定然不錯。」張氏說道：「二郎和三郎還小，咱們得替他們多盤算盤算。」

莊蕾點頭。「二郎跟我說過，原本他可以去做皇子伴讀的。能選上伴讀的人，定然都是讀書有天分的。讀書雖然很耗費錢財，但等他病好，到時候肯定要去好的書院。

「三郎就簡單一些，他力氣大，品性敦厚老實，開個蒙會看會算就成。我尋思著，以後幫他盤個鋪子做生意，娶房媳婦，您便能放心了。」

「瞧，妳都有打算了。」張氏把鑰匙交給莊蕾。

「嗯，不過我先不打算動用這筆錢。我身邊有銀子，您也有些賣地的錢，用來開鋪子、做個小本買賣已經夠了。以後真要動用爹留下的錢，咱們再來取。」

莊蕾把鑰匙退還給張氏，又對陳月娘說：「月娘，去看看銀耳雪梨好了沒有。我先去替二郎扎針。」

張氏道：「月娘，妳去看，我還有兩句話要問問妳嫂子。」

看著陳月娘走出去，張氏抓住了莊蕾的手問：「花兒，我不知道妳為什麼會一下子變了很多，還識字了？自從大郎和妳爹去世之後，妳就跟換了個人似的。」

莊蕾看著張氏，她的變化太大，張氏又日日和她相處，怎麼會感覺不出來？便笑了笑。

「阿娘，大郎哥哥死的那晚，我作了一個長夢。大郎哥哥說他放心不下您和月娘，模模糊糊說了很多話，等我醒來，就好似懂了很多郎中的本事。想來是老天憐惜您，怕您沒了大郎哥哥和阿爹，再失去二郎，才讓我作了這樣的夢。這幾日學醫，聞先生一點撥，我就會了，連我自己都覺得稀奇。」

莊蕾雖然編了一些理由，但也算不得說假話就是。

張氏道：「阿彌陀佛，真是老天保佑，明日我去廟裡燒個香。」

還沒等莊蕾回答，陳照匆匆進來說：「娘，嫂子，黃家的嬤嬤又過來了。」

莊蕾和張氏一愣，不知怎麼回事，趕緊走出去瞧瞧。

黃家的嬤嬤見到張氏和莊蕾，行了個禮，表情為難。

「本不該這麼晚了還來打擾太太和大娘子，但老太太吃了大娘子做的飯菜，直說不夠，想多吃些，讓我過來問問可還有？」

「我幫老太太做的，就是她晚上能吃的量，不能再多了。她的病就是如此，若是一定要吃，只能再吃半個蘋果。」莊蕾回答。「要不這樣，明兒一早，我做點小米糕給老太太嚐嚐，嬤嬤辰時初過來拿。」

黃家的嬤嬤很是無奈地道：「大少爺也說沒吃夠，問還有嗎？」

「也沒有了。」莊蕾搖頭。「生病的人，不是吃得越多越好。這樣限制，可不都是為了老太太和妳家少爺好？」

「那今天真的沒得吃了？」

「真沒了。」莊蕾只能目送這位沒能完成差事的嬤嬤出門，去廚房浸泡小米了。

泡好小米和糯米，莊蕾去敲陳熹的房門。

陳熹穿著中衣來開門，伸出手讓莊蕾搭脈。

莊蕾搭完脈，依舊聽他的背部，再抬頭看他的舌苔，點點頭。

「臉上的黑氣已經去了七八，脈象也開始穩健。咱們再調養一陣子，你的病大概就能全好了。」

陳熹聽了，臉上露出喜色。從絕望到燃起希望，如今病勢已經沒有危險，他真的難以抑制自己的興奮。

莊蕾伸手掐掐他的臉頰。「臉上都有肉了，可見咱們陳家就是養人。」

張氏進來，陳熹看見她，立時跑過去道：「阿娘，您摸摸，嫂子說我臉上有肉了。」

張氏伸手摸，雖然雙頰還是消瘦，可已經沒有剛來時的形銷骨立，果然有了肉。

「把褲子拉起來給我看看。」

陳熹拉起褲腿，小腿肚上也已經開始長肉，興奮地說：「嫂子說，我的病快好了。」

張氏問莊蕾。「可是真的？」

「是。二郎已經好了七、八分，以後仔細調養就行。所以我說，還是咱們陳家養人，哪裡稀罕侯府的潑天富貴。」

莊蕾說著，要陳熹躺下，坐在床沿幫他扎針。

「嫂子，侯府怎麼樣，跟咱們沒關係。我只想當陳家的二郎，以後孝敬阿娘，照顧好阿姊和嫂子，還有三郎。京城那裡的事情，和我無關了。」

張氏摸著陳熹的頭。「你們說的話都不對。不是我們和侯爺想抱錯孩子的，那個時候兵荒馬亂，出了這樣的事，侯爺想認回親生孩子，也是正常。但到底是自己一手養大的，我才會掛念阿熹。不管侯府看不看得上咱們這樣的鄉下人家，咱們對侯府總是要存一份心，到底是人家把你養這麼大的。」

陳熹側過頭，看莊蕾一眼。莊蕾對他輕笑一下，給了個無奈的眼神。

「阿娘說得對，我知道了。」

「你爹常說，人不感恩，與豬狗無異。」

莊蕾拔出陳熹背上的針。「娘，您這麼說，豬狗可不答應，瞧咱們家的小黑多忠心。黑心的人，說他們是畜生，還委屈了畜牲呢。」

陳熹坐起來，拉上衣襟，對莊蕾說：「嫂子，來看我幫咱們家鋪子畫的圖。」

莊蕾走過去看，這小子才十二歲，一手圖紙便讓她震驚了，難道這是建築草圖嗎？她對這個行業不熟悉，看著各種筆直的線條，不由讚嘆，這小子該不會也是穿越的吧？

「嫂子，怎麼了？」

「這圖畫得真精細。」莊蕾讚了一句。

他笑著道：「嫂子說到關鍵了。這種圖不是為了好看，而是為了蓋房子時能按照自己的心意來蓋。妳看……」陳熹興奮地說著自己的想法。這是他在國子監學的，國子監有教授數科和工科，還講了《營造法式》，乃大津營造的規範。

陳熹取出這本書，莊蕾翻看著，心裡百轉千迴。

陳熹看她發愣，問道：「嫂子，怎麼了？」

「我在想，治病也需要這樣一本法式。」莊蕾回神，說了一句。

中醫在醫治病人時，自有一套陰陽平衡的理論，就跟教孩子一樣，因材施教。但這樣的理論，從入門到出師，需要摸索很久。於是很多人放棄，開始混日子，真的能精通的不多。

但很多病症從識別到治療，是有規則可循的。這一點，西醫做得很好，例如肺癌，確定類型和分級後，就有了基本的治法，再根據影像資料決定後續如何治療等細節。

中醫太難，弄到最後變成玄學，不信的人就說中醫無用。相信的人呢，卻把中醫當成信仰，為什麼相信就沒有道理了。

陳熹聽著莊蕾說這些，恍然大悟，自家嫂子的志向真的很大。

莊蕾講完，才發現她把對醫術外行的陳熹當成了知己，說了那麼多，便拍拍他的肩膀。

「已經很晚了，早些睡。鋪子怎麼改的事情，就交給你了。」

——未完，待續，請看文創風1160《娘子有醫手》2

2019年7月出版

廚神童養媳

文創風 763～764

雖說當了多年的童養媳，但她還是個清清白白的黃花大閨女，
可當年在逃離主人家魔手的路上，她偏偏撿了個跟她極相像的孩子，
這下可好，就算她有嘴都說不清了，只得對外說自個兒是寡婦，
本想就這麼守著孩子過完此生的，她心心念念的夫婿卻找到了她，
看著他震驚的表情，她實在是啞巴吃黃蓮，有苦說不出啊……

不道離情正苦　空階滴到天明／六月梧桐

王秀巧是他朱蕤的童養媳，他倆成親多年，心繫彼此，
無奈在他赴京趕考之時，家鄉遭逢天災，父親傷重，
為了籌錢替父親醫病，媳婦兒把她自己給賣了，
分離五年，總算皇天不負苦心人，他找著了她，
然而，他漂亮的小媳婦身邊卻有了個三歲大的兒子！
就算是迎著十來個殺手，他都不曾膽怯退縮過，
但此時僅僅是看著他們母子相似的臉，他就懦弱得只想逃！
本以為她是改嫁了，可孩子卻說自個兒沒有爹，
這麼說，媳婦兒她是因為失了清白才有了孩子的？
如若不是失了他的依靠，她又怎會淪落至此？
雖說他如今是朝廷重臣、皇帝的心腹，想要什麼樣的姑娘沒有，
但他根本放不開她，因此決定帶他們母子回京，重拾夫妻情分，
即便會因著綠雲罩頂而遭朝臣攻訐、百姓嘲笑，他也無所畏懼，
就在此時，她忐忑不安地告訴他，孩子是撿來的，問他信嗎？
他當然信啊，可為何孩子長得跟她簡直是一個模子刻出來的呢？

約會首選推薦Part 1

週年慶 2023

六月梧桐 著

5/2、9 出版

就算沒了頂梁柱，誰也別想欺負她家的人。
她的一手好醫術，定能替他們撐起一片天來！

家有醫妻，春好月圓

文創風 1159-1162

《娘子有醫手》 全四冊

穿書的莊蕾很崩潰，她堂堂一個學貫中西的名醫，居然成了被爹娘賤賣的童養媳，
更無言的是，疼愛她的夫家也依劇情一夕之間遭禍，公爹與未來夫婿意外橫死，
又捲入抱錯兒子的鬧劇，婆婆養了十幾年的假小叔原來是京城安南侯的親生子，
換回來的真小叔陳熹卻是藥罐一枚，染上肺疾病重危矣，隨時可以準備後事？
加上不堪丈夫施暴和離回家的小姑，一家老弱婦孺的眼淚簡直要淹沒小溝村了。
幸虧她的醫手好本領跟著穿來，還開了廚藝外掛，村裡沒有活路就往縣城走吧，
先拜師以便坐堂行醫，靠妙方和針灸治癒陳熹，再救下難產的縣令夫人打響名氣。
郎中招牌越擦越亮，可貪財的娘家人竟設計再度將她賣入遂縣首富黃府當妾，
她被綁進黃府，卻發現那紈袴是隻下不了蛋的弱雞，當家的老夫人亦頑疾纏身，
若能順勢治好這對祖孫，豈不是既保住清白，又得了首富當靠山？

【限量20組】79元加價購

文創風 763-764

《廚神童養媳》 全二冊

王秀巧是他朱蕤的童養媳，他倆成親多年，心繫彼此，
無奈在他赴京趕考之時，家鄉遭逢天災，父親傷重，
為了籌錢替父親醫病，媳婦兒把她自己給賣了，
分離五年，總算皇天不負苦心人，他找著了她，
然而，他漂亮的小媳婦身邊卻有了個三歲大的兒子！
這時，她忐忑不安地告訴他，孩子是撿來的，問他信嗎？
他當然信啊，可為何孩子長得跟她簡直是一個模子刻出來的呢？

週年慶 2023

清圓 著

夫妻機智在線，強強聯手除惡

5/16 出版

重生後的明秋意，只想甩開那些後宮爭鬥，
她躲到鄉下的莊子，圖個耳根清淨，
可那些貴女不放過她，連同父異母的妹妹都要踩她一腳，
唉！怎麼往上爬難，當個平凡人更難！

文創風 1163-1164 《富貴閒中求》 全二冊

上輩子明秋意汲汲營營，機關算盡，坐穩皇后之位，
可到頭來皇帝不愛，女兒不親，最終含恨而死。
重生後，明秋意覺醒了，宮中愛恨如浮雲，
人生苦短，她何不及時享樂，躺平當鹹魚？
首先，她得先砸壞自己的名聲，才不會被選入皇宮！
上輩子她是人人誇的才女，這輩子她就當個人人嫌的剩女，
扮蠢、扮醜、裝病樣樣來，太子會看上她才怪呢！
太子不愛甜食，她偏要送去一份栗子糕惹他厭棄，
誰知她打好各種如意算盤，反倒被最不著調的三皇子穆凌寒惦記上，
這位三皇子說來也怪，每天吊兒郎當，卻能寫出一手好字，
眾人都說他是廢柴，可他的行事作風又似有一番條理，
更讓她摸不透的是，明明罵她醜還嫌她眼睛小，卻偏偏說要娶她，
莫不是三皇子跟她一樣，有什麼深藏不露的秘密？

週年慶 2023

啾甘心須知

親愛的貴賓們您好：

感謝您長期的支持與愛護，即日起推出好康活動回饋給您！

參加辦法

活動期間內，只要在官網購書並成功付款，系統會發e-mail給您，並附上抽獎專用之流水編號，買一本就送一組，買十本就能抽十次，不須拆單，買越多中獎機率越大。

獎項

金圓意 紅利金 **200元 x 10名**

金速配 文創風 1165-1166 《香氛巧廚娘》全二冊 x **3名**

♥ 活動結束後，6/7(三)於狗屋官網公佈得獎名單

敬祝各位愛意久久、相伴久久

doghouse

週年慶 購書注意事項：

(1) 請於訂購後**三日內**完成付款，最後訂購於**2023/5/19**前完成付款才算有效訂單喔！
(2) 購書滿千元(含)以上免郵資。未滿千元部分：
郵資65元(2本以下郵資50元)／超商取貨70元(限7本以內)／宅配100元。
(3) 特賣書籍因出書時間較久，雖經擦拭、整理，仍有褪色或整飾痕跡，故難免不如新書亮麗。除缺頁、倒裝外無法換書，因實在無書可換，但一定會優先提供書況較良好的書給大家。若有個人原因需要換書，需自付來回郵資。
(4) 各書籍庫存不一，若遇缺書情形可選擇換書或退款。
(5) 歡迎海外讀者參與(郵資另計)，請上網訂購或是mail至love小姐信箱(love@doghouse.com.tw)詢問相關訊息。

狗屋有權修改優惠活動的實施權益及辦法。

Check-in!

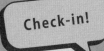

為流浪貓狗加油 和貓寶貝 狗寶貝

廝守終生(一定要終生喔！)的幸福機會

對人來說，貓寶貝狗寶貝只是生活的一部分，但妳（你）對牠們來說，卻是生活的全部，領養前請一定要考慮清楚——

▲ 我家也有姊妹拍檔——妮妮和娜娜

性　　別：女生

品　　種：米克斯

年　　紀：約1歲半

個　　性：妮妮活潑好動、娜娜文靜害羞

健康狀況：已結紮，已施打三合一疫苗，體內外驅蟲，貓瘟皆陰性

目前住所：新北市中和區

本期資料來源：李小姐

第343期 推薦寵物情人

『妮妮和娜娜』的故事：

先前協助一位住院愛媽餵食浪浪，並順便把幾隻貓咪抓起來結紮，準備要原放的過程中，發現有兩隻貓對人類比較親近，就在中途愛媽的協助下，決定留在中途親訓找家，並取名為妮妮和娜娜。

姊姊妮妮，很活潑愛玩，最近很愛邊喝水邊玩水，打算夏天時買一個充氣游泳池給牠盡情玩水；妹妹娜娜，有條特別的麒麟尾，個性呆萌，相對容易緊張、膽小。姊妹倆的個性不太一樣，不過感情非常好。

妮妮和娜娜在中途已待了一段時間，平時乖巧好照顧，生活作息很規律，玩耍、吃飯和休息，簡單並樂在其中。但因曾受貓媽媽「愛的教育」影響，儘管有心親近人類，要能摸能抱還需要一點時間，目前正在上相關課程並持續進步中。

兩姊妹想要共同有個溫暖的新家，不過不勉強，若是希望單獨認養，都可以聊聊！請先向李小姐預約看貓，Line ID：dianelee0817，相信您第一眼看見妮妮和娜娜，絕對會愛上這兩個寶貝！

認養資格：

1. 認養人須年滿23歲，有穩定的經濟基礎，並先提供住家照片，後續以視訊或家訪的方式評估。
2. 不關籠、不放養，不可餵食人類的食物。
3. 須同意簽認養寵物切結書。
4. 須同意送養人日後之追蹤探訪，希望彼此能加Line，不定時主動提供貓咪近況照片或影片，對待妮妮和娜娜不離不棄。

來信請說明：

a. 個人基本資料：姓名、性別、年齡、家庭狀況、職業與經濟來源等。
b. 想認養妮妮和娜娜的理由。
c. 過去養寵物的經驗，及簡介一下您的飼養環境。
d. 若未來有結婚、懷孕、出國或搬家等計劃，將如何安置妮妮和娜娜？

文創風 1159

娘子有醫手 1

國家圖書館出版品預行編目資料

娘子有醫手 / 六月梧桐著. --
初版. -- 臺北市 : 狗屋出版社有限公司, 2023.05
冊 ; 公分. --（文創風 ; 1159-1162）
ISBN 978-986-509-420-1（第1冊 : 平裝）. --

857.7　　112004929

著作者　六月梧桐
編輯　安愉
校對　陳依伶
發行所　狗屋出版社有限公司
地址　台北市104中山區龍江路71巷15號1樓
電話　02-2776-5889～0
發行字號　局版台業字845號
法律顧問　蕭雄淋律師
總經銷　知遠文化事業有限公司
電話　02-2664-8800
初版　2023年5月
國際書碼　ISBN-13　978-986-509-420-1

本著作物由北京晉江原創網絡科技有限公司授權出版

定價280元
狗屋劃撥帳號：19001626
網址：love.doghouse.com.tw　E-mail：love@doghouse.com.tw